保健室《ほけんしつ》で寝《ね》ていたら、爽《さわ》やかモテ男子《だんし》に甘《あま》く迫《せま》られちゃいました。

凩《こがらし》ちの・著　覡《かんなぎ》あおひ・絵

野いちごジュニア文庫

保《ほ》健《けん》室《しつ》で寝《ね》ていたら、爽《さわ》やかモテ男子《だんし》に甘《あま》く迫《せま》られちゃいました。

人物紹介《じんぶつしょうかい》

ヒロイン

郁田《いくた》 菜花《なのは》

見《み》た目《め》は派手《はで》に見《み》られがちだけど、実《じつ》は恋愛未経験《れんあいみけいけん》な中《ちゅう》２の女《おんな》の子《こ》。お腹《なか》が痛《いた》くて保健室《ほけんしつ》で休《やす》んでいたら、爽《さわ》やかモテ男子《だんし》の夏目《なつめ》くんに抱《だ》きしめられていて…!?

ヒーロー

夏目涼々《なつめすず》

菜花《なのは》と同《おな》じ学校《がっこう》の中学《ちゅうがく》２年生《ねんせい》。成績《せいせき》優秀《ゆうしゅう》・品行方正《ひんこうほうせい》でルックスも性格《せいかく》も欠点《けってん》がない完璧男子《かんぺきだんし》と言《い》われているけれど…？ 菜花《なのは》を気《き》に入《い》り、怒涛《どとう》の溺愛猛攻《できあいもうこう》をしかけていく。

ヒロイン友人《ゆうじん》

西東《さいとう》 光莉《ひかり》

菜花《なのは》の仲《なか》が良《よ》いクラスメイト。ふわりとした雰囲気《ふんいき》を持《も》ちながらも、しっかり者《もの》で頼《たよ》りになる存在《そんざい》。

ヒロイン友人《ゆうじん》

泉《いずみ》 楽《らく》

菜花《なのは》のクラスメイトで隣《となり》の席《せき》の男《おとこ》の子《こ》。見《み》た目《め》は女《おんな》の子《こ》に負《ま》けないくらいかわいいけれど、毒舌《どくぜつ》なところがある。

ヒーローの先輩《せんぱい》

天井《あまい》 月子《つきこ》

菜花《なのは》と同《おな》じ学校《がっこう》に通《かよ》う中学《ちゅうがく》３年生《ねんせい》のクールビューティ。どうやら夏目《なつめ》涼々《すず》と特別《とくべつ》に仲《なか》が良《い》いようで…？

あらすじ

保健室《ほけんしつ》で寝《ね》ていた私《わたし》。目覚《めざ》めると、学年一《がくねんいち》のめちゃモテ男子《だんし》・夏目《なつめ》くんに後《うし》ろから抱《だ》きしめられていて…!?

爽《さわ》やかで完璧《かんぺき》な夏目《なつめ》くん…だと思っていたのに、本性《ほんしょう》はまさかの私《わたし》限定《げんてい》の溺愛中毒《できあいちゅうどく》だった!?

それからというもの、夏目《なつめ》くんが

本気《ほんき》モードで迫《せま》ってくる――!

非常階段《ひじょうかいだん》で!?

彼《かれ》のお部屋《へや》で!?

更衣室《こういしつ》で!?

はじめは戸惑《とまど》ったけど、ピンチの時《とき》は助《たす》けてくれたり。夏目《なつめ》くんって実《じつ》はすっごく優《やさ》しくて…

スキあらば溺愛《できあい》の嵐《あらし》♡

ドキドキ学園《がくえん》ラブ！

続《つづ》きは本文《ほんぶん》を読《よ》んでね！

もくじ

「おはよう、郁田《いくた》さん」

目《め》が覚《さ》めて、最初《さいしょ》に視界《しかい》に入《はい》ってきたのは……。

みんなから、わーきゃー騒《さわ》がれている、人気者《にんきもの》の夏目《なつめ》くん。

そんな彼《かれ》がどうして、私《わたし》と同《おな》じベッドで寝《ね》ているのでしょうか⁉

夏目涼々《なつめすず》×郁田菜花《いくたなのは》

私《わたし》に触《ふ》れる彼《かれ》の手《て》は、いつも熱《あつ》い。

「……郁田《いくた》さんにだけだよ、こんなに熱《あつ》くなんの」

「覚悟《かくご》しててね、郁田《いくた》さん」

Chapter 1

入《はい》ってこないで

体《からだ》を横《よこ》にして、にぶい痛《いた》みを少《すこ》しでも和《やわ》らげようと、お腹《なか》に手《て》を当《あ》てる。

うぅ……痛《いた》い。

今《いま》、私《わたし》のクラスは体育《たいいく》の授業中《じゅぎょうちゅう》。本当《ほんとう》なら、みんなとバレーをしている時間《じかん》。

だけど今日《きょう》は、とくにダメな日《ひ》らしい。

養護教諭《ようごきょうゆ》の優木先生《ゆうきせんせい》は「ベッドで休《やす》んでていいわよ」と言《い》い残《のこ》し、保健室《ほけんしつ》を出《で》ていった。

「いてて……」

初《はじ》めて使《つか》う保健室《ほけんしつ》のベッド。

保健室《ほけんしつ》の独特《どくとく》な匂《にお》いが染《し》みついた布団《ふとん》の中《なか》で体《からだ》を丸《まる》めてから、何度《なんど》もお腹《なか》をさする。

次《つぎ》の授業《じゅぎょう》には出《で》られるように、できるだけ休《やす》んでおこう。

次《つぎ》に目《め》を開《あ》けた時《とき》は楽《らく》になっていたらいいな。

そう思《おも》いながら、ゆっくりとまぶたを閉《と》じた。

まどろみの中《なか》、何《なに》かに包《つつ》まれているような感覚《かんかく》と、優《やさ》しいシトラスの香《かお》りがした。

それが心地《ここち》良《よ》くて、不快感《ふかいかん》や痛《いた》みがものすごく楽《らく》になっているのがわかった。

うっすらと目《め》を開《ひら》くと、クリーム色《いろ》のカーテンが目《め》に入《はい》った。

そう言《い》えば……私《わたし》、保健室《ほけんしつ》で寝《ね》ていたんだっけ。

どれぐらい寝《ね》たのかわからないけれど、体調《たいちょう》はだいぶ良《よ》くなっている。

特《とく》に、お腹《なか》の部分《ぶぶん》がすごくあたたかくて。ちょうど痛《いた》みの強《つよ》い部分《ぶぶん》がピンポイントで優《やさ》しく包《つつ》まれているみたいな。

そう思《おも》いながら、布団《ふとん》の中《なか》で、ふたたびお腹《なか》に手《て》を当《あ》てようとした時《とき》だった。

耳《みみ》の後《うし》ろから、スースーと気持《きも》ちよさそうな寝息《ねいき》が聞《き》こえて、だんだんと意識《いしき》がはっきりしていく。

えっ……気《き》のせい、だよね？

このベッドには、もちろん、私《わたし》ひとりだけが寝《ね》ていたはず。

まさか、と思《おも》いつつも、やはり、後《うし》ろからは気持《きも》ち良《よ》さそうな寝息《ねいき》が聞《き》こえて、体《からだ》は誰《だれ》かに抱《だ》きしめられているみたい。

な、な、なんで⁉

怖《こわ》くなって、ガバッといきおいよく体《からだ》を起《お》こして隣《となり》に目《め》を向《む》ければ、そこには、男子生徒《だんしせいと》がひとり、私《わたし》と同《おな》じベッドで気持《きも》ち良《よ》さそうにスヤスヤと眠《ねむ》っていた。

おそるおそる、彼《かれ》の顔《かお》をのぞき込《こ》むと……。

え、嘘《うそ》でしょ？

サラサラの黒髪《くろかみ》に、つるつるのきれいな肌《はだ》。長《なが》いまつ毛《げ》に、スッと通《とお》った鼻筋《はなすじ》と、シャープなフェイスライン。目《め》をつむっていても分《わ》かる、整《ととの》った顔《かお》。

彼《かれ》を知《し》らない人《ひと》なんて、この学校《がっこう》にいない。

「な、夏目《なつめ》くん⁉」

あまりにも予想外《よそうがい》過《す》ぎる人物《じんぶつ》に、思《おも》わず大《おお》きな声《こえ》を出《だ》して名前《なまえ》を呼《よ》ぶ。

すると、彼《かれ》の閉《と》じられていたまぶたがピクッとわずかに動《うご》いた。

そこに人《ひと》がいるってだけでも十分衝撃的《じゅうぶんしょうげきてき》だけれど、さらに驚《おどろ》いてしまったのは、それが、爽《さわ》やかイケメン王子《おうじ》と名高《なだか》い、女子《じょし》から圧倒的人気《あっとうてきにんき》の夏目涼々《なつめすず》くんだったから。

「……おはよう、郁田《いくた》さん」

ゆっくり目《め》を開《あ》けた夏目《なつめ》くんの口《くち》から、私《わたし》の名前《なまえ》が発《はっ》せられたこともびっくりで、固《かた》まることしかできない。

なんで夏目《なつめ》くんがここに？

それに、なんで私《わたし》の名前《なまえ》を知《し》ってるの？

同《おな》じクラスになったことはないし、夏目《なつめ》くんを囲《かこ》む人《ひと》たちと関《かか》わったこともない。

学年《がくねん》で一番《いちばん》の成績《せいせき》で、運動神経《うんどうしんけい》も抜群《ばつぐん》。男女分《だんじょわ》けへだてなく優《やさ》しい穏《おだ》やかな性格《せいかく》。

おまけに、高身長《こうしんちょう》。

ザ・完璧男子《かんぺきだんし》と言《い》いたくなるほど、ルックスも性格《せいかく》もどこにも欠点《けってん》がないと言《い》われている有名人《ゆうめいじん》。

生《い》きている世界《せかい》が違《ちが》う人《ひと》だと思《おも》っていたから、まさか認知《にんち》されていたなんて思《おも》わなくて……。

というか、こんな状況《じょうきょう》で、どうして冷静《れいせい》に、おはよう、なんて言《い》えちゃうの。

「あの、夏目《なつめ》くん、どうして……」

「郁田《いくた》さん」

夏目《なつめ》くんは、私《わたし》の質問《しつもん》に答《こた》える前《まえ》に、私《わたし》の名前《なまえ》を呼《よ》んで声《こえ》をかぶせてきた。

そして……。

体《からだ》を起《お》こして、澄《す》んだきれいな瞳《ひとみ》でまっすぐ私《わたし》のことを見《み》つめて口《くち》を開《ひら》いた。

「これからも、ここで俺《おれ》と一緒《いっしょ》に寝《ね》てくれない？」

な、なにを言《い》っているの？

「えっと……夏目《なつめ》くん、もしかして、寝《ね》ぼけてます？」

あまりにも唐突《とうとつ》すぎたセリフに困《こま》ってそう聞《き》くと、彼《かれ》が私《わたし》の両手《りょうて》を握《にぎ》った。

「ちょっ！」

「夢《ゆめ》、見《み》なかったんだ」

「え……？」

「怖《こわ》い夢《ゆめ》。俺《おれ》、夜《よる》はいつもその夢《ゆめ》にうなされて、しょっちゅう目《め》が覚《さ》めるんだ。だから、日中《にっちゅう》にここでよく寝《ね》てるんだけど。それでも、夢《ゆめ》を見《み》て何度《なんど》も目《め》が覚《さ》めちゃうから」

「そ、そうなんだ」

「さっき、あまりの睡魔《すいま》で、郁田《いくた》さんが寝《ね》ていることに気付《きづ》かず、ここで眠《ねむ》っちゃって。そしたら、一度《いちど》も夢《ゆめ》を見《み》ずにぐっすり眠《ねむ》れたんだ」

「えっと……いきなりそんなことを言《い》われましても……」

夏目《なつめ》くんが、夢《ゆめ》のせいで眠《ねむ》れていないことは分《わ》かったけれど、私《わたし》と寝《ね》たおかげでっていうのは、偶然《ぐうぜん》なんじゃ。

「お願《ねが》いっ！　いいよね？　うん。ありがとう」

「へっ⁉」

夏目《なつめ》くんがさらにグッと顔《かお》を近《ちか》づけきて言《い》う。

あまりにもきれいすぎる顔《かお》に、ドキッと心臓《しんぞう》が鳴《な》ったのも束《つか》の間《ま》。

彼《かれ》は、私《わたし》の返事《へんじ》を聞《き》く前《まえ》に、布団《ふとん》をかぶり直《なお》して、再《ふたた》び寝《ね》る体制《たいせい》に入《はい》りだした。

「ちょ、私《わたし》まだ、良《い》いなんて一言《ひとこと》も！　なんで入《はい》ろうとしてるんですか！」

中《なか》に入《はい》ろうとする夏目《なつめ》くんにそう言《い》って、慌《あわ》てて布団《ふとん》を持《も》つ手《て》に力《ちから》を入《い》れる。

私《わたし》は今《いま》、体調《たいちょう》が悪《わる》くて休《やす》んでいたんだから、こんなことされても困《こま》るよ。

「お願《ねが》い、郁田《いくた》さん」

「…………」

こちらをまっすぐ見《み》つめる夏目《なつめ》くんの瞳《ひとみ》がうるんでいる気《き》がして、どこか寂《さび》しそう。

思《おも》わず言葉《ことば》を失《うしな》う。

勉強《べんきょう》も運動《うんどう》もできて、みんなから頼《たよ》られる、同《おな》い年《どし》の男《おとこ》の子《こ》よりも、しっかりしたイメージの夏目《なつめ》くん。

私《わたし》がイメージしていたそんな彼《かれ》とは、だいぶかけ離《はな》れた姿《すがた》だ。

「一緒《いっしょ》に眠《ねむ》って欲《ほ》しい」

「そんなの、無理《むり》です！」

男《おとこ》の子《こ》と、同《おな》じベッドで寝《ね》るなんて、ありえないよ。

彼《かれ》の大《だい》ファンなら、その願《ねが》いを聞《き》いたかもしれないけれど……。

だいたい、夏目《なつめ》くんは、私《わたし》が隣《となり》で寝《ね》ていてもいいの？

みんなの憧《あこが》れの夏目《なつめ》くんから子供《こども》みたいなお願《ねが》いをされたら、戸惑《とまど》うのも当然《とうぜん》だと思《おも》う。

「かたいこと言《い》わないでよ。郁田《いくた》さん、どうせ慣《な》れてるでしょ？」

へ？

「いやいや、ちょっと待《ま》って！　なんで慣《な》れてるなんて思《おも》うの？」

どうせって……なんか、夏目《なつめ》くん、思《おも》っていた感《かん》じとちょっと違《ちが》うかも。

「だって、噂《うわさ》で聞《き》いたことあったから。郁田《いくた》さん、去年《きょねん》、二股《ふたまた》してたって」

「……はぁ〜〜!?」

夏目《なつめ》くんの意味不明《いみふめい》な話《はなし》にとっさに大《おお》きな声《こえ》を出《だ》した瞬間《しゅんかん》、ガラッとドアが開《ひら》かれる音《おと》がした。

もしかして、優木先生《ゆうきせんせい》が戻《もど》ってきた⁉

私《わたし》たちはベッドの上《うえ》でジッと息《いき》を殺《ころ》す。うぅ……なんでこんなことに。

夏目《なつめ》くんとバチッと視線《しせん》が絡《から》むと、彼《かれ》が人《ひと》さし指《ゆび》を口元《くちもと》に当《あ》てて〝シー〟のポーズをした。

ど、どうしよう……。もしこのカーテンを開《あ》けられちゃったら。

あぁ、ダメだ。絶対《ぜったい》に問題《もんだい》となって、噂《うわさ》になるに決《き》まっている。

みんな大好《だいす》き夏目《なつめ》くんのゴシップなんて、他《ほか》の噂《うわさ》よりも数百倍《すうひゃくばい》、騒《さわ》がれるに決《き》まっているんだから。

「……っ」

息《いき》を潜《ひそ》めて、保健室《ほけんしつ》に入《はい》ってきた人《ひと》の影《かげ》の動《うご》きに集中《しゅうちゅう》する。

「……あっ、いっけない！」

優木先生《ゆうきせんせい》らしき人《ひと》の、何《なに》かを思《おも》い出《だ》したような声《こえ》とパタパタと慌《あわ》てたような急《いそ》ぎ足《あし》の音《おと》。

足音《あしおと》がだんだんと遠《とお》のいて、再《ふたた》び保健室《ほけんしつ》がシーンとする。

……出《で》ていったのかな？

「よし」

隣《となり》にいた夏目《なつめ》くんがベッドからおりて、カーテンの隙間《すきま》からあたりを確認《かくにん》する。

「行《い》ったみたい」

「はぁ……よかった。寿命縮《じゅみょうちぢ》んだよ……」

バレなかった安心感《あんしんかん》で、一気《いっき》に体《からだ》の力《ちから》が抜《ぬ》ける。

「それで、私《わたし》が二股《ふたまた》ってどういうこと？」

「どういうって、そのまんまの意味《いみ》だよ。郁田《いくた》さん、普段《ふだん》は大人《おとな》しくしてるけど、一年《いちねん》の頃《ころ》に二股《ふたまた》していたって話《はなし》。結構有名《けっこうゆうめい》な話《はなし》だと思《おも》っていたけど、まさか本人《ほんにん》が知《し》らないとは……」

「何《なに》それ……」

知《し》らないに決《き》まっているじゃない。

だって、どう考《かんが》えても事実無根《じじつむこん》。私《わたし》は、今《いま》まで一度《いちど》も男《おとこ》の子《こ》とお付《つ》き合《あ》いすらしたことないんだから。

それなのに、そんな根《ね》も葉《は》もない噂《うわさ》が流《なが》れていたなんて信《しん》じられない。

「みんな信《しん》じてるの？」

「まぁ。だって、郁田《いくた》さん、目立《めだ》つから」

夏目《なつめ》くんの言《い》った『目立《めだ》つ』が、いい意味《いみ》じゃないことはわかっている。

中学《ちゅうがく》に上《あ》がると同時《どうじ》に、ギャルっぽい派手《はで》なグループの先輩《せんぱい》たちにやたら絡《から》まれたり、もともと色素《しきそ》が薄《うす》い髪色《かみいろ》のせいで、染《そ》めているんじゃないかと先生《せんせい》にうたがわれて指導《しどう》されたりしたことも何度《なんど》か。

どうしてか、容姿《ようし》だけで悪目立《わるめだ》ちしてしまうのだ。

私自身《わたしじしん》は、どちらかというと、少人数《しょうにんずう》の仲《なか》のいい友達《ともだち》と教室《きょうしつ》の隅《すみ》でたわいもない話《はなし》をしているほうが好《す》きな性格《せいかく》なのに。

夏目《なつめ》くんの言《い》う私《わたし》の噂《うわさ》も、きっとこの見《み》た目《め》が原因《げんいん》なんだろう。

実際《じっさい》の私《わたし》は、男《おとこ》の子《こ》となんの話《はなし》をしていいのかわからないぐらい、二股《ふたまた》とは程遠《ほどとお》いタイプ。

だからこそ、学校生活《がっこうせいかつ》ではできるだけ大人《おとな》しくして、目立《めだ》たないように生《い》きたいっていうのが本音《ほんね》だ。

誰《だれ》がこんなしょうもない噂《うわさ》を流《なが》すのか……。

「……はぁ。そもそも、付《つ》き合《あ》ったことすらないから」

「え、嘘《うそ》」

「なんで、こんなことで嘘《うそ》を言《い》わなきゃなんないの。本当《ほんとう》だよ」。

「そっか。でも、ここでこんな風《ふう》に出会《であ》えたのは何《なに》かの縁《えん》だと思《おも》うし、仲良《なかよ》くしてくれると嬉《うれ》しいな」

夏目《なつめ》くんはそう言《い》って、安定《あんてい》の爽《さわ》やかスマイルを見《み》せてくる。

女子《じょし》から圧倒的人気《あっとうてきにんき》の夏目《なつめ》くんと仲良《なかよ》くって、それこそ目立《めだ》っちゃいそうでさけたい。

「っていうことで、とりあえず、一緒《いっしょ》にあとひと眠《ねむ》り――」

「しないからっ！」

瞬時《しゅんじ》にそう答《こた》えて、私《わたし》はベッドからおりる。

爽《さわ》やかで真面目《まじめ》そうな夏目《なつめ》くん。でも、それは表向《おもてむ》きだったんだと幻滅《げんめつ》する。

だって、ほぼ初対面《しょたいめん》の、好《す》きでもない私《わたし》と平気《へいき》で布団《ふとん》の中《なか》で一緒《いっしょ》に寝《ね》るなんて。

今《いま》まで、夏目《なつめ》くんのことは遠《とお》くから、目《め》の保養《ほよう》として見《み》ていたのに、だいぶイメージが崩《くず》れた。

今《いま》すぐここを出《で》たい。

「夏目《なつめ》くんと仲良《なかよ》くなんてしないから」

「えー、そんなはっきり言《い》わなくても」

「さようなら」

私《わたし》は、きっぱりした口調《くちょう》でそう言《い》って、引《ひ》き留《と》めようとする夏目《なつめ》くんの声《こえ》を無視《むし》して、保健室《ほけんしつ》を出《で》た。


「あれ、菜花《なのは》。お腹《なか》、大丈夫《だいじょうぶ》なの？」

「うん、だいぶよくなった」

まだお腹《なか》に鉛《なまり》のような重《おも》さを感《かん》じたまま、体《からだ》を引《ひ》きずりながら教室《きょうしつ》にたどりつくと、仲良《なかよ》しの同《おな》じグループの子《こ》たちが声《こえ》をかけてくれたのでとっさに笑《わら》ってみせる。

「え〜本当《ほんとう》に〜？　まだちょっとキツそうだよ〜？」

そう言《い》って心配《しんぱい》そうに私《わたし》の顔《かお》をのぞき込《こ》んできたのは、去年《きょねん》も同《おな》じクラスでとくに仲《なか》の良《い》い西東光莉《さいとうひかり》。

「大丈夫《だいじょうぶ》、大丈夫《だいじょうぶ》。授業遅《じゅぎょうおく》れちゃったら困《こま》るし」

「いや、授業《じゅぎょう》なら私《わたし》たちがノート取《と》れるしさ〜」

サラサラの黒髪《くろかみ》をきゅっと高《たか》い位置《いち》で結《むす》んだポニーテールは、くっきり二重《ふたえ》のお人形《にんぎょう》さんみたいな顔《かお》の彼女《かのじょ》に本当《ほんとう》によく似合《にあ》っている。

見《み》た目《め》の雰囲気《ふんいき》はフワッとしているのに、しっかり者《もの》で頼《たよ》りになる光莉《ひかり》は、一年《いちねん》のころから友達《ともだち》も多《おお》くて、私《わたし》は光莉《ひかり》の優《やさ》しさに導《みちび》かれるように、その中《なか》に入《い》れてもらっているって感《かん》じだ。

本当《ほんとう》はもう少《すこ》し保健室《ほけんしつ》で休《やす》むつもりだったけれど、夏目《なつめ》くんのせいで出《で》ていかなくちゃならない流《なが》れになってしまったのだからしょうがない。

——ズキン。

襲《おそ》ってくる鈍《にぶ》い痛《いた》みと、不快感《ふかいかん》。

騒《さわ》いだせいで、余計《よけい》に痛《いた》みがひどくなっている気《き》がするし。

夏目《なつめ》くんめ……。

「あんまり無理《むり》しないでよ〜菜花《なのは》」

「うん、ありがとう……」

優《やさ》しい言葉《ことば》をかけてくれるみんなにお礼《れい》を言《い》って、私《わたし》は、次《つぎ》の移動教室《いどうきょうしつ》の準備《じゅんび》をするために自分《じぶん》の席《せき》へと向《む》かう。

「サボり？」

「へっ……」

机《つくえ》の引《ひ》き出《だ》しから筆記用具《ひっきようぐ》を取《と》り出《だ》していると、隣《となり》の席《せき》の泉楽《いずみらく》くんが、ニヤッといたずらな笑《え》みを浮《う》かべながら聞《き》いてきた。

「違《ちが》うよ。ちゃんとした体調不良《たいちょうふりょう》」

「あー、アレね。無理《むり》すんなよ」

察《さっ》しのいい泉《いずみ》くんは、すぐにわかってくれたみたい。

はちみつ色《いろ》に染《そ》められたふわふわの髪《かみ》の毛《け》と、生《う》まれつきであろうクルッと上向《うわむ》きにカールされた長《なが》いまつ毛《げ》。

女《おんな》の子《こ》に負《ま》けないくらいかわいらしい顔《かお》つきと、誰《だれ》とでも話《はな》せる人懐《ひとなつ》っこさがある泉《いずみ》くんは、クラスの中《なか》でも一番話《いちばんはな》しやすい男《おとこ》の子《こ》。

見《み》た目《め》はフワッとしてかわいらしいのに、中身《なかみ》は結構毒舌家《けっこうどくぜつか》。

そのギャップがいいのか、泉《いずみ》くんには密《ひそ》かにファンが多《おお》い。

「そう言《い》えば、楽《らく》、あんたまた告《こく》られたんだって？」

「なんで光莉《ひかり》が知《し》ってんだよ」

「女子《じょし》のネットワークなめんな〜。で、今回《こんかい》は付《つ》き合《あ》うの？」

「いや……」

「楽《らく》、理想高《りそうたか》そうだもんな〜」

光莉《ひかり》と泉《いずみ》くんは同《おな》じ小学校《しょうがっこう》出身《しゅっしん》で、お互《たが》い下《した》の名前《なまえ》で呼《よ》び合《あ》う仲《なか》。

泉《いずみ》くんが私《わたし》に話《はな》しかけてくれるのも、光莉《ひかり》が私《わたし》と仲良《なかよ》くしてくれているからっていうのが大《おお》きいかも。

それにしても、やっぱり泉《いずみ》くんはモテるんだな……多分《たぶん》、夏目《なつめ》くんの次《つぎ》にモテると思《おも》う。

「付《つ》き合《あ》ってみたら好《す》きになるかもよ？」

「それで好《す》きになれなかったら相手《あいて》に失礼《しつれい》だろ。試《ため》すみたいなやり方《かた》はやだよ」

泉《いずみ》くんのセリフに、光莉《ひかり》が「ちょっとお堅《かた》すぎない？」と突《つ》っ込《こ》んで、私《わたし》に、ね？と共感《きょうかん》を求《もと》めてきた。

「え、えっと……」

夏目《なつめ》くんみたいに、偶然会《ぐうぜんあ》っただけで、平気《へいき》であんな至近距離《しきんきょり》ですぐ触《ふ》れてくる男《おとこ》の子《こ》よりも、泉《いずみ》くんみたいなタイプが絶対《ぜったい》いいと思《おも》う。

「えっと……私《わたし》は、泉《いずみ》くんの考《かんが》え方《かた》、素敵《すてき》だなって思《おも》うよ！」

はっきりとそう伝《つた》えると、泉《いずみ》くんが目《め》を逸《そ》らした。

「そりゃ、どーもー」

「うわ、めずらしい！　楽《らく》が照《て》れてる！」

「うるせー」

ふたりの息《いき》の合《あ》ったやりとりに、ほっこりとする。


「菜花《なのは》は？」

「え？」

化学室《かがくしつ》への移動中《いどうちゅう》、光莉《ひかり》が突然話《とつぜんはなし》を振《ふ》ってきた。

「ほら、菜花《なのは》もモテるじゃん。それなのに、告白断《こくはくことわ》ってばっかりだから」

「え、まぁ……今《いま》は、人《ひと》の恋《こい》バナを聞《き》いてるほうが好《す》きかな」

「何《なに》それ～。いや、楽《たの》しいこともあるけどさ～。のろけとか愚痴《ぐち》とか、聞《き》いてるばっかじゃ絶対《ぜったい》つまらないでしょ！」

「そんなことないよ。それ言《い》ったら、光莉《ひかり》だってあれからどうなの？」

「いやぁ私《わたし》はね、今《いま》は自分《じぶん》を見《み》つめ直《なお》す時期《じき》ですから」

そうはぐらかされたけど、光莉《ひかり》だって十分《じゅうぶん》モテるし、現《げん》に去年《きょねん》だって他校生《たこうせい》と付《つ》き合《あ》っていた。

冷《さ》めたと言《い》って二年《にねん》に上《あ》がる前《まえ》に別《わか》れたけれど、新《あたら》しい恋《こい》を始《はじ》める気持《きも》ちとか、どうなんだろうか。

「まぁでも、菜花《なのは》のそういう高嶺《たかね》の花的《はなてき》なところが好《す》きだから、無理《むり》して彼氏《かれし》作《つく》ればいいのに、とは思《おも》わないけどね」

「光莉《ひかり》、高嶺《たかね》の花《はな》って使《つか》い方《かた》間違《まちが》ってるよ」

「はいはい～。菜花《なのは》が鈍感《どんかん》なだけでしょ～」

鈍感《どんかん》って……。絶対《ぜったい》そんなことないのに。

夏目《なつめ》くんに、あんなことを言《い》われちゃったら余計《よけい》。

今《いま》の私《わたし》が恋愛《れんあい》なんかしたって、面倒《めんどう》なことになりそうな気《き》しかしない。

ごまかさないで

「はーい、今日《きょう》の授業《じゅぎょう》はここまで」

四時間目終了《よじかんめしゅうりょう》のチャイムが鳴《な》り、先生《せんせい》の号令《ごうれい》とともにガタガタとみんなが席《せき》を立《た》つ。

キューとしめつけられるようなお腹《なか》の痛《いた》み。

この痛《いた》みのせいなのか、今日《きょう》は、時間《じかん》がたつのがものすごく遅《おそ》く感《かん》じる。

「あ、前回《ぜんかい》の授業《じゅぎょう》で出《だ》してもらったクラス分《ぶん》のノート、持《も》ってくるの忘《わす》れたから準備室《じゅんびしつ》に取《と》りに来《き》てな～。えっと、出席番号《しゅっせきばんごう》三番《さんばん》の人《ひと》よろしく」

先生《せんせい》はそう言《い》って、化学室《かがくしつ》をあとにした。

って、ちょっと待《ま》って。今《いま》、出席番号《しゅっせきばんごう》三番《さんばん》って言《い》った？

嫌《いや》な予感《よかん》がして黒板《こくばん》に書《か》いてある日付《ひづけ》を見《み》れば、今日《きょう》は三日《みっか》。

日付《ひづけ》の数字《すうじ》で生徒《せいと》を指名《しめい》するのは、化学《かがく》の山田先生《やまだせんせい》の得意技《とくいわざ》だ。

三番《さんばん》って……私《わたし》じゃんか。

はぁ……なんだか、今日《きょう》はとことんついていない。

「え、三番《さんばん》って菜花《なのは》じゃん。大丈夫《だいじょうぶ》？　誰《だれ》かに代《か》わってもらったら？　ごめん、うちら今日《きょう》の昼休《ひるやす》みは顧問《こもん》に呼《よ》び出《だ》されててさ……」

同《おな》じグループの三人《さんにん》が申《もう》し訳《わけ》なさそうに言《い》う。

たしかバレー部《ぶ》は話《はな》し合《あ》いがあるって、朝《あさ》のショートホームルームで言《い》ってたっけ。

「ねぇ、光莉《ひかり》は？」

バレー部《ぶ》のひとり、木村雪《きむらゆき》ちゃんが光莉《ひかり》に声《こえ》をかけると、

「ほんっとごめん！　今日《きょう》、私《わたし》、放送委員《ほうそういいん》でさ……」

光莉《ひかり》がパチンと顔《かお》の前《まえ》で手《て》を合《あ》わせて謝《あやま》る。

そうだ、毎月第一火曜日《まいつきだいいちかようび》は光莉《ひかり》が放送委員《ほうそういいん》の当番《とうばん》の日《ひ》。

放送委員《ほうそういいん》の活動《かつどう》は主《おも》にお昼休《ひるやす》みの放送《ほうそう》がメインだから、急《いそ》いで放送室《ほうそうしつ》に向《む》かわなければならない。

当番《とうばん》の日《ひ》に忙《いそが》しそうにしている光莉《ひかり》をよく見《み》ているから、説明《せつめい》されなくても十分《じゅうぶん》わかっている。

「私《わたし》は本当《ほんとう》に全然大丈夫《ぜんぜんだいじょうぶ》だから！　みんな早《はや》く行《い》ってきて！　気《き》をつかわせちゃってごめんね」

さらに私《わたし》が謝《あやま》れば、「誰《だれ》か捕《つか》まえて手伝《てつだ》ってもらいなよ」なんて言《い》ってくれて。

「またあとでね」と続《つづ》けて四人《よにん》は化学室《かがくしつ》をあとにした。


ポツリポツリと人《ひと》がいなくなっていく化学室《かがくしつ》。

完全《かんぜん》に、声《こえ》をかけるタイミングを失《うしな》ってしまった。

残《のこ》っている他《ほか》の女《おんな》の子《こ》たちは、自分《じぶん》たちのグループで固《かた》まっているし。

普段《ふだん》、一緒《いっしょ》じゃないグループの中《なか》に自分《じぶん》から入《はい》っていくのは、すごく苦手《にがて》だ。

こんな時《とき》に限《かぎ》って、唯一《ゆいいつ》気兼《きが》ねなく話《はな》せる男子《だんし》である泉《いずみ》くんも、購買《こうばい》で人気《にんき》の焼《や》きそばパンをゲットする闘《たたか》いのために誰《だれ》よりも先《さき》に出《で》ていったし。

ひとりで行《い》くしかないか。

化学準備室《かがくじゅんびしつ》は化学室《かがくしつ》のすぐ隣《となり》にあるけれど、クラス全員《ぜんいん》のノートを持《も》って教室《きょうしつ》まで持《も》っていくなんて、元気《げんき》な時《とき》だって面倒《めんどう》くさいことなのに……。

こんな日《ひ》に限《かぎ》って……。とほほ。

落《お》ち込《こ》んでいても仕方《しかた》がないので、重《おも》い足取《あしど》りで準備室《じゅんびしつ》に向《む》かえば、

「おー、頼《たの》んだぞー」

なんて軽快《けいかい》な声《こえ》とともに、すぐにクラス分《ぶん》のノートを先生《せんせい》に渡《わた》された。先生《せんせい》がノートをはじめから忘《わす》れずに持《も》ってくれれば、私《わたし》がわざわざこんなことしなくて済《す》んだのに。完全《かんぜん》に二度手間《にどでま》だ。

——ズシッ。

「重《おも》い……」

持《も》てないほどではないけれど、調子《ちょうし》の悪《わる》い時《とき》に持《も》つ重《おも》さじゃないことはたしかだ。

教室《きょうしつ》があるのは三階《さんかい》。化学準備室《かがくじゅんびしつ》は一階《いっかい》。

ただ階段《かいだん》をのぼるだけでも息《いき》が切《き》れそうになるのに。

目《め》の前《まえ》に立《た》ちはだかる、長《なが》い階段《かいだん》。階段《かいだん》の数《かず》が、いつもの倍《ばい》に見《み》える。

こんなものを持《も》ってのぼるなんて。

こんなことしている間《あいだ》にも、お昼休《ひるやす》みだってどんどん削《けず》られていくし。

嫌《いや》になりながらも階段《かいだん》を数段《すうだん》のぼって、やっと二階《にかい》の踊《おど》り場《ば》までたどりついて立《た》ち止《ど》まっていると、

「郁田《いくた》さん？」

後《うし》ろから名前《なまえ》を呼《よ》ばれたので、ゆっくりと振《ふ》り返《かえ》る。

「……げ」

お手本《てほん》のようにきれいに着《き》こなされた制服《せいふく》によく似合《にあ》う、清潔感《せいけつかん》のあるサラサラのダークブラウンの髪《かみ》。色気《いろけ》と品《ひん》を兼《か》ね備《そな》えた薄《うす》い唇《くちびる》に、スッと高《たか》い鼻筋《はなすじ》。

今《いま》、私《わたし》が一番苦手《いちばんにがて》としている人物《じんぶつ》だ。

「さっきぶり。人《ひと》の顔《かお》を見《み》て、そんな声《こえ》を出《だ》さなくても」

だって多分《たぶん》、この人《ひと》と関《かか》わるとロクなことがない気《き》がするから。

こうなってしまったのも、夏目《なつめ》くんのせいだもん。

夏目《なつめ》くんが、あのタイミングで保健室《ほけんしつ》に入《はい》ってこなければ、私《わたし》は今頃《いまごろ》まだ保健室《ほけんしつ》で休《やす》んでいて、こんな目《め》に遭《あ》わずに済《す》んだんだ。

すぐに夏目《なつめ》くんから目《め》を背《そむ》け、無視《むし》するように再《ふたた》び階段《かいだん》をのぼろうときびすを返《かえ》した瞬間《しゅんかん》――。

「ちょっと待《ま》ってよ」

肩《かた》に手《て》が置《お》かれて、自然《しぜん》と足《あし》が止《と》まる。

「……なんですか」

ため息《いき》まじりに声《こえ》を出《だ》す。

私《わたし》なんかにかまわないで、ちやほやしてくれる女の子《おんなのこ》のところへ早《はや》く行《い》けばいいのに。

「貸《か》して」

「えっ……？」

夏目《なつめ》くんの手《て》により、ひょいっと持《も》ち上《あ》げられたのは、私《わたし》の手《て》の中《なか》にあったクラス分《ぶん》のノート。

「な、何《なに》してるんですか」

「郁田《いくた》さん、体調悪《たいちょうわる》いんでしょ。ここのぼって左《ひだり》に曲《ま》がったすぐのところに非常《ひじょう》ドアがあるから、そこの階段《かいだん》で休《やす》んでて。ちょっと外《そと》の空気《くうき》を吸《す》ったほうがいい」

「え、あ、いや、あの、夏目《なつめ》くんは……」

まさか、夏目《なつめ》くんにノートを持《も》ってもらえるなんて思《おも》わなくて、わかりやすく戸惑《とまど》ってしまう。

「これ、三組《さんくみ》に持《も》っていけばいいんでしょ」

「そうだけど……でも……」

「俺《おれ》だって、さっきのこと悪《わる》いと思《おも》ってるよ」

「え……」

あの夏目《なつめ》くんから、まさかのセリフが飛《と》び出《だ》してきて完全《かんぜん》に返《かえ》す言葉《ことば》を失《うしな》う。

『悪《わる》いと思《おも》ってる』なんて言《い》われて、それ以上責《いじょうせ》められるわけがないし、それに、こんなふうに助《たす》けてもらったら、さらに何《なに》も言《い》えないじゃん。

「ちゃんと向《む》こうで休《やす》んでてよ」

「え、あっ、ちょ……」

夏目《なつめ》くんは、引《ひ》き留《と》めようとした私《わたし》を置《お》いて、長《なが》い足《あし》でスタスタと階段《かいだん》をのぼり始《はじ》め……あっという間《ま》に見《み》えなくなった。

あんな人《ひと》に借《か》りを作《つく》るなんて嫌《いや》だし、もう少《すこ》し粘《ねば》って意地《いじ》でも取《と》り返《かえ》して自分《じぶん》で持《も》っていくことだってできたはずだけど、正直《しょうじき》、体《からだ》が限界《げんかい》だった。

ぼーっとしてて、あまり頭《あたま》が回《まわ》らなくて。

私《わたし》は、夏目《なつめ》くんに言《い》われたとおり、階段《かいだん》をのぼった左側《ひだりがわ》にあるドアを開《あ》けて、その非《ひ》常階段《じょうかいだん》に腰《こし》をおろした。

階段《かいだん》には涼《すず》しい風《かぜ》が通《とお》って気持《きも》ちがいい。外《そと》の空気《くうき》ってこんなに違《ちが》うんだな……。

ちょっと、落《お》ちつくかも——。

フワッと鼻《はな》をくすぐる爽《さわ》やかな香《かお》りが、心《こころ》を落《お》ちつかせる。

頬《ほお》にはほどよく涼《すず》しい風《かぜ》が当《あ》たっているけれど、体《からだ》は何《なに》かに覆《おお》われているような。

朝《あさ》からギューギューとしぼられるような痛《いた》みがあった下腹部《かふくぶ》はとくにあたたかくて、さっきまで重苦《おもくる》しかった気分《きぶん》が嘘《うそ》のよう。

まるで、さっきの保健室《ほけんしつ》での……。

「ん……」

「あ、起《お》きた？　郁田《いくた》さん」

……へ？

ゆっくりと目《め》を開《あ》けると、きれいな顔《かお》がこちらをまっすぐ見《み》ていた。

しかも視線《しせん》を自分《じぶん》のお腹《なか》へ移動《いどう》させると、その声《こえ》の主《ぬし》のきれいな形《かたち》をした手《て》が載《の》っていて……。

え……。な……何《なに》、これ。

「えっ、ちょ……まっ！」

知《し》らぬ間《ま》に倒《たお》れていた体《からだ》をガバッと全力《ぜんりょく》で起《お》こす。

意味《いみ》わかんない!!　なんで私《わたし》、夏目《なつめ》くんの膝《ひざ》の上《うえ》で寝《ね》ているの!?

「なんで夏目くんが……」

「あれ、覚《おぼ》えてない？　郁田《いくた》さんのクラスにノート置《お》いたあと、ここに戻《もど》ってきてみたら、郁田《いくた》さん寝《ね》ちゃってたから。一瞬《いっしゅん》、あせったけど、気持《きも》ちよさそうに寝息《ねいき》を立《た》ててたから大丈夫《だいじょうぶ》だなって」

「……っ」

ね、寝息《ねいき》……。私《わたし》、この人《ひと》に寝顔《ねがお》を見《み》せちゃったわけ!?

いや、故意《こい》じゃないから完全《かんぜん》に事故《じこ》だけど！　だからって、なんで夏目《なつめ》くんの膝《ひざ》に!!

保健室《ほけんしつ》で彼《かれ》にされたことを思《おも》い出《だ》して、できるだけ距離《きょり》を取《と》ろうと階段《かいだん》の壁《かべ》に背中《せなか》を預《あず》けると。

「はい、これ」

夏目《なつめ》くんが私《わたし》に差《さ》し出《だ》してきたのは、ココア缶《かん》。

これって……。

「ん」

ココアから目《め》を離《はな》せないでいると、彼《かれ》は私《わたし》の右手《みぎて》を取《と》り、ココア缶《かん》を載《の》せた。

「こういう時《とき》は、体《からだ》の中《なか》から温《あたた》めたほうがいいって聞《き》いたことあったから」

「えっ……」

なんで……。よく知《し》りもしない私《わたし》にここまでするの？

まさか、まだこりずに⁉

「そんな警戒《けいかい》しないでよ。言《い》ったでしょ。悪《わる》いことしたと思《おも》ってるって。俺《おれ》のせいで、体《たい》調《ちょう》悪《わる》い郁田《いくた》さんが保健室《ほけんしつ》から出《で》ていっちゃったから」

「……っ」

「おわび」

何《なに》これ。調子《ちょうし》狂《くる》う。

あんなふうに出《で》ていった私《わたし》のことなんて、ほっといてくれればいいのに。

「……何《なに》、たくらんでるの？」

「ふはっ、ひどいなぁ」

夏目《なつめ》くんは目線《めせん》を私《わたし》から離《はな》して軽《かる》く笑《わら》う。

だって、彼《かれ》の本性《ほんしょう》を知《し》っている今《いま》、ここまでしてくれるなんて何《なに》か裏《うら》があるとしか思《おも》えない。

「そんなことより、郁田《いくた》さんそんなに体調《たいちょう》が悪《わる》いなら、帰《かえ》ったほうがよくない？」

「え、あ、いや……」

言《い》われて気《き》がついたけど、お腹《なか》の痛《いた》み、さっきよりもうんと楽《らく》になっている。

「帰《かえ》らないの？」

「うん。なんかちょっと楽《らく》になってるから」

あんまり認《みと》めたくないけど、夏目《なつめ》くんが私《わたし》のお腹《なか》に手《て》を当《あ》ててくれたおかげなのかな。

渡《わた》されたココアを両手《りょうて》で包《つつ》み込《こ》むように持《も》ちながら、そんなことを思《おも》う。

「……えっと、その、いろいろとありがとうございました。じゃあ私《わたし》、教室《きょうしつ》に戻《もど》りまずっ」

彼《かれ》と話《はな》すのは、今度《こんど》こそこれで最後《さいご》だ。

そう決意《けつい》して、その場《ば》から立《た》ち上《あ》がろうとした瞬間《しゅんかん》――。

「戻《もど》るって……もう授業《じゅぎょう》始《はじ》まってるよ？」

「へっ……」

夏目《なつめ》くんの声《こえ》に足《あし》が止《と》まる。

「それに、郁田《いくた》さんお昼《ひる》までだでしょ。体調《たいちょう》よくなったなら少《すこ》しでもご飯《はん》食《た》べたほうがよくない？」

「えっと……」

なんで、夏目《なつめ》くんにお昼《ひる》の心配《しんぱい》までされなくちゃいけないの？

さっき会《あ》ったばかりの、赤《あか》の他人《たにん》なのに。

「郁田《いくた》さんって、お昼《ひる》は弁当《べんとう》？」

「え、いや、今日《きょう》は体調《たいちょう》が悪《わる》かったから作《つく》れなくて」

「ならよかった。はい」

「……え」

そう言《い》って夏目《なつめ》くんがこちらに見《み》せてきたのは、白《しろ》いビニール袋《ぶくろ》。

これって……。

「焼《や》きそばパン、カレーパン、メロンパン、クロワッサン……いろいろあるよ？　どれがいい？」

「なんで……」

「なんでって、一緒《いっしょ》に食《た》べようかと思《おも》って」

いやいやいや！

そんな当《あ》たり前《まえ》みたいに言《い》われても！

本当《ほんとう》にお昼休《ひるやす》みは終《お》わってしまったのか、私《わたし》は本当《ほんとう》にお昼休《ひるやす》みの間《あいだ》ずっと夏目《なつめ》くんの膝《ひざ》の上《うえ》で爆睡《ばくすい》してたのか、スカートのポケットからスマホを取《と》り出《だ》して時間《じかん》を確認《かくにん》しようとロック画面《がめん》を開《ひら》くと……。

【13：50】という時《と》計《けい》の表示《ひょうじ》。とっくに五時間目《ごじかんめ》の授業《じゅぎょう》が始《はじ》まっている時間《じかん》。

本当《ほんとう》だ……。

それから、光莉《ひかり》から数件《すうけん》のメッセージが入《はい》っていた。

ん？

《やっぱりまだキツかったんだね、ゆっくり休《やす》んで》

《てか夏目《なつめ》くん、ほんと王子様《おうじさま》みたいな人《ひと》だね～！　菜花《なのは》の代《か》わりにノート届《とど》けてくれたんだって⁉》

《体調《たいちょう》よくなったら詳《くわ》しく話《はなし》を聞《き》かせてっ》

んんん？

「夏目《なつめ》くん……クラスの子《こ》たちに私《わたし》のことなんか言《い》った？」

目線《めせん》をスマホから夏目《なつめ》くんへ向《む》ければ、彼《かれ》は焼《や》きそばパンの袋《ふくろ》を開《あ》けてパンをかじっていた。

「そりゃ、違《ちが》うクラスのやつが他《ほか》のクラスのノートを持《も》ってきたら、みんな不審《ふしん》がるからね」

「……まぁ」

「郁田《いくた》さんが体調悪《たいちょうわる》そうだったから保健室《ほけんしつ》に行《い》くように言《い》って、代《か》わりにノートを持《も》ってきたってクラスの人《ひと》に伝《つた》えたよ」

「なるほど……」

きっとその話《はなし》を、光莉《ひかり》はクラスの子《こ》から聞《き》いたんだよね。放送委員《ほうそういいん》の光莉《ひかり》は、まだその場《ば》にいなかっただろうし。光莉《ひかり》のメッセージの様子《ようす》からしてもわかる。

これじゃ、ますます夏目《なつめ》くんの株《かぶ》が上《あ》がっちゃうじゃん。

爽《さわ》やかイケメンの夏目《なつめ》くんが、人助《ひとだす》け、なんて。

本当《ほんとう》は……裏表《うらおもて》のある人《ひと》なのに。かと思《おも》えば、こうやって助《たす》けてくれるし。

夏目《なつめ》くんが、よくわかんない。

「授業中《じゅぎょうちゅう》の教室《きょうしつ》に入《はい》るのなんて、気《き》が引《ひ》けるでしょ」

さらに、「五時間目《ごじかんめ》終《お》わるまではゆっくりしてれば」なんて続《つづ》けながら、再《ふたた》び焼《や》きそばパンを口《くち》に運《はこ》んだ夏目《なつめ》くん。

そりゃ……教室《きょうしつ》に帰《かえ》って注目《ちゅうもく》されるのはちょっと苦手《にがて》だけど。

というかそれよりも、

「夏目《なつめ》くんは？　授業《じゅぎょう》受《う》けないの？」

ずっと引《ひ》っかかっていたこと。

保健室《ほけんしつ》でも、ここでよく寝《ね》ているって言《い》っていた。。

夏目《なつめ》くんといえば、真面目《まじめ》でみんなに信頼《しんらい》されてて勉強《べんきょう》のできるイメージだったから、授業《じゅぎょう》をサボっている印象《いんしょう》なんて全然《ぜんぜん》なかった。

「まぁ、とにかくまずはそれ飲《の》んだら？」

なんて、話《はなし》をはぐらかされて。

夏目《なつめ》くんが言《い》ってたように、このタイミングで教室《きょうしつ》に帰《かえ》る勇気《ゆうき》はないから。

その場《ば》にもう一度《いちど》座《すわ》り直《なお》して、もらったココア缶《かん》を開《あ》けて口《くち》をつける。

フワッと温《あたた》かい甘《あま》さが鼻《はな》を通《とお》って、自然《しぜん》と心《こころ》が落《お》ちつく。あったかい……。

ココアの甘《あま》さが口《くち》いっぱいに広《ひろ》がって、それがあまりにもおいしくて口元《くちもと》が緩《ゆる》む。

「ココア好《す》きなんだ」

「えっ……」

楽《たの》しそうにこちらを見《み》る夏目《なつめ》くんと、バチッと目《め》が合《あ》ってしまった。

慌《あわ》てて口角《こうかく》を元《もと》に戻《もど》してから目《め》を逸《そ》らす。

「やっと笑《わら》った顔《かお》が見《み》られた」

「……笑《わら》ってなんかっ」

ココアを飲《の》んで思《おも》わずニヤけてしまった顔《かお》を夏目《なつめ》くんに見《み》られた恥《は》ずかしさで、言葉《ことば》に詰《つ》まる。

今《いま》のは、『ココアの味《あじ》』に思《おも》わずほころんだだけで。

「笑《わら》ってたよ。ね、一口《ひとくち》ちょうだい」

「えっ……ちょ」

スッと取《と》り上《あ》げられたココア缶《かん》を目《め》で追《お》えば、飲《の》み口《くち》に唇《くちびる》をつける寸前《すんぜん》の夏目《なつめ》くんが伏《ふ》し目《め》がちにこちらを見《み》た。

その表情《ひょうじょう》がなんとも色《いろ》っぽくて、不覚《ふかく》にもドキッとしてしまったのが悔《くや》しくて、目《め》を逸《そ》らす。

こんな人《ひと》にときめくなんて、ないない！

顔《かお》は、たしかにカッコいいかもしれないけれど。

「ダメ？　もともと俺《おれ》が買《か》ったやつだけど」

「……っ、いや、その」

そりゃ、夏目《なつめ》くんのお金《かね》で買《か》ったものだから、私《わたし》に飲《の》むのを止《と》める権利《けんり》はないのかもだけど。でも……。

「あ、間接《かんせつ》キスになっちゃうのが嫌《いや》？」

「……っ!?」

ほんっとにこの人《ひと》は、なんでそういうことを平気《へいき》で言《い》うのかな。

どんどん夏目《なつめ》くんの好感度《こうかんど》が下《さ》がっていくよ。

「……別《べつ》にっ」

「フッ、郁田《いくた》さんって、ほんと見《み》かけによらずなんだね。耳真っ赤《みみまっか》」

「うるさいなっ」

思《おも》わず大《おお》きくなってしまった声《こえ》も恥《は》ずかしくて、耳《みみ》を隠《かく》すように手《て》ぐしで髪《かみ》をとく。

「じゃ、もらうね」

何《なに》が楽《たの》しいのか、夏目《なつめ》くんは終始《しゅうし》ヘラヘラした顔《かお》をしながらココアを一口《ひとくち》飲《の》んだ。

本当《ほんとう》に、こういうことを誰《だれ》とでもできちゃう人《ひと》なんだな。

昨日《きのう》までの印象《いんしょう》とは全然違《ぜんぜんちが》うから、いまだに本当《ほんとう》にこの人《ひと》があの夏目涼々《なつめすず》くんなのかとうたがってしまう。

「ん、おいしい」

「はい」と言《い》ってココア缶《かん》を返《かえ》されて自然《しぜん》と受《う》け取《と》ったけど、もう飲《の》む気《き》になれない。

こんなの……意識《いしき》しないで飲《の》める人《ひと》なんているんだろうか。

保健室《ほけんしつ》では体調《たいちょう》が思《おも》わしくないこともあって、あまり冷静《れいせい》に考《かんが》えられなかったけど。

私《わたし》の隣《となり》に座《すわ》っているこの人《ひと》は、人気者《にんきもの》の夏目《なつめ》くんなんだ。

「どれがいい？」

夏目《なつめ》くんにパンの入《はい》った袋《ふくろ》を目《め》の前《まえ》で開《ひら》かれて、思《おも》わずお腹《なか》が鳴《な》りそうになる。

ゴクリ。

正直《しょうじき》、お腹《なか》ペコペコだ。体調悪《たいちょうわる》くて朝《あさ》は食《た》べられなかったし。

「どれがいい？」

「……じゃあ、メロンパンで」

食欲《しょくよく》に負《ま》けて遠慮《えんりょ》がちに答《こた》えれば、満足《まんぞく》そうに「はいどうぞ」と言《い》われて、それがまた気《き》に食《く》わない。

「郁田《いくた》さんはメロンパンが好《す》き、っと」

「ちょっと！　何《なに》してるの！」

スマホを取《と》り出《だ》し、何《なに》やら話《はな》しながら画面《がめん》に打《う》ち込《こ》む夏目《なつめ》くんに突《つ》っ込《こ》めば。

「ただのメモだよ。ほら、俺《おれ》たち一緒《いっしょ》のベッドで眠《ねむ》った仲《なか》だし」

と、意地悪《いじわる》な顔《かお》をしてそう言《い》った。

ずっと彼《かれ》にからかわれている気《き》がしてムカつく。

表向《おもてむ》きの夏目《なつめ》くんなら、絶対《ぜったい》そんな冗談《じょうだん》言《い》わないはずなのに。

「そんなことばっかり言《い》ってたら、夏目《なつめ》くんの本性《ほんしょう》、みんなに言《い》いふらすよ？」

思《おも》わずそんな言葉《ことば》を発《はっ》してしまうと。

「逆《ぎゃく》に、そんなこと言《い》っていいのかな？」

目《め》の前《まえ》の彼《かれ》が何《なに》かをたくらむような笑《え》みを浮《う》かべて、スマホ画面《がめん》を見《み》せてきた。

私《わたし》の目《め》に飛《と》び込《こ》んできたのは……。

「こっ、これ……」

「かわいくて撮《と》っちゃった」

「なっ」

「郁田《いくた》さんの、ね、が、お」

ニコニコしながらスマホをひらひらと見《み》せてくる夏目《なつめ》くんに、私のいらだちはMAX《マックス》。

彼《かれ》のスマホ画面《がめん》に映《うつ》っているのは正真正銘《しょうしんしょうめい》、この階段《かいだん》で寝《ね》ていた私《わたし》の姿《すがた》だ。

「郁田《いくた》さんの態度次第《たいどしだい》では、この写真《しゃしん》、俺以外《おれいがい》の人《ひと》にわたっちゃうかもね」

「っ、さいってい！」

「はい、わかったら、あれは俺《おれ》と郁田《いくた》さんだけの秘密《ひみつ》ってことで」

最悪《さいあく》だ。

「それから、郁田《いくた》さんスマホ出《だ》して」

渡《わた》せと言《い》いたげに手《て》のひらを見《み》せた夏目《なつめ》くんの勝《か》ち誇《ほこ》った顔《かお》に、さらに悔《くや》しさが込《こ》み上《あ》げてくる。

あの写真《しゃしん》が彼《かれ》の手《て》にある以上《いじょう》、歯向《はむ》かえない。

どうして私《わたし》がこんな目《め》に!!

こんな自分《じぶん》の恥《は》ずかしい姿《すがた》をさらされて、残《のこ》りの学生生活《がくせいせいかつ》を絶対《ぜったい》に穏《おだ》やかに過《す》ごせるわけがないから。

グッと唇《くちびる》をかみながら、仕方《しかた》なく、彼《かれ》の手《て》に自分《じぶん》のスマホを置《お》いた。

「はい、よくできました。覚悟《かくご》しててね、郁田《いくた》さん」

関《かか》わらないで

「はぁ……」

翌日《よくじつ》、自分《じぶん》の席《せき》についてスマホのメッセージアプリを開《ひら》き、【新《あたら》しい友達《ともだち》】の欄《らん》を見《み》てため息《いき》をつく。

【夏目涼々《なつめすず》】

なんでこんなことになってしまったんだろうか。

昨日《きのう》、寝顔《ねがお》の写真《しゃしん》をバラまくとおどされて、仕方《しかた》なく連絡先《れんらくさき》を交換《こうかん》してしまった。

戻《もど》れるのなら今《いま》すぐ昨日《きのう》に戻《もど》って、あの外階段《そとかいだん》で休《やす》んでしまったことを取《と》り消《け》したい。

せめて保健室《ほけんしつ》で寝《ね》ればよかった。

はぁ……考《かんが》えるだけで頭《あたま》が痛《いた》くなる。憂《ゆう》うつだ。

よりによって、なんで私《わたし》なんだろうか。かわいい子《こ》や夏目《なつめ》くんをチヤホヤする女《おんな》の子《こ》なんて、星《ほし》の数《かず》ほどいるのに。

あのあと教室《きょうしつ》に戻《もど》ったら、案《あん》の定《じょう》グループのみんなからは質問攻《しつもんぜ》めだったし。なんとか当《あ》たりさわりのないの返《かえ》しで、深《ふか》くまで聞《き》かれずに済《す》んだけど。

これで連絡先《れんらくさき》まで知《し》っているとなったら、余計《よけい》に騒《さわ》がれちゃうよ。

光莉《ひかり》たちに隠《かく》し事《ごと》をするのは気《き》が引《ひ》けるけど、しょうがないよね……。

「菜花《なのは》おはよー！　体調大丈夫《たいちょうだいじょうぶ》ー？」

名前《なまえ》を呼《よ》ばれて顔《かお》を上《あ》げれば、光莉《ひかり》たちが私《わたし》のことを心配《しんぱい》して席《せき》まで来《き》てくれた。

「おはよう。うん、もうだいぶよくなったよ！　心配《しんぱい》かけてごめんね」

わざわざ心配《しんぱい》してくれるみんなに隠《かく》しごとをしているのは、かなり罪悪感《ざいあくかん》。

「元気《げんき》になってくれてよかったよ〜。たった数時間《すうじかん》でも、菜花《なのは》が教室《きょうしつ》にいないだけでつまんないもん」

「光莉《ひかり》……ありがとう。でも、もう大丈夫《だいじょうぶ》だから」

普段《ふだん》ならそこまで辛《つら》くないのに。

絶対《ぜったい》に、夏目《なつめ》くんという巨大《きょだい》なストレスが降《ふ》ってきたせいだ。

「それにしても見《み》たかったな〜。お姫様抱《ひめさまだ》っこして菜花《なのは》を保健室《ほけんしつ》に連《つ》れていった夏目王子《なつめおうじ》」

「いや、光莉《ひかり》、話《はなし》だいぶ変《か》わってるんだけど……」

夏目《なつめ》くんが積《つ》み上《あ》げてきた〝いい人《ひと》〟って印象《いんしょう》は、本人《ほんにん》が何《なに》も言《い》わなくても勝手《かって》に都《つ》合《ごう》よく作《つく》り上《あ》げられるみたい。

おそるべし夏目仮面《なつめかめん》。

私《わたし》なんて、何《なに》もしてないのに『二股《ふたまた》』だもんね。何《なに》この違《ちが》い。

「カッコよすぎて、非《ひ》の打《う》ちどころがないよね」

なんて、同《おな》じくバレー部《ぶ》の秋津百合《あきつゆり》ちゃんも言《い》う。絶対《ぜったい》、キラキラフィルターかかってるよそれ。

「ほんとカッコいいわ〜夏目《なつめ》くん」

と、目《め》をうっとりさせる光莉《ひかり》。

「は、はあ……」

「でも、夏目《なつめ》くんって全然彼女作《ぜんぜんかのじょつく》らないよね〜。入学式《にゅうがくしき》の時《とき》からずっといろいろな子《こ》に告白《こくはく》されてるけど、付《つ》き合《あ》わないって噂《うわさ》じゃん」

「忘《わす》れられない想《おも》い人《びと》でもいるのかな」

「えー！　それだとさらに好感度《こうかんど》アップすぎる！　めっちゃ一途《いちず》ってことじゃん！」

「完璧《かんぺき》すぎる」

「へ、へ〜。そ、そうなのかな〜……」

どうしよう。

みんなの妄想《もうそう》はどんどんヒートアップしていくけど、まったく話《はなし》に乗《の》れない。

だって、そんなことあるわけないもん。

『俺《おれ》と一緒《いっしょ》に寝《ね》てよ、郁田《いくた》さん』

保健室《ほけんしつ》で初《はじ》めて会《あ》った時《とき》に言《い》われたセリフを思《おも》い出《だ》して、ゾッとする。

夏目《なつめ》くんが特定《とくてい》の女《おんな》の子《こ》と付《つ》き合《あ》わないのはきっと、ああいうことをするための都合《つごう》のいい関係《かんけい》だけが彼《かれ》には必要《ひつよう》だからなんだ。

彼《かれ》の本性《ほんしょう》を知《し》った今《いま》、容易《ようい》に想像《そうぞう》できてしまう。

あぁ、やだ。もう二度《にど》と関《かか》わりたくない。私《わたし》は穏《おだ》やかな学生生活《がくせいせいかつ》を送《おく》りたいんだから。

夏目涼々《なつめすず》とは、生《い》きる世界《せかい》が違《ちが》う。

「郁田《いくた》さんっ」

『もう二度《にど》と関《かか》わりたくない』

そう思《おも》ってたのがついさっき。

二時間目《にじかんめ》の休《やす》み時間《じかん》、みんなと移動教室《いどうきょうしつ》に向《む》かっていたら、不意《ふい》に後《うし》ろから名前《なまえ》を呼《よ》ばれた。

今《いま》、一番聞《いちばんき》きたくない声《こえ》だった。

私《わたし》がおそるおそる振《ふ》り向《む》いたと同時《どうじ》に、両側《りょうがわ》から「夏目《なつめ》くん!?」なんて驚《おどろ》いた声《こえ》がして。

……今《いま》すぐ帰《かえ》りたい。

「……な、何《なに》?」

みんなの前《まえ》。しかも、他《ほか》のクラスメイトの子《こ》たちも行《ゆ》き交《か》う廊下《ろうか》。

あからさまに嫌《いや》な態度《たいど》をとって、夏目《なつめ》くんのファンたちに生意気《なまいき》だって思《おも》われるのは極力《きょくりょく》さけたい。

「体調《たいちょう》どうかなって心配《しんぱい》で」

夏目《なつめ》くんが眉《まゆ》を少《すこ》し下《さ》げて言《い》えば、光莉《ひかり》たちが「まぁ!」なんて大《おお》げさに反応《はんのう》した。

あぁ、これだ。夏目《なつめ》くんの狙《ねら》いは。

「もう大丈夫《だいじょうぶ》だよ。昨日《きのう》は助《たす》けてくれてありがとう。じゃあ——」

「あのさ、郁田《いくた》さん」

『じゃあね』と言《い》ってすぐ体《からだ》の向《む》きを戻《もど》そうとしたのに、引《ひ》き留《と》められてしまった。

なんなんだ、なんなんだ。

光莉《ひかり》も雪《ゆき》ちゃんたちも、目《め》の前《まえ》の夏目《なつめ》くんにうっとりして動《うご》かないしっ!!

「……な、なんです、か？」

しぶしぶ聞《き》けば、目《め》の前《まえ》にいる爽《さわ》やかイケメンの顔《かお》がパァと明《あか》るくなった。

うさんくさい……。よくもまぁ、みんなだまされるよ。

いや、一昨日《おととい》まで、私《わたし》もだまされてたひとりなんだけど。

「よかったら、これからも仲良《なかよ》くしてくれるとうれしいな。郁田《いくた》さんも、郁田《いくた》さんのお友《とも》達《だち》も」

は、は？

夏目涼々《なつめすず》、やり方《かた》が汚《きたな》いぞ！　面《めん》と向《む》かってだと、断《ことわ》るって分《わ》かっていて、あえて、夏《なつ》目《め》くん大好《だいす》きな友達《ともだち》の前《まえ》で言《い》うなんて！

「……えっ、と……」

ガシッ。

っ!?

私《わたし》の両腕《りょううで》をそれぞれギュッとつかんだ光莉《ひかり》と雪《ゆき》ちゃんが口《くち》を開《ひら》いた。

「しますします！　仲良《なかよ》くします！　ね！　菜花《なのは》っ！」

「夏目《なつめ》くんのほうからそんなこと言《い》ってくれるなんて！」

「いや、えっと……」

目《め》がハートになっているふたりの前《まえ》で、「するわけないでしょう」なんて言《い》えるわけもなく。

私《わたし》たちのやりとりを見《み》ている夏目《なつめ》くんは、うれしそうにニコニコ笑《わら》っていて満足《まんぞく》そう。

ぐぅ……この人《ひと》！

「……ま、まぁ、はい」

私《わたし》は、そう返事《へんじ》をするしかなかった。

放課後《ほうかご》。
《話《はなし》があります》
我慢《がまん》の限界《げんかい》だった私《わたし》は、夏目《なつめ》くんを屋上《おくじょう》に呼《よ》び出《だ》した。
お昼休《ひるやす》みはいろいろな生徒《せいと》が友達《ともだち》とご飯《はん》を食《た》べるために利用《りよう》している屋上《おくじょう》だけれど、

放課後《ほうかご》となれば誰《だれ》もいない。

学校《がっこう》であの夏目《なつめ》くんと会《あ》うには、ちょうどいい時間《じかん》と場所《ばしょ》。

しっかり言《い》ってやらないと。私《わたし》に関《かか》わらないでって。

友達《ともだち》にだってそう。これ以上《いじょう》、学校《がっこう》で変《へん》な目立《めだ》ち方《かた》をしたくない。

意《い》を決《けっ》し、深呼吸《しんこきゅう》をしているところで重《おも》たいドアが開《ひら》く音《おと》がした。

「まさか郁田《いくた》さんから呼《よ》び出《だ》してくれるなんてね。……もしかして、その気《き》になってくれた？」

「……っ」

フェンスに体《からだ》を預《あず》けて待《ま》っていた私《わたし》の正面《しょうめん》に立《た》つ夏目《なつめ》くんは、ニヤッと笑《わら》ってから手《て》に持《も》ったアイスをかじった。反省《はんせい》の色《いろ》がまるでない。

たしかに、うちの学校《がっこう》にはドリンク専用《せんよう》の自販機《じはんき》とは別《べつ》に、アイスの自販機《じはんき》も設置《せっち》されている。

だからって。人《ひと》が話《はなし》があるという時《とき》に、食《た》べながらやってくるなんてどうかしている。

しかも、私《わたし》がメッセージで呼《よ》び出《だ》したのはお昼休《ひるやす》みの時《とき》。

この人《ひと》、私《わたし》に放課後会《ほうかごあ》うとわかっていて、のうのうとアイスを買《か》ったんだ。

私《わたし》が怒《おこ》っている理由《りゆう》を知《し》っていながら、それを楽《たの》しんでいるかのようにしか見《み》えない。

ムカつく……。

「なんでアイス食《た》べてるの……」

「そんなカッカしないでよ。ほら、郁田《いくた》さんの分《ぶん》もちゃんとあるんだから、これでその熱《あつ》くなった頭《あたま》を冷《ひ》やしな？」

「……えっ、あ、ありが――」

って、ちが――う!!　危《あぶ》ない危《あぶ》ない。

差《さ》し出《だ》されたアイスに伸《の》びた手《て》を、すぐ引《ひ》っ込《こ》める。

「ん？　食《た》べないの？」

不思議《ふしぎ》そうに首《くび》をかしげる夏目《なつめ》くん。わざとらしいったらありゃしない。

「……いや、そういう気分《きぶん》じゃないから。ていうか呼《よ》び出《だ》されててアイス買《か》う余裕《よゆう》ある!?　普通《ふつう》!!」

「んー郁田《いくた》さんの普通《ふつう》はわからないけど。放課後《ほうかご》にアイス買《か》うのは朝起《あさお》きた時《とき》から決《き》めてたから。そっちのほうが優先《ゆうせん》でしょ。郁田《いくた》さんのほうがあと」

「つ、何《なに》それ」

言《い》い返《かえ》せない自分《じぶん》も嫌《いや》になる。

夏目《なつめ》くんの言《い》うことは、いちいち的《まと》を射《い》ている気《き》がするから。

「でもこれ食《た》べないと溶《と》けちゃうよ。もったいない」

「夏目《なつめ》くんが勝手《かって》に買《か》ってきたんでしょ！　責任持《せきにんも》って全部食《ぜんぶた》べなよ」

「けど、二本《にほん》も一気《いっき》に食《た》べたら絶対《ぜったい》お腹壊《なかこわ》しそう」

いや知《し》らないよ。夏目《なつめ》くんのお腹《なか》のことなんて。でも……。

『もったいない』

そう言《い》われたら、申《もう》し訳《わけ》ないじゃん。食《た》べ物《もの》は粗末《そまつ》にしちゃいけないし。

「はぁ……わかった。もったいないから食《た》べるよ」

これっぽっちも夏目《なつめ》くんのためじゃないけれど、私《わたし》の選択《せんたく》がいちいちそうしているみたいで気分《きぶん》が悪《わる》い。でも、食《た》べ物《もの》に罪《つみ》はないから。

私《わたし》が手《て》を伸《の》ばせば、彼《かれ》はパッケージに【生《なま》キャラメル】と書《か》かれたアイスを満足《まんぞく》そうにくれた。

また夏目《なつめ》くんにごちそうになってしまった。

いや、そういう流《なが》れになってしまっただけだし、溶《と》けたらもったいないから仕方《しかた》なく。

グゥ〜〜。

っ⁉

「なんだ〜郁田《いくた》さんもお腹減《なかへ》ってるんじゃん。素直《すなお》じゃないな〜」

夏目《なつめ》くんがそう言《い》って私《わたし》の正面《しょうめん》にしゃがんでから、アイスをまた一口《ひとくち》かじった。

恥《は》ずかしすぎて穴《あな》があったら入《はい》りたい……。

「別《べつ》にっ」

そりゃ、おいしそうだなとは思《おも》ったさ。

あぁやだ。また夏目《なつめ》くんのペースにのまれる。

悔《くや》しくて、でもうまく言葉《ことば》は出《で》てこなくて。自然《しぜん》と下唇《したくちびる》をかんだ。

「郁田《いくた》さんの恥《は》ずかしがってる顔《かお》、好《す》きだな〜」

「はぁ……本題《ほんだい》」

夏目《なつめ》くんの声《こえ》を無視《むし》してアイスの袋《ふくろ》を開《あ》けながら言《い》うと、彼《かれ》は「ん？」と首《くび》をかしげた。

自分《じぶん》をよりよく見《み》せる角度《かくど》をわかっている感《かん》じ。

ますます鼻《はな》について嫌《いや》になる。

でも今《いま》は、彼《かれ》の行動《こうどう》にいちいち心《こころ》をかき乱《みだ》されている場合《ばあい》じゃない。

しっかり、伝《つた》えなきゃ。

「……私《わたし》が夏目《なつめ》くんをこうして呼《よ》び出《だ》すのは最初《さいしょ》で最後《さいご》。お願《ねが》いだから、人前《ひとまえ》で私《わたし》に接《せっ》触《しょく》してこないで」

「え〜命《いのち》の恩人《おんじん》にそんなこと言《い》うの？」

「はい？」

いやいや。

たしかに夏目《なつめ》くんは、私《わたし》のことを助《たす》けてくれたかもしれない。

でも、それは保健室《ほけんしつ》でのことを、私《わたし》に悪《わる》いことしたって思《おも》っていたからでしょ？

それがなんで急《きゅう》に、『命《いのち》の恩人《おんじん》』なんて規模《きぼ》の話《はなし》になるんだ。

夏目《なつめ》くんに助《たす》けてもらわなくたってよかったし。

「夏目《なつめ》くんが勝手《かって》にしたことでしょ？」

正直《しょうじき》、助《たす》けてもらってこんなことを言《い》うのは自分《じぶん》でも非常識《ひじょうしき》だとは思《おも》うけど、相手《あいて》が癖《くせ》の強《つよ》い夏目《なつめ》くんとなれば話《はなし》は別《べつ》だ。

目《め》の前《まえ》の夏目《なつめ》くんにムカつきながら、アイスを袋《ふくろ》から取《と》り出《だ》す。

バニラアイスに生《なま》キャラメルのソースが層《そう》になってかかったそれは、さっきまで手《て》に持《も》っていた彼《かれ》の体温《たいおん》で、ほんの少《すこ》し表面《ひょうめん》が溶《と》けている。

それでも……おいしいに違《ちが》いない組《く》み合《あ》わせにゴクンとつばを飲《の》み込《こ》んで。

一口《ひとくち》ぱくっとかじれば、さっぱりしたバニラアイスと甘《あま》ったるいキャラメルの風味《ふうみ》が口《くち》いっぱいに広《ひろ》がった。


ん〜〜!!　おいしいっ!!

たかが自販機《じはんき》のアイスと、あなどるなかれ。

六月上旬《ろくがつじょうじゅん》の、ジメジメとした暑《あつ》さと授業《じゅぎょう》終《お》わりの疲《つか》れた体《からだ》に沁《し》みる。

「食《た》べ物《もの》には、そんなかわいい顔《かお》できるのにね〜」

「えっ……」

嫌《きら》いな声《こえ》がして目線《めせん》を向《む》ければ、何《なに》やら不服《ふふく》そうに夏目《なつめ》くんがこちらを見《み》ている。

うっ、アイスのあまりのおいしさに彼《かれ》の存在《そんざい》を忘《わす》れかけていた。

そもそも、このアイス持《も》ってきたのは夏目《なつめ》くんなのに。

っていうか、何《なに》さっきの。『食《た》べ物《もの》には、そんなかわいい顔《かお》できるのにね〜』とは。

「あの、夏目《なつめ》くん、話《はなし》を聞《き》いてた？」

ついアイスに心《こころ》を持《も》っていかれていた私《わたし》が言《い》えるセリフでないことは重々承知《じゅうじゅうしょうち》だけれど。それとこれとは別問題《べつもんだい》だ。たぶん。

さっさと『わかった。もう郁田《いくた》さんには近《ちか》づかないから』って言《い》ってよ。

「アイスに妬《や》けるな〜」

「はい？」

すぐ話《はなし》を逸《そ》らして、おかしな方向《ほうこう》へと持《も》っていこうとするんだから。

「話《はなし》を逸《そ》らさないで！　約束《やくそく》して！　私《わたし》にはもう金輪際近《こんりんざいちか》づかないって！　わかった？

返事《へんじ》！」

そう言《い》って、また一口《ひとくち》アイスをかじる。

今《いま》ならこのアイスに免《めん》じて許《ゆる》してあげるから、ちゃんと約束《やくそく》してほしい。

キッとしっかり彼《かれ》の瞳《ひとみ》を捉《とら》えれば、夏目《なつめ》くんはシュンと目《め》を伏《ふ》せた。

「俺《おれ》と郁田《いくた》さんの仲《なか》じゃん。そんなこと言《い》わないでよ」

「いやいや、私《わたし》と夏目《なつめ》くんの間《あいだ》には何《なに》もないから!」

はっきりと、少々《しょうしょう》荒《あら》い声音《こわね》で叫《さけ》べば、「へー」と今《いま》まで彼《かれ》の口《くち》から聞《き》いたことないような低《ひく》い声《こえ》が響《ひび》いた。

それからアイスを持《も》っている手《て》を突然《とつぜん》つかまれて。

——熱《あつ》い、夏目《なつめ》くんの手《て》。

「ちょ、何《なに》よ——」

とっさに顔《かお》を上《あ》げて対抗《たいこう》しようとした瞬間《しゅんかん》。

フワッと生《なま》キャラメル味《あじ》のアイスとは別《べつ》の、爽《さわ》やかな香《かお》りが鼻《はな》をかすめて。

一瞬《いっしゅん》だった。

視界《しかい》は、目《め》をつむった夏目《なつめ》くんの顔《かお》でいっぱいで。

唇《くちびる》には生《なま》あたたかい何《なに》かが触《ふ》れて、ほんのりイチゴの香《かお》りがして。

いったい……これは……。

「フッ、イチゴキャラメルも悪《わる》くないね」

「……っ、あんたっ」

あのみんなの人気者《にんきもの》である夏目《なつめ》くんを、『あんた』呼《よ》ばわりしてしまうほどの衝撃《しょうげき》。

誰《だれ》か嘘《うそ》だと言《い》って……。

「郁田《いくた》さん、顔《かお》が真《ま》っ赤《か》、どんだけ慣《な》れてないの」

指摘《してき》されなくてもわかっている。

顔《かお》が熱《あつ》い。史上最高《しじょうさいこう》に赤《あか》くなっているだろう。そりゃそうだ。

恥《は》ずかしさと悔《くや》しさで頭《あたま》がおかしくなりそう。

今《いま》のが……私《わたし》の、ファーストキスなんて。絶対信《ぜったいしん》じたくない。

今《いま》さっき起《お》きたことが脳内《のうない》で再生《さいせい》されて、泣《な》きそうになるほどのショックが私《わたし》を攻撃《こうげき》する。

無理《むり》……。絶対無理《ぜったいむり》……。

「……最悪《さいあく》」

あまりのショックに、視点《してん》を落《お》としたままボソッとつぶやけば。

「これで、俺《おれ》と郁田《いくた》さんの間《あいだ》に何《なに》もないなんて言《い》えないね」

なんて、さっきのキスをした人《ひと》と同一人物《どういつじんぶつ》とは思《おも》えないぐらいの、爽《さわ》やかな声《こえ》が耳《みみ》に届《とど》いた。


あれから一週間《いっしゅうかん》。

夏目《なつめ》くんは廊下《ろうか》で私《わたし》を見《み》つけると絶対《ぜったい》に駆《か》け寄《よ》ってきて、話《はな》しかけたり、私《わたし》の視界《しかい》に入《はい》ってきては目《め》を合《あ》わせたりしてくる。

しかも彼《かれ》がそうするのは、決《き》まって光莉《ひかり》たちが私《わたし》のそばにいる時《とき》で。

そのせいで、今彼女《いまかのじょ》たちの中《なか》で夏目涼々《なつめすず》の好感度《こうかんど》はどんどん急上昇中《きゅうじょうしょうちゅう》。

お昼休《ひるやす》みのほとんどは、夏目《なつめ》くんの話題《わだい》で正直《しょうじき》うんざりだ。

「菜花《なのは》のおかげで夏目《なつめ》くんとお近《ちか》づきになれてるから、ほんと感謝《かんしゃ》だよ〜」

「夏目《なつめ》くんって菜花《なのは》のこと好《す》きなのかな？」

「絶対《ぜったい》そうだと思《おも》う！　菜花《なのは》の、かわいいのに気取《きど》ってなくておとなしくて守《まも》ってあげたくなるような性格《せいかく》に、夏目《なつめ》くんも惚《ほ》れたんじゃないかな〜！」

「やめてよ、みんな……。あの夏目《なつめ》くんが私《わたし》のことを好《す》きだなんて、絶対《ぜったい》ない」

「え〜でも〜」

夏目《なつめ》くんが私《わたし》を気《き》にしてまわりをうろついているのは、私《わたし》が彼《かれ》の本性《ほんしょう》をみんなに話《はな》さないよう監視《かんし》するためだと思《おも》っている。

好《す》きな人《ひと》に、あんなひどいことするわけない。

この間《あいだ》の彼《かれ》とのキスがフラッシュバックしたので、慌《あわ》ててブンブンと首《くび》を横《よこ》に振《ふ》って記《き》憶《おく》をかき消《け》す。

夏目《なつめ》くんの行動《こうどう》に私《わたし》への『好意《こうい》』がないことは、自分《じぶん》でよーくわかっているんだ。

それに、あれがファーストキスだったなんて、死《し》んでも認《みと》めたくない。


「あ、でも……」

「何《なに》？ 雪《ゆき》」

バレー部《ぶ》の雪《ゆき》ちゃんの声《こえ》に光莉《ひかり》が首《くび》をかしげた。

「いや、噂《うわさ》なんだけど、どうやら三年《さんねん》の先輩《せんぱい》と仲良《なかよ》さげだって聞《き》いたことがあって。付《つ》き合《あ》ってるっていうのは聞《き》いたことないけど、先輩《せんぱい》の中《なか》で一番夏目《いちばんなつめ》くんとよく話《はな》してて仲良《なかい》いらしいよ」

「あ、もしかしてその先輩《せんぱい》って、天井月子先輩《あまいつきこせんぱい》？」

と、光莉《ひかり》。

「そうそう！　月子先輩《つきこせんぱい》！　クールビューティな人《ひと》だよね」

「へ～、私《わたし》も同《おな》じ放送委員《ほうそういいん》の先輩《せんぱい》から月子先輩《つきこせんぱい》と夏目《なつめ》くんの話《はなし》を聞《き》いたことあるけど、月《つき》子先輩《こせんぱい》には別《べつ》に好《す》きな人《ひと》がいるって言《い》ってた気《き》がする」

「え～！　そうなんだ。実際《じっさい》どうなんだろうね～」

「本当《ほんとう》に夏目《なつめ》くんの想《おも》い人《びと》だったりして」

「そういうことなら、夏目《なつめ》くんが誰《だれ》とも付《つ》き合《あ》わないのも納得《なっとく》だよね～」

『天井月子《あまいつきこ》』

その名前《なまえ》が何度《なんど》も頭《あたま》の中《なか》でループする。

もし、その人《ひと》が本当《ほんとう》に、夏目《なつめ》くんの想《おも》い人《びと》だとしたら、彼《かれ》が私《わたし》にやったことって、余計《よけい》おかしなことじゃ……。

好《す》きな人《ひと》に相手《あいて》にされないから、偶然出会《ぐうぜんであ》った私《わたし》で遊《あそ》んでやろうとか、そんなところ？

すごく自分勝手《じぶんかって》……って、もう、彼《かれ》のことを必要以上《ひつよういじょう》に考《かんが》えるのはやめよう。

そう決心《けっしん》した時《とき》だった。

——ブーブーっと、スカートのポケットに入《い》れてたスマホが震《ふる》えた。

取《と》り出《だ》して画面《がめん》を確認《かくにん》する。

頭《あたま》の中《なか》は届《とど》いたメッセージのことでいっぱい。

メッセージを送《おく》ってきたのは……。

《今度《こんど》は俺《おれ》が呼《よ》び出《だ》す番《ばん》。今日一緒《きょういっしょ》に帰《かえ》ろうよ、話《はな》したい。もし付《つ》き合《あ》ってくれるなら、この前《まえ》の写真《しゃしん》は消《け》してあげるから》

夏目涼々《なつめすず》。本当《ほんとう》、なんなのよこの人《ひと》。

もう関《かか》わらないでって言《い》ったよね？　なんで私《わたし》にかまうのよ。

無視無視《むしむし》。って言《い》いたいところだけど……。

脳裏《のうり》にチラつくのは、夏目《なつめ》くんに撮《と》られてしまった寝顔《ねがお》の写真《しゃしん》。もしあの写真《しゃしん》を消《け》してもらえさえすれば、彼《かれ》におびえる毎日《まいにち》を過《す》ごさなくていいということ。

すっごくムカつくけど、今《いま》の私《わたし》に答《こた》えなんてひとつしかないんだ。

《わかりました》

仕方《しかた》なく返事《へんじ》をしてスマホをスカートのポケットにしまった。


放課後《ほうかご》。

帰《かえ》りのホームルームが終《お》わったばかりの教室《きょうしつ》が一気《いっき》ににぎやかになる。

一目散《いちもくさん》に教室《きょうしつ》を出《で》る人《ひと》、まだ何《なに》やら残《のこ》って作業《さぎょう》している人《ひと》、グループでおしゃべりしている人《ひと》。

はぁ……今日《きょう》ほど、放課後《ほうかご》が来《き》てほしくないと思《おも》ったことはない。

さっさと人目《ひとめ》のつかないところに移動《いどう》しよう。

まだにぎやかなこの空間《くうかん》で夏目《なつめ》くんと接《せっ》しているところを見《み》られたら、面倒《めんどう》くさいから。

そう思《おも》って、席《せき》から教室《きょうしつ》のドアへと歩《ある》き出《だ》した瞬間《しゅんかん》。

「郁田菜花《いくたなのは》さん、いる?」

大嫌《だいきら》いな声《こえ》が、ドアのほうから聞《き》こえた気《き》がした。

いきおいよく顔《かお》を上《あ》げれば、バチッと視線《しせん》が交《まじ》わった。

嘘《うそ》でしょ。だから早《はや》く教室《きょうしつ》から出《で》ようって……思《おも》っていたのに。

「えっ、菜花《なのは》、どういうこと!?」

光莉《ひかり》がドアの前《まえ》に立《た》つ人物《じんぶつ》と私《わたし》を交互《こうご》に見《み》て、何《なに》やら騒《さわ》ぎ出《だ》す。

起《お》こってほしくないことが起《お》こってしまったよ。

教室《きょうしつ》に残《のこ》っていたクラスメイトたちも、学年一《がくねんいち》の人気者《にんきもの》の顔《かお》を見《み》て、何事《なにごと》だとこちらと交互《こうご》に視線《しせん》を向《む》けている。

一番《いちばん》さけたかったことが起《お》きてしまった。

「郁田《いくた》さん！」

私《わたし》を見《み》つけると、安定《あんてい》の微笑《ほほえ》みを向《む》けてこちらにひらひらと手《て》を振《ふ》る夏目涼々《なつめすず》。

彼《かれ》の本性《ほんしょう》を知《し》っている身《み》からしたら、背筋《せすじ》がゾッとするほどのうさんくさい笑顔《えがお》。

「ねぇねぇねぇ、もしかして夏目《なつめ》くんと放課後《ほうかご》デートの予定《よてい》だったの⁉　なんで言《い》ってくれないのよ！」

「いや、そんな予定《よてい》ないからっ！」

楽《たの》しそうに私《わたし》の腕《うで》をツンツンしてくる光莉《ひかり》に、はっきりと答《こた》える。

「郁田《いくた》さん」

私《わたし》の席《せき》まで来《き》て声《こえ》をかけてきた夏目《なつめ》くんに、ため息《いき》が出《で》そうになって慌《あわ》ててのみ込《こ》む。

そんなことしたら、とくに彼《かれ》のファンである女子《じょし》たちにそれこそ処刑《しょけい》されてしまう。

彼《かれ》は、私《わたし》がみんなの前《まえ》なら逆《さか》らえないってことをわかっていて、すべて計算《けいさん》して動《うご》いているんだ。

「一緒《いっしょ》に帰《かえ》ろ」

「えっと……」

夏目《なつめ》くんのセリフに出《だ》す声《こえ》が見《み》つからなくなった私《わたし》をよそに、クラスメイトの女子《じょし》たちはもちろん、光莉《ひかり》たちも『きゃー！』なんて騒《さわ》いでいる。

いやいやいや。キミたちだまされているんだよ!!

そんなことをここで言《い》ったって、私《わたし》が悪者扱《わるものあつか》いされるだけに決《き》まっているけど。

みんなが夏目《なつめ》くんへ向《む》ける眼差《まなざ》しを見《み》れば、そんなこと容易《ようい》に想像《そうぞう》できてしまう。

「じゃ、行《い》こっか」

「ちょっ」

彼《かれ》に手《て》をつかまれ、私《わたし》はあきらめて夏目《なつめ》くんに連《つ》れていかれるまま教室《きょうしつ》をあとにした。

最悪《さいあく》だ……最悪《さいあく》すぎるよ。

絶対逃《ぜったいに》げるなよ、なんて念《ねん》が伝《つた》わってくる、手首《てくび》に伝《つた》わる彼《かれ》の力《ちから》の強《つよ》さ。

そして温度《おんど》。夏目《なつめ》くんってほんと体温《たいおん》が高《たか》いんだな。手《て》が熱《あつ》い。

って、夏目《なつめ》くんの体温《たいおん》なんてどうでもよくて。

「あの……夏目《なつめ》くん」

「………」

てっきり外《そと》に出《で》るんだと思《おも》っていたのに、その足《あし》は昇降口《しょうこうぐち》とは別《べつ》の、体育館《たいいくかん》へとつながる渡《わた》り廊下《ろうか》を歩《ある》いていた。なんでこんなところに……。

さっきから、人《ひと》が呼《よ》んでいるのに無視《むし》だし。連《つ》れ出《だ》しといて、そんな態度《たいど》なんてますます感《かん》じ悪《わる》い。

「夏目《なつめ》くんっ、手《て》を離《はな》してよ」

「嫌《いや》だ。郁田《いくた》さん逃《に》げそうだし」

「いや、逃《に》げないよ。他《ほか》の人《ひと》に見《み》られて変《へん》な誤解《ごかい》されるのが嫌《いや》なの」

「いいじゃん別《べつ》に。他《ほか》の人《ひと》に何《なに》を思《おも》われようが」

「全然《ぜんぜん》よくないから！」

腹立《はらだ》つことを穏《おだ》やかな声《こえ》で言《い》うから、それがさらに私《わたし》の心《こころ》をイラつかせる。

「あの……ここって」

「ん？　男子更衣室《だんしこういしつ》」

「いやそれはわかってるけど……」

夏目《なつめ》くんに連《つ》れてこられたのは、体育館《たいいくかん》の中《なか》にある男子更衣室《だんしこういしつ》。

そんなこと、言《い》われなくてもわかっている。

なんでこんなところに連《つ》れてきたんだ！って話《はなし》なんだよ。

というか、男子更衣室《だんしこういしつ》に女子《じょし》がいるところなんて見《み》つかったら怒《おこ》られちゃうよね？

なんだか夏目《なつめ》くんといると、怒《おこ》られそうな状況《じょうきょう》にばっかりなっている気《き》がする。

「フッ」

私《わたし》の手《て》を離《はな》さないまま、少《すこ》しだけその力《ちから》を抜《ぬ》いた夏目《なつめ》くんが突然《とつぜん》吹《ふ》き出《だ》した。

「何《なに》」

キッとにらみつける。私《わたし》は怒《おこ》っているんだ。

何《なに》がおかしくて笑《わら》うわけ？

関《かか》わらないでほしいと言《い》ったのに、私《わたし》のファーストキスを奪《うば》って、それからも平然《へいぜん》とこんなふうに絡《から》んできて。

「いや、やっぱり俺《おれ》と郁田《いくた》さんって似《に》てるなぁと思《おも》ってさ」

「はい!? やめてよね！」

こんな人《ひと》と似《に》ているなんて絶対《ぜったい》に嫌《いや》！ なんにも似《に》てないから！

「友達《ともだち》の前《まえ》だと大人《おとな》しい感《かん》じを装《よそお》っているのに。俺《おれ》と一対一《いったいいち》になった途端《とたん》に口調《くちょう》は荒《あら》くなるし。猫《ねこ》かぶってるのは一緒《いっしょ》だね」

「……っ、いや、私《わたし》はあれが普通《ふつう》だから！ こうなるのは夏目《なつめ》くんがイラつかせるからでしょ。っていうか、またこんなところに連《つ》れてきてどういうつもり？ 言《い》うこと聞《き》いてついてきたんだから、早《はや》く写真《しゃしん》を消《け》してよ」

「まぁまぁ、そんなに急《いそ》がないでよ。ちゃんと消《け》すからさ」

夏目《なつめ》くんはそう言《い》うと、ポケットからスマホを取《と》り出《だ》して私《わたし》の寝顔《ねがお》が写《うつ》った画面《がめん》をひらひらと見《み》せてきた。

「無防備《むぼうび》な郁田《いくた》さん」

「な、早《はや》く消《け》して！」

夏目《なつめ》くんがもったいぶって、なかなかゴミ箱《ばこ》マークを押《お》してくれない。

いっそ、スマホを奪《うば》い取《と》って私《わたし》が消《け》したほうが早《はや》いと思《おも》い、目線《めせん》より上《うえ》に掲《かか》げられたスマホに手《て》を伸《の》ばす。

私《わたし》には、こんなことをしている暇《ひま》なんてないのよ。

「さっさと消《け》しなさ――」

「はいはい。わかったから。ほら、ちゃんと消《け》したよ」

わずか数秒《すうびょう》の間《あいだ》に、夏目《なつめ》くんはスマートに画面《がめん》から私《わたし》の写真《しゃしん》を消《け》した。

「どう？　これでいい？」

「え、あ、うん……」

コクンとうなずいて、ほんの一瞬《いっしゅん》の出来事《できごと》だった。

伸《の》ばしてた手《て》をグイッと引《ひ》っ張《ぱ》られて、そのまま彼《かれ》の手《て》の中《なか》に体《からだ》が捕《つか》まってしまった。

「隙《すき》あり」

「へっ⁉　ちょっ……何《なに》やって！」

「先《さき》に近《ちか》づいてきたのは郁田《いくた》さんのほうだよ」

「だましたの⁉」

「人聞《ひとぎ》きが悪《わる》いな～」

写真《しゃしん》で私《わたし》の気《き》を引《ひ》いて、こうなることを予想《よそう》していたんだ。

さいってい！

「……離《はな》して」

「ん〜やっぱり最高《さいこう》の抱《だ》き心地《ここち》だね、郁田《いくた》さん。安眠《あんみん》できそう」

いきおいよく夏目《なつめ》くんの胸《むね》を押《お》せば、私《わたし》をとらえていた手《て》がスルリと離《はな》れた。

さっさとここから逃《に》げないと、また好《す》き放題《ほうだい》されてしまう。

写真《しゃしん》も消《け》してもらったし。今度《こんど》こそ彼《かれ》と話《はな》すのは最後《さいご》。

早《はや》く帰《かえ》らなきゃ。

そう思《おも》って体《からだ》を背《そむ》けようとしたけど、今度《こんど》はとっさに手首《てくび》をつかまれた。

その力《ちから》は、なかなか強《つよ》い。

いい加減《かげん》にしてほしい。これ以上《いじょう》、私《わたし》のじゃましないでよ。

「お願《ねが》い、郁田《いくた》さん。郁田《いくた》さんにしか頼《たの》める人《ひと》がいないんだよ」

何《なに》をお願《ねが》いされているのか、そんなこと知《し》りたくない。

「夏目《なつめ》くんには言《い》い寄《よ》ってくる女《おんな》の子《こ》たくさんいるでしょ！　その子《こ》たちに事情《じじょう》を話《はな》せば、喜《よろこ》んで引《ひ》き受《う》けてくれるよ」

「俺《おれ》は郁田《いくた》さんがいいの」

私《わたし》の手《て》をつかんでいた手《て》を、今度《こんど》は私《わたし》の両肩《りょうかた》に持《も》ってきてしっかりととらえてくる。

「っ、なんで私《わたし》なのよ。……いるんでしょ……天井月子先輩《あまいつきこせんぱい》、とか」

「……っ」

思《おも》わずその名前《なまえ》を口《くち》にした瞬間《しゅんかん》、明《あき》らかに夏目《なつめ》くんの目《め》の色《いろ》が変《か》わった。

動揺《どうよう》している。

噂《うわさ》どおり。天井先輩《あまいせんぱい》は、夏目《なつめ》くんにとって特別《とくべつ》な人《ひと》なんだと瞬時《しゅんじ》にわかった。

「月子《つきこ》とは、そういうんじゃないから」

少《すこ》し黙《だま》っていた夏目《なつめ》くんが消《き》えそうな声《こえ》で言《い》った。

「夏目《なつめ》くんの好《す》きな人《ひと》だから？　好《す》きな人《ひと》のことはもっと大事《だいじ》にしたいとかそういうこと？」

「……ハハッ、何《なに》それ。俺《おれ》が月子《つきこ》を好《す》き？」

「え、うん」

『月子《つきこ》』

そう親《した》しげに呼《よ》ぶぐらいだから、夏目《なつめ》くんと先輩《せんぱい》が親密《しんみつ》な関係《かんけい》であることはたしかなはずなのに。

「俺《おれ》は月子《つきこ》のこと好《す》きじゃないし、月子《つきこ》も俺《おれ》を好《す》きじゃないから。ていうか、月子《つきこ》、好《す》きな人《ひと》いるし」

「え、そうなの!?」

その好《す》きな人《ひと》っていうのが、夏目《なつめ》くんだったりするんじゃやって考《かんが》えも、一瞬《いっしゅん》、よぎる。

「郁田《いくた》さん、自分《じぶん》の噂《うわさ》が流《なが》れてるって知《し》ってショック受《う》けてたくせに、自分《じぶん》だって確証《かくしょう》もないのにまんまと噂信《うわさしん》じるんだね」

「……うっ、ご、ごめんなさい」

夏目《なつめ》くんに指摘《してき》されて、素直《すなお》に謝《あやま》ることしかできないのが悔《くや》しいけれど。

「冗談《じょうだん》。いいよ。これでおあいこってことにしてくれるなら」

お、おあいこ……ちょっぴり腑《ふ》に落《お》ちないけれど、ここで変《へん》に言《い》い返《かえ》したりしたら、また面倒《めんどう》くさそうだから。

「わ、わかった。じゃあ、私《わたし》もう行《い》くから」

彼《かれ》とこうして話《はな》すのも、言《い》いなりになるのも、今日《きょう》が最後《さいご》。

やっと解放《かいほう》される。

そう思《おも》いながら、後《うし》ろを振《ふ》り返《かえ》って、更衣室《こういしつ》を出《で》ようとした瞬間《しゅんかん》だった。

「ほんとだるいっ」

「気《き》がつかなかったのが悪《わる》いだろ〜!」

っ!?

更衣室《こういしつ》の外《そと》から、生徒《せいと》と思《おも》われる人《ひと》たちの話《はな》し声《ごえ》がした。

足音《あしおと》が、どんどん近《ちか》づいてくる。嘘《うそ》、人《ひと》が来《く》る!?

こんなところを見《み》られたら、絶対《ぜったい》にまた変《へん》な勘違《かんちが》いされちゃうよ!! どうしよう!!

「こっち」

「……へっ」

突然《とつぜん》、夏目《なつめ》くんが私《わたし》の手《て》をつかんだかと思《おも》えば、彼《かれ》は更衣室《こういしつ》の中《なか》に設置《せっち》されたシャワー室《しつ》の中《なか》に入《はい》っていった。

シャワー室《しつ》のカーテンが閉《し》められたと同時《どうじ》に「どこだよ、俺《おれ》のスマホ〜」なんて声《こえ》が更《こう》衣室《いしつ》に響《ひび》いた。

ち、近《ちか》い……。

ひとり用《よう》のシャワー室《しつ》に、夏目《なつめ》くんとふたりきり。

バレないようにふたりで息《いき》を潜《ひそ》める。

チラッと夏目《なつめ》くんを見上《みあ》げれば、余裕《よゆう》な顔《かお》で自分《じぶん》の口元《くちもと》に人《ひと》さし指《ゆび》を当《あ》てて〝シー〟の

ポーズをした。

彼《かれ》のその姿《すがた》を見《み》るのは二回目《にかいめ》。

まったく……どうして彼《かれ》といるとこんな状況《じょうきょう》にばっかりなっちゃうの⁉

こんな時《とき》でも、あせった表情《ひょうじょう》一《ひと》つ見《み》せない夏目《なつめ》くん。

こっちはヒヤヒヤして、心臓《しんぞう》がおかしくなりそうだっていうのに‼

ていうか、この人《ひと》たちは何《なに》しに来《き》たわけ？

「おい岡本《おかもと》〜！　俺《おれ》のスマホどこに隠《かく》したんだよ〜」

「誰《だれ》も更衣室《こういしつ》なんて言《い》ってねーよ。ヒントは体育館《たいいくかん》って言《い》っただけ」

「お前《まえ》な〜!!」

うわ、もしかして友達《ともだち》のスマホ隠《かく》す遊《あそ》びをしているとかそんなところ?

まったく……。

――トントン。

カーテンの向《む》こうにいるふたりの会話《かいわ》に聞《き》き耳《みみ》を立《た》てていると、夏目《なつめ》くんに肩《かた》を叩《たた》かれて視線《しせん》を再《ふたた》び上《うえ》に上《あ》げた。

へっ……。

ゆっくりと夏目《なつめ》くんの顔《かお》がこちらに近《ちか》づいてきて。

ん!? ちょ。ちょっと、待《ま》って。

普段《ふだん》なら声《こえ》を出《だ》して制御《せいぎょ》できるところ。それなのに、今《いま》は声《こえ》が出《だ》せない。

どうしよう。こんなの……。

あれ……。至近距離《しきんきょり》の夏目《なつめ》くんが、なんだかいつもと違《ちが》う。

切《き》れ長《なが》の目《め》が、今《いま》はトロンとしている。そして、そのまま、おでこを私《わたし》の肩《かた》に置《お》いた。

ちょっ!! あ、ありえないいんだけど!! なんでこんな危《あぶ》ない時《とき》に!!

「おい〜マジでどこだよ〜」

「ハハッ頑張《がんば》れ〜！」

「……っ」

向《む》こう側《がわ》にいる彼《かれ》らは、なかなか出《で》ていく気配《けはい》がない。

早《はや》く、お願《ねが》いだから、ここから出《で》てっ!! そう念《ねん》を送《おく》った時《とき》だった。

「……ん〜」

な、夏目《なつめ》くん!! なんでこんなタイミングに！

私《わたし》の肩《かた》で寝息《ねいき》を立《た》てている彼《かれ》の声《こえ》がもれて、なぜか、自分《じぶん》の口《くち》をふさいでしまう。

「あれ？ 今《いま》、何《なに》か聞《き》こえた？」

っ!! どうしようっ！ バレた!?

カーテンの向《む》こう側《がわ》にいる男子生徒《だんしせいと》の声《こえ》に息《いき》を止《と》める。

「はあ？ 何《なに》も聞《き》こえねーから。どこだよ俺《おれ》のスマホ！」

「あーわかったよ、第二《だいに》のヒント！ 校長先生《こうちょうせんせい》!!」

「はぁ？ ったく、演台《えんだい》かよ！」

ふたりはそんなやりとりをしながら、パタパタと走《はし》って更衣室《こういしつ》をあとにした。

間一髪《かんいっぱつ》。ホッとして「はぁ」と大《おお》きくため息《いき》をつく。

「ちょっと夏目《なつめ》くん！」

肩《かた》でスヤスヤ寝《ね》ている彼《かれ》の体《からだ》を叩《たた》いて起《お》こすと、彼《かれ》が顔《かお》を上《あ》げてゆっくり目《め》を開《あ》けた。

「やっぱり郁田《いくた》さんすごいや。一緒《いっしょ》にいると落《お》ち着《つ》くから、睡魔《すいま》すごい」

「なにそれ。私《わたし》、もう行《い》くよ」

「お願《ねが》い。十五分《じゅうごふん》だけでいいから、そばにいて欲《ほ》しい」

「…………」

うんと寂《さび》しそうに、必死《ひっし》な目《め》でそういう夏目《なつめ》くんがめずらしくて。

……写真《しゃしん》は消《け》してもらったし、こうしてふたりきりで彼《かれ》と会《あ》うのはきっと最後《さいご》だから。

「最初《さいしょ》で最後《さいご》だからね」

私《わたし》はそう言《い》いながら、夏目《なつめ》くんと一緒《いっしょ》にシャワー室《しつ》を出《で》て、更衣室《こういしつ》にあるベンチに腰《こし》掛《か》けてから、夏目《なつめ》くんに膝《ひざ》を貸《か》した。

「なんだかんだ優《やさ》しいね、郁田《いくた》さんは」

「別《べつ》に……」

「だから甘《あま》えちゃうのかも」

「わかったから、早《はや》く眠《ねむ》ってよ」

「うん。おやすみ」

そう言《い》ってゆっくり目《め》を閉《と》じた夏目《なつめ》くんを見《み》て、不覚《ふかく》にもかわいいと思《おも》ってしまったのは、誰《だれ》にも内緒《ないしょ》だ。

Chapter 2

家《いえ》に来《こ》ないで

ついにこの日《ひ》がやってきた。やっと、待《ま》ちに待《ま》った夏休《なつやす》み!!

終業式《しゅうぎょうしき》までがこんなに長《なが》く感《かん》じたのなんて、生《う》まれて初《はじ》めてだ。

夏目《なつめ》くんに膝枕《ひざまくら》をした日《ひ》から、彼《かれ》が私《わたし》に必要以上《ひつよういじょう》に近《ちか》づくことはなくなったけれど、光莉《ひかり》たちは、夏目《なつめ》くんを見《み》つけるたびに声《こえ》をかけていたから、間接的《かんせつてき》に接《せっ》するのはしょっちゅうで。でも、そんなこともこの一ヶ月間《いっかげつかん》はなし!

ようやく夏目《なつめ》くんの監視《かんし》から解放《かいほう》される。

このまま夏休《なつやす》み明《あ》けには全部《ぜんぶ》なかったことのようにしてもらえたらありがたいな……。

……って。あの人《ひと》のこと考《かんが》えるなんてやめやめ!! せっかくの夏休《なつやす》みなんだから!!

夏目《なつめ》くんのことなんか忘《わす》れるいきおいで、夏休《なつやす》みの思《おも》い出《で》をたくさん作《つく》るんだから!!と意気込《いきご》んだタイミングに、ピロンと通知《つうち》が鳴《な》った。

朝《あさ》、ちょうど着替《きが》え終《お》わったタイミングで、ベッドに置《お》いていたスマホが鳴《な》った。

《雪《ゆき》：みんなちゃんと起《お》きてる〜?》

仲良《なかよ》しのグループトークに雪《ゆき》ちゃんのメッセージが届《とど》いた。

口元《くちもと》を緩《ゆる》めながら返事《へんじ》を打《う》っていると、すぐに光莉《ひかり》たちの返信《へんしん》も届《とど》いた。

みんな文面《ぶんめん》からワクワクしているのが伝《つた》わって、さらにニヤけが止《と》まらない。

夏休《なつやす》み初日《しょにち》の今日《きょう》は、仲良《なかよ》しのみんなで動物園《どうぶつえん》に遊《あそ》びに行《い》く日《ひ》。

なんでも、雪《ゆき》が、知《し》り合《あ》いから動物園《どうぶつえん》の割引《わりびき》チケットをもらったとか。

夏休《なつやす》みといっても、バレー部《ぶ》のみんなはそれなりに部活《ぶかつ》があるからなかなか休《やす》みがないわけで、そんな中《なか》、今日《きょう》はみんなの時間《じかん》が唯一空《ゆいいつあ》いているという貴重《きちょう》な日《ひ》。

全力《ぜんりょく》で夏休《なつやす》みの思《おも》い出《で》を作《つく》る、絶好《ぜっこう》の日《ひ》なのだ!!

起《お》きてすぐカーテンを開《あ》けた窓《まど》を見《み》れば、少《すこ》し空《そら》はくもっているけれど。

一日中外《いちにちじゅうそと》にいる動物園《どうぶつえん》なら、ちょうどいいと思《おも》う。ギラギラした太陽《たいよう》に一日中照《いちにちじゅうて》らされる屋外《おくがい》なんて、想像《そうぞう》しただけでバテちゃいそうだし。

久《ひさ》しぶりに渾身《こんしん》のコーデも考《かんが》えて、髪《かみ》の毛《け》もちょっと巻《ま》いちゃって、私《わたし》のワクワクは最高潮《さいこうちょう》。

いつもは制服《せいふく》ばっかりだから、みんながどんな格好《かっこう》してくるのか楽《たの》しみ。

そろそろ出発《しゅっぱつ》しようと、最後《さいご》にもう一度《いちど》ドレッサーの前《まえ》で身《み》だしなみを整《ととの》えて、ショルダーバッグを肩《かた》にかけた瞬間《しゅんかん》……。

――ピンポーン。

家《いえ》のインターホンが鳴《な》った。

へ？　こんな時間《じかん》に誰《だれ》だろうか。宅急便《たっきゅうびん》とか？

そう思《おも》いながらも、家《いえ》を出《で》ないといけない時間《じかん》が刻々《こくこく》と迫《せま》っているので慌《あわ》てて二階《にかい》の部屋《へや》からおりれば。

「あらっ、わざわざ菜花《なのは》を迎《むか》えに？」

ママのそんな声《こえ》が、階段《かいだん》をおりた先《さき》にある玄関《げんかん》から聞《き》こえた。

ん？　迎《むか》え？

ママがいったい誰《だれ》と話《はな》しているのか、相手《あいて》を確《たし》かめようとさらに階段《かいだん》をおりた時《とき》だった。

「郁田《いくた》さん、行《い》ったことないって友達《ともだち》に話《はな》していたみたいなので、もし迷《まよ》ったりしたら心配《しんぱい》だなと思《おも》って」

ヘラヘラしたその声《こえ》に足《あし》が止《と》まった。嘘《うそ》でしょ。

体《からだ》じゅうから一気《いっき》に汗《あせ》が吹《ふ》き出《で》る。

「あっら〜〜!!　優《やさ》しいわね〜〜夏目《なつめ》くんっ!!」

……終《お》わった。

「菜花《なのは》〜！　夏目涼々《なつめすず》くんってイケメンさんが迎《むか》えに来《き》てくれてるわよー！」

私《わたし》がまだ準備《じゅんび》に時間《じかん》がかかっていると思《おも》ったのか、ママは大《おお》きな声《こえ》で私《わたし》を呼《よ》んだ。

ありえない……。ほんとありえない。

もう関《かか》わることはないはずだと、たかをくくっていたのが間違《まちが》いだった。

だいたい、なんで夏目《なつめ》くんが私《わたし》の家《いえ》を知《し》っているわけ!?

ムカムカといらだちながら、階段《かいだん》を最後《さいご》までおりる。

「あ、菜花《なのは》〜！　んもう〜！　ボーイフレンドできたなら言《い》ってよね〜！」

「はぁ!?　違《ちが》うからっ！」

ボーイフレンド⁉

ママのその言《い》い方《かた》も鼻《はな》につくし、こんなやつが私《わたし》の彼氏《かれし》なわけないでしょ！

しかも、夏目《なつめ》くん本人《ほんにん》の前《まえ》でやめていただきたい。

「おはよう、郁田《いくた》さん」

私《わたし》を見《み》るなりフワッと笑《わら》った夏目《なつめ》くんは、見慣《みな》れない私服姿《しふくすがた》。

今時《いまどき》のおしゃれな男《おとこ》の子《こ》って服装《ふくそう》で、私服《しふく》だとさらに黄色《きいろ》い歓声《かんせい》を浴《あ》びせる女《おんな》の子《こ》たちが増《ふ》えるだろうと思《おも》った。

悔《くや》しいけど、顔《かお》がいいことは認《みと》めざるをえないんだ。

少《すこ》し前《まえ》までは私《わたし》だって、夏目《なつめ》くんのことを超絶爽《ちょうぜつさわ》やかイケメンだと思《おも》っていたし。

「なんで夏目《なつめ》くんが私《わたし》の家《うち》を知《し》ってるのよ！」

「ちょっと菜花《なのは》、そんな言《い》い方《かた》ないんじゃないの？　せっかく菜花《なのは》を心配《しんぱい》して一緒《いっしょ》に行《い》ってくれるって言《い》ってるんだから」

なんで私《わたし》が悪《わる》いみたいな……。

どんな手《て》を使《つか》ったのか知《し》らないけど、人《ひと》の個人情報《こじんじょうほう》を許可《きょか》なく聞《き》くほうがおかしいんじゃないの？

「ごめんなさいね、夏目《なつめ》くん。菜花《なのは》、素直《すなお》じゃないところがあるだけで根《ね》はいい子《こ》だから」

「ちょっと……」

余計《よけい》なことベラベラ話《はな》さないでよね。夏目《なつめ》くんにはとくに!!

「よく知《し》ってますよ、郁田《いくた》さんがちょっと素直《すなお》じゃないことは。でも、そういうところもかわいらしいなって」

「まあっ!!」

こ、こいつ……。そんなこと微塵《みじん》も思《おも》ってないくせに。

夏目《なつめ》くんの作戦《さくせん》に決《き》まっている。ママまで味方《みかた》につけようという魂胆《こんたん》だ。

よくもまぁ思《おも》ってもないことが口《くち》からポンポン出《で》てくるよ。

「あーも、わかったから！　ほら、夏目《なつめ》くん早《はや》く出《で》て」

「えっ、ちょ」

急《いそ》いで靴《くつ》を履《は》いて、夏目《なつめ》くんの背中《せなか》を無理《むり》やり押《お》しながら玄関《げんかん》のドアを開《あ》けて。

「フフッ、行《い》ってらっしゃい、ふたりとも！　楽《たの》しんでっ！」

うれしそうに笑《わら》ったママに小《ちい》さく「行《い》ってきます」と低《ひく》い声《こえ》で言《い》ってから、バタンッとドアを閉《し》める。夏休《なつやす》み早々最悪《そうそうさいあく》だ。

大嫌《だいきら》いな夏目涼々《なつめすず》と、ふたりで動物園《どうぶつえん》に向《む》かうことになるなんて。


「え、なんで？　夏目《なつめ》くんって暇《ひま》なの」

家《いえ》を出《で》てすかさず彼《かれ》をキッとにらむ。

「団体《だんたい》だと、さらに割引《わりび》きされるみたいだから」

「え、団体《だんたい》？」

私《わたし》たちは五人《ごにん》で動物園《どうぶつえん》に行《い》く予定《よてい》だ。

夏目《なつめ》くんが行《い》くなんて知《し》らなかったから、今《いま》この瞬間《しゅんかん》に六人《ろくにん》になったと思《おも》ったけど、まだいるの？

「木村《きむら》さんが長山《ながやま》と泉《いずみ》も誘《さそ》ったみたい」

「えっ」

「長山《ながやま》は、うちのクラスで木村《きむら》さんの幼《おさな》なじみ」

「あ、はあ……」

雪《ゆき》ちゃんに幼《おさな》なじみがいたなんて初耳《はつみみ》で、夏目《なつめ》くんのほうが先《さき》にその情報《じょうほう》を知《し》っていたことにもムカつく。

「俺《おれ》が郁田《いくた》さんのことストーカーしてるとか思《おも》ったんでしょ？　悪《わる》いけど、提案《ていあん》してきたのは全部木村《ぜんぶきむら》さんたちのほうだからね」

「いやでも、迎《むか》えに来《く》るのは意味《いみ》わかんないから！」

やっぱりストーカーじゃん！

「そんなカッカしないでよ、せっかくかわいくしてるのに」

夏目《なつめ》くんは突然立《とつぜんた》ち止《ど》まってこっちを向《む》いて言《い》うと、巻《ま》かれた私《わたし》の毛束《けたば》にそっと触《ふ》れた。

「ちょっ、触《さわ》らないでっ」

ほんと、こんな人《ひと》が隣《となり》を歩《ある》いているなんて、遊《あそ》びに行《い》く前《まえ》から疲《つか》れてしまう。

せっかく夏休《なつやす》みの間《あいだ》は、夏目《なつめ》くんの監視《かんし》から逃《のが》れられると思《おも》っていたのに。

なんでわざわざ迎《むか》えになんて。

そこまでして私《わたし》のことを監視《かんし》したいかね。

っていうか、ほんと誰《だれ》から聞《き》いたの。まぁ、

光莉《ひかり》や雪《ゆき》ちゃんあたりだろうと予想《よそう》はついているけれど。

「別《べつ》に私《わたし》、夏目《なつめ》くんの本性《ほんしょう》を誰《だれ》かに言《い》うなんてことはしないから。見張《みは》ってなくても大《だい》丈夫《じょうぶ》だよ」

だから、もう解放《かいほう》してよ。

「何《なに》それ。別《べつ》に俺《おれ》、郁田《いくた》さんのことを見張《みは》るつもりで一緒《いっしょ》にいるんじゃないよ。単純《たんじゅん》にからかいたいだけ」

「もっと最悪《さいあく》」

そう言《い》ってさらににらめば、

「ハハッ。嘘《うそ》だよ。郁田《いくた》さんが俺《おれ》のお願《ねが》い聞《き》いてくれるまで付《つ》きまとうよ。今日一日《きょういちにち》、楽《たの》しもうね」

夏目《なつめ》くんはそう言《い》って、また爽《さわ》やかに笑《わら》った。


はぁ、あんなに楽《たの》しみにしてたのに。

最悪《さいあく》だよ、本当《ほんとう》。

ガタンゴトンと揺《ゆ》れる電車《でんしゃ》の中《なか》。夏目《なつめ》くんとふたり並《なら》んで座《すわ》る。

なんでこんなことになってしまったんだ。

たしかに、これから向《む》かう動物園《どうぶつえん》を訪《おとず》れるのは初《はじ》めてだ。けど、今《いま》の時代《じだい》、地図《ちず》アプリで検索《けんさく》すれば行《い》き方《かた》なんて一瞬《いっしゅん》で出《で》てくる。どう考《かんが》えたって、わざわざ迎《むか》えに来《こ》なくてもいいのに。

どうしてママも不審《ふしん》に思《おも》わないかな。顔《かお》がよかったら、みんな警《けい》戒《かい》しないもんなんだろうか。それに……。

「見《み》て、あの人《ひと》カッコいい」

「いくつぐらいなんだろう。うちらと同《おな》い年《どし》かな？」

「隣《となり》の人《ひと》は？　彼女《かのじょ》さん？　いいな〜」

めちゃくちゃ居心地《いごこち》が悪《わる》い!!　なんなのこの!!　女子《じょし》たちの視線《しせん》!!

せっかく座《すわ》っているのに全然《ぜんぜん》気《き》が休《やす》まらないんですが。いや、夏《なつ》目《め》くんが隣《となり》にいるってだけで十分《じゅうぶん》疲《つか》れるんだけど。

やっぱり外《そと》でも人気《にんき》なんだな、夏目《なつめ》くん。

たしかに、どんなに嫌《きら》いだとしても顔《かお》だけはきれいだなって思《おも》う。

隣《となり》にいるのが別《べつ》の意味《いみ》で嫌《いや》になるぐらい。

「ねぇ、郁田《いくた》さん」

「な、何《なに》」

電車《でんしゃ》に乗《の》ってから一度《いちど》も口《くち》を開《ひら》かなかった夏目《なつめ》くんに突然《とつぜん》名前《なまえ》を呼《よ》ばれて、少《すこ》しびっくりする。

寝《ね》ていると思《おも》ってたのに……。

注目《ちゅうもく》を浴《あ》びている中《なか》での夏目《なつめ》くんとの会話《かいわ》も、ちょっと緊張《きんちょう》する。

「……手《て》でもつなぐ?」

「はい?　なんで?」

「他《ほか》の男《おとこ》が、郁田《いくた》さんのことチラチラ見《み》てんの、気《き》に入《い》らないんだよね」

「いや、私《わたし》のことなんて誰《だれ》も見《み》てないから」

当然《とうぜん》のことながら、圧倒的《あっとうてき》に夏目《なつめ》くんが女《おんな》の子《こ》たちに注目《ちゅうもく》されているんだよ。

それで男《おとこ》の子《こ》たちも夏目《なつめ》くんが気《き》になって、こっち見《み》ているんだ。

私《わたし》なわけないじゃない。

「俺《おれ》の、郁田《いくた》さんなのにね」

わざとらしく耳元《みみもと》でささやかれた。

ほんっと油断《ゆだん》ならないっ！

「ちょ、夏目《なつめ》くんのものになった覚《おぼ》えとかないからっ」

そう言《い》いながら、彼《かれ》の吐息《といき》がかかった耳《みみ》をとっさに手《て》で押《お》さえる。

「え？　あんなことした仲《なか》なのに？」

「……っ」

ニヤつきながらの彼《かれ》のセリフに、屋上《おくじょう》でのキスがフラッシュバックする。

ほんっと、だいっっきらい!!

「うわ、思《おも》い出《だ》しちゃった？　顔真《かおま》っ赤《か》。俺以外《おれいがい》が見《み》てるところでそんな顔《かお》しないでよ」

夏目《なつめ》くんはそう言《い》って、強引《ごういん》に私《わたし》の手《て》を握《にぎ》った。

振《ふ》りほどこうにも、視線《しせん》がこちらに集《あつ》まっているままじゃ抵抗《ていこう》がある。

最悪《さいあく》な一日《いちにち》がスタートしてしまった。

「あっ、来《き》た！　菜花《なのは》〜夏目《なつめ》くん〜！　こっちこっち〜！」

電車《でんしゃ》から降《お》りて数分歩《すうふんある》いて動物園《どうぶつえん》の入《い》り口《ぐち》ゲートが見《み》えてきたかと思《おも》えば、ゲートの端《はし》から、聞《き》き慣《な》れた声《こえ》が私《わたし》たちの名前《なまえ》を呼《よ》ぶのが聞《き》こえた。

いつものメンバーと、泉《いずみ》くん、そして見慣《みな》れない男《おとこ》の子《こ》がひとり。きっと彼《かれ》が、雪《ゆき》ちゃんの幼《おさな》なじみ、長山《ながやま》くんなのだろう。

早足《はやあし》でみんなの元《もと》へと向《む》かうと、光莉《ひかり》が私《わたし》と夏目《なつめ》くんの間《あいだ》を見《み》てニヤけ出《だ》した。

え、何《なに》を見《み》てニヤニヤして……。あっ！

光莉《ひかり》の目線《めせん》の先《さき》を見《み》て思《おも》い出《だ》した。

手《て》!! 電車《でんしゃ》に乗《の》ってからずっと手《て》をつないでいたことを、すっかり忘《わす》れていた。

私《わたし》もなんで忘《わす》れるぐらい慣《な》れちゃうかな……!!

「いや、これはっ!! ちがくて!!」

「何《なに》が違《ちが》うのよ～!! 菜花《なのは》のこと夏目《なつめ》くんに迎《むか》えに行《い》かせて正解《せいかい》だったわね～」

なんだか誇《ほこ》らしげな顔《かお》をした光莉《ひかり》は、私《わたし》がどんなに誤解《ごかい》を解《と》こうとしても「まぁまぁ」と受《う》け流《なが》すだけ。

っていうか、夏目《なつめ》くんもなんか言《い》ってよ！

このままだったら、私《わたし》と夏目《なつめ》くんが勘違《かんちが》いされちゃうじゃない！

隣《となり》に立《た》つ彼《かれ》をにらみつけても、安定《あんてい》の爽《さわ》やかスマイルをみんなに振《ふ》りまいていてこっちに気《き》づかない。

「……あのさ」

光莉《ひかり》や雪《ゆき》ちゃんたちに冷《ひ》やかされていると、一部始終《いちぶしじゅう》を見《み》ていた泉《いずみ》くんが口《くち》を開《ひら》いた。

顔《かお》がすこぶるかわいらしくてきれいな泉《いずみ》くん、私服《しふく》もすっごいおしゃれで、ほんとモデルさんみたいだと思《おも》う。

「えっと、夏目《なつめ》と郁田《いくた》は付《つ》き合《あ》ってるの？」

「へっ！　ないないないっ！　ないからっ！　絶対《ぜったい》！」

「ちょっと菜花《なのは》～そんなに否定《ひてい》しなくていいでしょ～～！　仲良《なかい》いじゃんふたりとも。ね、夏目《なつめ》くん」

と光莉《ひかり》が私《わたし》と泉《いずみ》くんの間《あいだ》に入《はい》ってそう言《い》った。

「俺《おれ》と郁田《いくた》さん、仲良《なかよ》く見《み》えてるかな？　だとしたら俺《おれ》はすごいうれしいけど」

そう言《い》って爽《さわ》やかに笑《わら》う彼《かれ》が大嫌《だいきら》いだ。

嘘《うそ》つきだ。ふたりきりの時《とき》と全然違《ぜんぜんちが》う。

しかも、夏目《なつめ》くんがそう言《い》っているのに私《わたし》が拒否《きょひ》してたら、明《あき》らかに私《わたし》のイメージ悪《わる》くなっちゃうし！

「付《つ》き合《あ》うのも時間《じかん》の問題《もんだい》って感《かん》じかな、ほら、菜花《なのは》、変《へん》に素直《すなお》じゃないところあるし」

雪《ゆき》ちゃんたちまでも楽《たの》しそうに言《い》うから、もう私《わたし》だけの言葉《ことば》じゃどうにもならない。

「あぁ、ほら、もう、早《はや》く中《なか》に入《はい》ろうよ！」

話題《わだい》をすぐにでも変《か》えたくてそう言《い》ってから、私《わたし》たちは入《い》り口《ぐち》のゲートへと進《すす》んだ。

みんなで園内《えんない》の動物《どうぶつ》を見《み》て話《はな》したり、写真《しゃしん》を撮《と》ったり、夏目《なつめ》くんがいて楽《たの》しめるのか正直不安《しょうじきふあん》だったけれど、案外楽《あんがいたの》しんでいる自分《じぶん》がいて少《すこ》しびっくりもしている。

だって、思《おも》った以上《いじょう》に動物《どうぶつ》たちがかわいくて。

「うわ、キツネ！　星矢《せいや》にめっちゃ似《に》てるん

だけどー！」

「はぁ？　俺《おれ》あんなに目《め》つき悪《わる》くねーよ！　そういえばさっきのカバ、雪《ゆき》に似《に》てたな」

「あんたねー！」

星矢《せいや》っていうのは長山《ながやま》くんの下《した》の名前《なまえ》。

雪《ゆき》ちゃんとふたり、さっきからいいコンビネーションだななんて思《おも》う。

さすが幼《おさな》なじみ。まるで夫婦漫才《めおとまんざい》を見《み》ているみたい。

午前中《ごぜんちゅう》、そんなふうにいろいろな動物《どうぶつ》をみんなでたくさん見《み》て回《まわ》った。

そうこうしている間《あいだ》に、時刻《じこく》はあっという間《ま》にお昼時間《ひるじかん》になり、私《わたし》たちは園内《えんない》にあるレストランで昼食《ちゅうしょく》を取《と》ることにした。

「ここのオムライス、話題《わだい》なんだよね。オムライスの仕上《しあ》げのケチャップを好《す》きな動物《どうぶつ》のイラストでお願《ねが》いできるんだって」

店内《てんない》に入《はい》って席《せき》につけば、おしぼりで手《て》を拭《ふ》きながら百合《ゆり》ちゃんが言《い》った。

「へぇー!!　そうなんだっっ!!」

ケチャップで動物《どうぶつ》のイラストっ!!　絶対《ぜったい》にかわいい!!

数分後《すうふんご》。みんなのメニューが決《き》まり、店員《てんいん》さんが席《せき》に来《き》て、それぞれの注文《ちゅうもん》を取《と》っていく。

「オムライスがふたつですね。オムライスですが、それぞれイラストの希望《きぼう》はありますか？」

「あ、私《わたし》はパンダで！」

そう先《さき》に答《こた》えたのは結花《ゆか》ちゃん。

「はい、かしこまりました。もうひとつは……」

「あ、はい、えっと、サリーちゃん！　あ、……いや、あの、ゾウ、で、お願《ねが》い、します……」

や、やってしまった。つい、さっきみた子《こ》どものゾウがかわいすぎて……。

「かしこまりました。ゾウのサリーちゃんですね！　サリーちゃん、かわいいですよねっ。それでは少々《しょうしょう》お待《ま》ち下《くだ》さい！」

優《やさ》しく私《わたし》に笑《わら》いかけて話《はなし》を合《あ》わせてくれた店員《てんいん》さんは、そう言《い》って厨房《ちゅうぼう》のほうへと向《む》かっていった。

うぅ……恥《は》ずかしい。

店員《てんいん》さんが優《やさ》しく合《あ》わせてくれたからまだよかったものの、小学生《しょうがくせい》、いや幼稚園児《ようちえんじ》みたいな注文《ちゅうもん》をしてしまった。

「菜花《なのは》って、たまにすごく子供《こども》っぽいところあるよね～」

光莉《ひかり》がニヤニヤと笑《わら》いながら言《い》う。

うっ、今一番《いまいちばん》言《い》ってほしくないことを。

「子供《こども》っぽいって……」

「かわいいなぁって言《い》ってんの～！」

絶対《ぜったい》バカにしてる……。

「……しょうがないじゃん、サリーちゃんかわいかったんだもん……」

「菜花《なのは》のほうがかわいいよ、ね、夏目《なつめ》くん」

はっ……？

光莉《ひかり》ったら、ほんと隙《すき》あらば夏目《なつめ》くんを話《はなし》に参加《さんか》させようとするんだから。

「うん、郁田《いくた》さん、かわいい」

「……っ」

フワッと笑《わら》う夏目《なつめ》くんにイラッとする。

あんまり爽《さわ》やかな笑顔《えがお》で言《い》うもんだから、少《すこ》しドキッとしてしまった自分《じぶん》もさらに嫌《いや》になって。

どうせ夏目《なつめ》くんは相手《あいて》が私《わたし》じゃなくても、女《おんな》の子《こ》にならば誰《だれ》にでもすぐそういうことを言《い》えるタイプだ。

見《み》た目《め》だけは無駄《むだ》に爽《さわ》やかな夏目《なつめ》くんが言《い》うから、変《へん》な下心《したごころ》とかあるように見《み》えなくて、それが余計《よけい》にたちが悪《わる》い。

『夏目《なつめ》くんに言《い》われても全然《ぜんぜん》うれしくないから』

はっきりと言《い》いたいけど、みんなの前《まえ》だとなかなか本音《ほんね》が言《い》えない。

これじゃあ、私《わたし》もまんざらでもないんじゃと思《おも》われちゃいそう。

やっぱり隣《となり》に夏目《なつめ》くんがいると、いろいろと考《かんが》え込《こ》んで疲《つか》れてしまうよ。


少《すこ》しして料理《りょうり》が運《はこ》ばれて、みんなでワイワイと食事《しょくじ》を楽《たの》しんでいると、

「郁田《いくた》さんのオムライス、おいしそうだね」

「えっ、あ、うん……」

隣《となり》の夏目《なつめ》くんに声《こえ》をかけられてしまった。

せっかく幸《しあわ》せな時間《じかん》を過《す》ごしているんだから、じゃましないでもらいたい。

「どんな味《あじ》するの？」

「え、いや、普通《ふつう》にオムライスの味《あじ》だけど」

「普通《ふつう》ってどんな？」

「だからっ……」

えっと、もしかしてこの人《ひと》……。私《わたし》のオムライスを、もらおうとしている⁉

「あの、あげないよ⁉」

「えー！　いいじゃん菜花《なのは》、うちらとだっていつもシェアしてるし、てか、いつもは菜花《なのは》のほうからあげたがるのに」

光莉《ひかり》が急《きゅう》に会話《かいわ》に入《はい》ってきて、そんなことを言《い》う。また夏目《なつめ》くんの味方《みかた》ですか、友《とも》よ。

「いやいやいや！　それは……」

それは、相手《あいて》が大好《だいす》きな光莉《ひかり》たちだからで。

夏目《なつめ》くんのことは嫌《きら》いだもん、なんて言《い》えるわけがないけれど。

「今《いま》はそんな気分《きぶん》じゃないの」

「なるほど、ついに菜花《なのは》も夏目《なつめ》くんを男《おとこ》の子《こ》として意識《いしき》しだしてるということか」

なんでそうなるのよ……。

「おー！　よっ！　乙女菜花《おとめなのは》！」

なんて雪《ゆき》ちゃんたちも騒《さわ》ぎ出《だ》す。

「ちょっと、みんなやめてよ……」

「え、郁田《いくた》さんそうなの？　うれしいなぁ」

なんて、隣《となり》の夏目《なつめ》くんも楽《たの》しそうに悪《あく》ノリして。

はぁ、誰《だれ》かこの人《ひと》たちのことを止《と》めてよ。

「あぁ、もうわかったから……そんなに食《た》べたいならどうぞ」

夏目《なつめ》くんの顔《かお》を見《み》ないまま、スプーンに小《ちい》さなオムライスを作《つく》ってから差《さ》し出《だ》す。

「え、いいの？」

「ん」

夏目《なつめ》くんを意識《いしき》しすぎている、私《わたし》も夏目《なつめ》くんを好《す》きなんだ、とか、そんなふうに勘違《かんちが》いされるほうが嫌《いや》だ。

夏目《なつめ》くんに私《わたし》のオムライスを食《た》べられるのも嫌《いや》だけど。

「じゃあ、お言葉《ことば》に甘《あま》えて」

夏目《なつめ》くんはそう言《い》うと、私《わたし》からスプーンを取《と》って自分《じぶん》のほうへオムライスを運《はこ》んだ。

あぁ、面倒《めんどう》くさい……。

「ん！　おいしい！　ありがとう～。お礼《れい》に俺《おれ》のエビフライあげるよ、郁田《いくた》さん」

「大丈夫《だいじょうぶ》」

私《わたし》はキッパリと断《ことわ》ってから、食事《しょくじ》を再開《さいかい》した。流《なが》されてなんてやらないんだから。

夏目《なつめ》くんに、ちょっかい出《だ》されるのは嫌《いや》だけど。それでも、みんなでおいしいご飯《はん》を食《た》べながらのおしゃべりは楽《たの》しくて。

さっき見《み》た動物《どうぶつ》の話《はなし》で盛《も》り上《あ》がる。

「なんだかんだ動物園《どうぶつえん》なんて小学生《しょうがくせい》の時《とき》以来《いらい》だもんね～」

「雪《ゆき》、ライオン見《み》て大泣《おおな》きしてたじゃん」

「いや、星矢《せいや》だってヘビ見《み》て泣《な》いてたじゃん。懐《なつ》かしいな～」

私《わたし》の正面《しょうめん》に座《すわ》る雪《ゆき》ちゃんと長山《ながやま》くんが、ふたりの思《おも》い出話《でばなし》に花《はな》を咲《さ》かせる。

あれ……。なんか長山《ながやま》くんの耳《みみ》……いや、気《き》のせいかな。でも。

長山《ながやま》くんの雪《ゆき》ちゃんに向《む》ける目線《めせん》とか、その……。

あっ……。

長山《ながやま》くんを見《み》ていたら、彼《かれ》の隣《となり》に座《すわ》る泉《いずみ》くんと目《め》が合《あ》ってしまった。ニッと、まるで私《わたし》しか気《き》がつかないような微《かす》かな笑《え》み。

えっと……これって。

「郁田《いくた》も気《き》づいた？」

みんなでレストランを出《で》ると、後《うし》ろから突然《とつぜん》、泉《いずみ》くんが静《しず》かに言《い》った。

「木村《きむら》と長山《ながやま》」

「え、あ、うん……」

他《ほか》のみんなは次《つぎ》はどこを回《まわ》ろうかと園内《えんない》マップに夢中《むちゅう》で、私《わたし》たちの会話《かいわ》は聞《き》こえていない。

「泉《いずみ》くんも気《き》づいてたんだ」

「まぁ、木村《きむら》はともかく長山《ながやま》はわかりやすいからな」

「うん。長山《ながやま》くんはわかりやすいね」

絶対《ぜったい》、雪《ゆき》ちゃんのことが好《す》きだって伝《つた》わった。

話《はな》し出《だ》したらすぐケンカみたくなるけど、それは幼《おさな》なじみのじゃれあいみたいなものなんだと思《おも》うし。

「せっかくだから、ふたりきりにしてあげたいよね」

「いや、俺《おれ》はダチの中《なか》にリア充《じゅう》が増《ふ》えるのはごめんかな」

「え、あ、そっか」

なるほど。友達《ともだち》でもそう思《おも》うことってあるんだな。泉《いずみ》くんらしいっちゃらしいけど。

「けど、郁田《いくた》が言《い》うなら仕方《しかた》ないかな」

「え」

「俺《おれ》にいい考《かんが》えがある」

泉《いずみ》くんはそう言《い》うと、みんなの元《もと》に向《む》かってから「なぁ」と声《こえ》をかけた。

「さっき、木村《きむら》たち乗馬《じょうば》体験《たいけん》したいって言《い》ってたじゃん。提案《ていあん》なんだけど、どっちか行《い》きたいところで人数《にんずう》分《わ》けない？」

「あぁ、それいいね！」

「賛成《さんせい》！」

「うんっ！」

泉《いずみ》くんの提案《ていあん》にみんなが即《そく》ＯＫを出《だ》して、私《わたし》たちはそれぞれ分《わ》かれて行動《こうどう》することになった。
乗馬《じょうば》に向《む》かったのは、光莉《ひかり》、長山《ながやま》くん、雪《ゆき》ちゃん、結花《ゆか》ちゃん。
ふれあいコーナーは、私《わたし》と泉《いずみ》くんと百合《ゆり》ちゃん。
そして……夏目《なつめ》くんだ。

すねないで～涼々《すず》side～

気《き》に食《く》わない。さっきから、ふたりでコソコソと。

みんなで昼食《ちゅうしょく》を食《た》べ終《お》わり、泉《いずみ》の提案《ていあん》で俺《おれ》たちはグループを分《わ》けて行動《こうどう》することになった。けど。

「お似合《にあ》いだなぁ」

「え」

ふれあいコーナーに向《む》かいながら、前《まえ》を歩《ある》くふたりの背中《せなか》をながめていたら、俺《おれ》の横《よこ》を歩《ある》いていた秋津《あきつ》さんが突然口《とつぜんくち》を開《ひら》いたのでびっくりする。

郁田《いくた》さんと同《おな》じクラスでバレー部《ぶ》。

他《ほか》の仲良《なかよ》しメンバーの人《ひと》たちに比《くら》べたら、性格《せいかく》はおとなしいほうだとは思《おも》う。

そんな彼女《かのじょ》が唐突《とうとつ》に、ふたりの背中《せなか》を見《み》つめたままつぶやくんだから、スルーできるわけない。

「あ、ごめんね。夏目《なつめ》くん、菜花《なのは》のこと気《き》に入《い》ってるのに」

「気《き》に入《い》ってるって、そりゃ好《す》きだけど、俺《おれ》はみんなのことも同《おな》じように好《す》きだよ。秋津《あきつ》さんのことだって大切《たいせつ》」

俺《おれ》がそう言《い》えば、秋津《あきつ》さんが少《すこ》し頬《ほお》を赤《あか》く染《そ》めてから、

「フフッ、どうも。さすがみんなの夏目《なつめ》くん」

と言《い》って笑《わら》った。俺《おれ》の悪《わる》い癖《くせ》。

でも、もうずっとこんな生《い》き方《かた》しかしていなくて、これ以外《いがい》の方法《ほうほう》がわからない。

「ただ郁田《いくた》さんは、ちょっと強引《ごういん》にコミュニケーションをとらないと話《はな》してくれないところあるから」

「それはめちゃくちゃわかる。菜花《なのは》って自分《じぶん》の話《はなし》は進《すす》んでしないから」

「だよね。それで、さっきのお似合《にあ》いっていうのは?」

「あぁ、私《わたし》が個人的《こじんてき》に推《お》してるふたりってだけで」

「推《お》してる?」

「うん。癒《い》やし系《けい》の顔《かお》をしていながら割《わり》と自分《じぶん》の意見《いけん》ズバズバ話《はな》す泉《いずみ》くんだけど、なぜか菜花《なのは》のことは気《き》にかけているっていうか、大事《だいじ》にしてるように見《み》えるから」

「ハハッ、なるほどね」

ムカつく。気《き》に入《い》らない。

郁田《いくた》さんは俺《おれ》が見《み》つけた。その時点《じてん》で、誰《だれ》にも渡《わた》さないから。

これはもう〝執着《しゅうちゃく》〟なのかもしれない。

初《はじ》めて声《こえ》をかけた時《とき》、一度《いちど》だけでよかった。あの時《とき》、進《すす》んで俺《おれ》のお願《ねが》いを聞《き》いてくれていれば、俺《おれ》だってこんなに郁田《いくた》さんにつきまとうことなんてなかったはず。

俺《おれ》を見《み》る時《とき》はいつだって険《けわ》しい目《め》つきで、態度《たいど》も反抗的《はんこうてき》なくせに。

今《いま》、隣《となり》にいる泉《いずみ》とは、くったくない笑顔《えがお》で話《はな》していて、俺《おれ》への態度《たいど》とのあからさまな違《ちが》いにだってイライラする。

今日一日《きょういちにち》、俺以外《おれいがい》に見《み》せる郁田《いくた》さんのいろんな姿《すがた》をたくさん見《み》たせいか、なぜか胸《むね》がざわざわしていてしょうがない。

今《いま》だって……。

「わっ！　かっわいい――!!!!」

ふれあいコーナーにつくと、すぐに小動物《しょうどうぶつ》に夢中《むちゅう》になって駆《か》け寄《よ》る郁田《いくた》さんの無邪気《むじゃき》な声《こえ》に、ドキッとする。

他《ほか》のお客《きゃく》さんがウサギを抱《だ》いて、一緒《いっしょ》に写真《しゃしん》を撮《と》っている。

「私《わたし》たちも抱《だ》っこしよー！」

秋津《あきつ》さんの声《こえ》に郁田《いくた》さんもうんうんとうなずいて、ふたりで飼育員《しいくいん》の人《ひと》に声《こえ》をかけに行《い》く。

俺《おれ》の前《まえ》だと絶対《ぜったい》見《み》せない郁田《いくた》さんの子供《こども》みたいな姿《すがた》が新鮮《しんせん》で、なぜかこっちまで楽《たの》しい気分《きぶん》になる。

「ふたりもおいでよ！」

ウサギを抱《だ》っこした秋津《あきつ》さんに呼《よ》ばれ、向《む》かおうときびすを返《かえ》した時《とき》、

「夏目《なつめ》」

隣《となり》に立《た》っていた泉《いずみ》が、静《しず》かに俺《おれ》の名前《なまえ》を呼《よ》んだ。

「ん？」

いつもの笑顔《えがお》を向《む》ける。

「あんま調子《ちょうし》乗《の》んなよ」

彼《かれ》は今《いま》まで俺《おれ》が聞《き》いたことのないような低《ひく》い声《こえ》を俺《おれ》の耳元《みみもと》に響《ひび》かせてから、ふたりのところへ向《む》かった。

俺《おれ》はこいつが苦手《にがて》だ。泉《いずみ》にだけは、すべてを見透《みす》かされている気《き》がするから。

それから数分《すうふん》。郁田《いくた》さんたちが、今度《こんど》はモルモットのコーナーに向《む》かった。

「うわ——！　見《み》てっ!!　かわいいっ!!」

「……っ」

モルモットを抱《だ》きかかえたまま、こちらに満面《まんめん》の笑《え》みを向《む》けてきた郁田《いくた》さん。

と思《おも》ったら、すぐに表情《ひょうじょう》を普段《ふだん》俺《おれ》に見《み》せるするどいものに変《か》えた。

「あっいや、……ごめ、間違《まちが》えた、その」

たぶん、隣《となり》にいたのが俺《おれ》ではなく、秋津《あきつ》さんだと思《おも》って間違《まちが》って話《はな》しかけてしまったって感《かん》じだろう。

パッと目線《めせん》を上《あ》げて、向《む》かいで泉《いずみ》と話《はな》している秋津《あきつ》さんを確認《かくにん》した郁田《いくた》さんは、恥《は》ずかしそうに頬《ほお》を赤《あか》らめて口《くち》ごもった。

無邪気《むじゃき》な笑《え》みを、初《はじ》めて俺《おれ》に向《む》けてくれた。正確《せいかく》には友達《ともだち》と間違《まちが》えてだけど。

その表情《ひょうじょう》があまりにもかわいらしくて、初《はじ》めて女《おんな》の子《こ》に、ドキッとした。

「ふっ、何《なに》も間違《まちが》ってないでしょ。かわいい。モルモット」

「うん、まぁ」

「郁田《いくた》さんも。かわいい」

「ちょっ……別《べつ》に夏目《なつめ》くんに言《い》われてもうれしくないからっ」

そう言《い》って、いつものムスッとした態度《たいど》に戻《もど》るけど、耳《みみ》の先《さき》が赤《あか》くなっているのを見逃《みのが》さなかった。

ほんと、素直《すなお》じゃない。


「はぁ」

「そんなあからさまに嫌《いや》がらなくても」

隣《となり》から聞《き》こえた声《こえ》に、そう言《い》う。

あれから、ふれあいコーナーを十分楽《じゅうぶんたの》しんだあと、泉《いずみ》と秋津《あきつ》さんは家族《かぞく》にお土産《みやげ》を頼《たの》まれていると言《い》って、近《ちか》くのお土産屋《みやげや》さんに入《はい》っていった。

『夏目《なつめ》くんとふたりきりなんてごめんだ』と言《い》いたげな顔《かお》。

「だって……」

「さっきは、かわいい顔《かお》を見《み》せてくれたのに」

「うるさい。あれは百合《ゆり》ちゃんと間違《まちが》えて……」

「俺《おれ》に笑《わら》った顔《かお》を見《み》せるの、そんなに嫌《いや》？」

「嫌《いや》だよ。夏目《なつめ》くんのこと嫌《きら》いだもん」

「俺《おれ》は好《す》きだよ、郁田《いくた》さんのこと」

「………」

無視《むし》ね。

ポタ、ポタ、ん？

頭上《ずじょう》から降《ふ》ってきた雫《しずく》が、地面《じめん》のアスファルトに溶《と》けていく。

「あっ」

郁田《いくた》さんが、それに気《き》がついて空《そら》を仰《あお》ぐと、きれいな顎《あご》のラインが強調《きょうちょう》されて、その仕草《しぐさ》が、なぜか俺《おれ》の鼓動《こどう》を速《はや》くさせた。

ポタ、ポタ、ポタ、落《お》ちてくる雨《あめ》のスピードが加速《かそく》して。

「雨《あめ》だっっ！」

誰《だれ》かの声《こえ》と同時《どうじ》に、一気《いっき》に、ザ————ッッとバケツをひっくり返《かえ》したような土砂降《どしゃぶ》りの雨《あめ》が降《ふ》ってきた。

「わっ!!」

「郁田《いくた》さんっ！　こっち！」

「……っ！」

大雨《おおあめ》に打《う》たれながら彼女《かのじょ》の手《て》を取《と》って、急《いそ》いで雨《あめ》をしのげそうな場所《ばしょ》へと急《いそ》いだ。

「最悪《さいあく》。びしょぬれだし……」

「隣《となり》に俺《おれ》がいるし？」

「ちゃんと自覚《じかく》はあるんだね」

少《すこ》し歩《ある》いて見《み》つけた、倉庫《そうこ》のような建物《たてもの》の軒下《のきした》。

そこに雨宿《あまやど》りできそうな空間《くうかん》を見《み》つけて、郁田《いくた》さんと並《なら》んで雨《あめ》がやむのを待《ま》つ。

建物《たてもの》の壁《かべ》に背中《せなか》を預《あず》けるようにふたりで腰《こし》を下《お》ろして。

チラッと横目《よこめ》で彼女《かのじょ》を確認《かくにん》すれば、前髪《まえがみ》の毛先《けさき》からポタポタと流《なが》れ落《お》ちる雫《しずく》が色《いろ》っぽくて、ドクンと胸《むね》が跳《は》ねた。

雨《あめ》にぬれて冷《ひ》えているはずなのに、明《あき》らかに自分《じぶん》の体温《たいおん》が上《あ》がっているのがわかる。

「大丈夫《だいじょうぶ》かな、百合《ゆり》ちゃんと泉《いずみ》くん」

自分《じぶん》だってびしょぬれなのに。ていうか、まだ店《みせ》の中《なか》にいたであろうふたりのほうが、最悪《さいあく》な思《おも》いをしないで済《す》んでいるはずなのに。

俺《おれ》みたいな計算《けいさん》はなしで、本心《ほんしん》で、自分《じぶん》よりも他人《たにん》を気《き》づかう姿《すがた》に、感心《かんしん》する。

今《いま》まで、自分《じぶん》の感情《かんじょう》に罪悪感《ざいあくかん》をいだいたことなんてないのに。

同《おな》じ状況《じょうきょう》の中《なか》、自分本位《じぶんほんい》な自分《じぶん》がほんの少《すこ》し嫌《いや》なやつだなって思《おも》えて。

ぬれて冷《ひ》えた体《からだ》を必死《ひっし》にあたためようと、「はぁー」と自分《じぶん》の手《て》のひらに息《いき》を吹《ふ》きかける郁田《いくた》さん。

「郁田《いくた》さん、寒《さむ》いよね」

「ん、ちょっと」

両腕《りょううで》をギュッと組《く》みながら答《こた》えているのを見《み》る限《かぎ》り、絶対《ぜったい》ちょっとどころじゃないはずなのに、強《つよ》がるんだから。

「これ、着《き》ときな」

俺《おれ》は、着《き》ていた薄手《うすで》の上着《うわぎ》を彼女《かのじょ》に着《き》せた。

「え、夏目《なつめ》くんも寒《さむ》いでしょ」

「平気《へいき》」

「……あ、ありがとう」

初《はじ》めて聞《き》いた、郁田《いくた》さんからのお礼《れい》の言葉《ことば》。

照《て》れくさそうに目《め》を逸《そ》らしている姿《すがた》を見《み》ていると、ドキッとしてしまうのと同時《どうじ》に、意《い》地悪《じわる》してしまいたくなる。

「郁田《いくた》さん、こっち見《み》て」

「やだ」

そう言《い》って、やまない雨《あめ》をまっすぐ見《み》つめる郁田《いくた》さん。

「なんで見《み》てくれないの？」

「今《いま》の夏目《なつめ》くん、私《わたし》のことからかおうとする

時《とき》の目《め》だから」

「へー俺《おれ》のことよくわかってるんだね。うれしい」

「どういうタイプのポジティブシンキングなの、それ」

「でも俺《おれ》だけじゃないよ」

俺《おれ》にはいくらでも警戒《けいかい》するのに、泉《いずみ》にはゆるゆるなんだから。

「……は？」

「男《おとこ》はみんな一緒《いっしょ》。好《す》きな女《おんな》の子《こ》のことからかいたくなるの。泉《いずみ》や長山《ながやま》だって」

「何《なに》それ。全然違《ぜんぜんちが》うよっ」

「……っ」

俺《おれ》と目《め》を合《あ》わせないつもりじゃなかったの。

郁田《いくた》さんの目《め》には、じゃっかんの怒《いか》りが含《ふく》まれていた。

「長山《ながやま》くんも泉《いずみ》くんも、夏目《なつめ》くんとは違《ちが》う！　あのふたりは、夏目《なつめ》くんみたいに、遊《あそ》びや軽《かる》い気持《きも》ちで好《す》きなんて言《い》わないよ。夏目《なつめ》くんとは全然《ぜんぜん》ちがっ……!!」

『うるさいよ』

『その声《こえ》で』

『呼《よ》ばないで』

『俺以外《おれいがい》の男《おとこ》の名前《なまえ》なんて』

そんな意味《いみ》を込《こ》めて。

「……っ!!」

俺以外《おれいがい》のふたりを擁護《ようご》しようと必死《ひっし》なその唇《くちびる》を、強引《ごういん》にふさいだ。

「な、何《なに》してっ」

「人《ひと》の心《こころ》の中《なか》なんて見《み》えないんだから。うわべだけで判断《はんだん》して決《き》めつけない方《ほう》がいいよ。……今日《きょう》はもう解散《かいさん》だって」

雨《あめ》がだんだんと小降《こぶ》りになってきたタイミングで、郁田《いくた》さんに自分《じぶん》のスマホ画面《がめん》を見《み》せる。

長山《ながやま》とのメッセージ。

雨《あめ》も降《ふ》ってきたこともあり、それぞれで解散《かいさん》しようということになった。

「そう……」

「俺《おれ》んち近《ちか》いから、電車《でんしゃ》乗《の》る前《まえ》にいったんうちで体《からだ》をふきなよ」

「い、行《い》くわけないでしょ！」。

「そんなびしょぬれのまま電車《でんしゃ》乗《の》れるの？」

「うっ……それは……百合《ゆり》ちゃんたちもまだだし……」

「あっちもゆっくり買《か》い物《もの》できたほうがいいでしょ。先《さき》に帰《かえ》るって言《い》ったほうが向《む》こうも気《き》をつかわない」

完全《かんぜん》に雨《あめ》がやんでそこから立《た》ち上《あ》がり、俺《おれ》たちは園《えん》から出《で》ようと歩《ある》き出《だ》した。

抱《だ》きしめないで

「ついた」

歩《ある》いて十分《じゅっぷん》。

一般的《いっぱんてき》な二階建《にかいだ》ての一軒家《いっけんや》。

ていうか、ノコノコとついてきちゃったけど本当《ほんとう》に大丈夫《だいじょうぶ》？

『うち、乾燥機《かんそうき》つきだから』

そんな夏目《なつめ》くんのセリフに心《こころ》がゆらいでしまった。夏休《なつやす》みしょっぱなから風邪《かぜ》なんて困《こま》るし。

今日《きょう》は一日《いちにち》くもりだと天気予報《てんきよほう》で聞《き》いてたけど、まさか雨《あめ》が降《ふ》るなんて。

「郁田《いくた》さん？　早《はや》くお風呂《ふろ》入《はい》って温《あたた》まらないと風邪《かぜ》引《ひ》くよ」

「う、うん……」

夏目《なつめ》くんの家《いえ》の門《もん》の前《まえ》で突《つ》っ立《た》ったままでいるとそう言《い》われたので、慌《あわ》ててあとに続《つづ》く。

「お、おじゃまします」

家族《かぞく》の人《ひと》、家《いえ》にいないのかな。

夏目《なつめ》くんがドアを開《あ》けて玄関《げんかん》に入《はい》っても、中《なか》から人《ひと》の気配《けはい》はしない。

っていうか、私《わたし》、男《おとこ》の子《こ》の家《いえ》に上《あ》がるなんて人生初《じんせいはつ》じゃ。

人生初《じんせいはつ》が、まさか夏目涼々《なつめすず》の家《いえ》になるなんて。

ファーストキスだってそう。

なんでこの人《ひと》に、私《わたし》の大事《だいじ》な初《はじ》めてが次《つぎ》から次《つぎ》へと奪《うば》われないといけないんだ。

「そこまっすぐ行《い》って奥《おく》の右側《みぎがわ》のドアが風呂場《ふろば》。今《いま》、着替《きが》え取《と》ってくるから」

「え、あ、うん」

すぐに二階《にかい》へ続《つづ》く階段《かいだん》をのぼった夏目《なつめ》くんにとっさにそう返事《へんじ》をしてから、ゆっくりと彼《かれ》の家《いえ》の浴室《よくしつ》へと足《あし》を踏《ふ》み入《い》れる。

緊張《きんちょう》するな……。人様《ひとさま》の家《いえ》のお風呂《ふろ》なんて。いろいろと勝手《かって》が違《ちが》うだろうし。

本当《ほんとう》に、夏目《なつめ》くんの家族《かぞく》のこともよく知《し》らない私《わたし》が使《つか》っても大丈夫《だいじょうぶ》なんだろうか。

「……失礼《しつれい》しまーす」

緊張《きんちょう》と不安《ふあん》を抱《かか》えたままひかえめにドアを開《あ》ければ、清潔感《せいけつかん》のある洗面台《せんめんだい》が見《み》えた。

うちよりだいぶ大《おお》きな鏡《かがみ》。きれいにされているな……。

って、何度《なんど》も言《い》うけど、私《わたし》、本当《ほんとう》に夏目《なつめ》くんの家《いえ》のお風呂《ふろ》を借《か》りちゃうの？

だんだんと実感《じっかん》が湧《わ》いてきて、途端《とたん》に恥《は》ずかしくなる。

「郁田《いくた》さん」

「つ、はいっ」

後《うし》ろから突然《とつぜん》名前《なまえ》を呼《よ》ばれて、肩《かた》をビクつかせながら振《ふ》り返《かえ》る。

目《め》の前《まえ》には、服《ふく》を着替《きが》えた夏目《なつめ》くんがタオルで髪《かみ》をふいていた。

片手《かたて》には、上下《じょうげ》セットのグレーのスウェット。

「フッ、どうしたの？　すごく挙動不審《きょどうふしん》」

「いや、別《べつ》に」

すぐに目《め》を逸《そ》らす。

「着替《きが》え……悪《わる》いけど俺《おれ》ので我慢《がまん》して。乾《かわ》くまで」

「はい……」

夏目《なつめ》くんの、スウェット……。

夏目《なつめ》くんは洗面台横《せんめんだいよこ》の棚《たな》に着替《きが》えを置《お》いてから、「タオルはこっちの使《つか》って」と同《おな》じ棚《たな》の上《うえ》の段《だん》を指《ゆび》さした。

「服《ふく》はこの洗濯機《せんたくき》に入《い》れてね」

「あ、はい」

そう何度目《なんどめ》かの返事《へんじ》をした時《とき》、夏目《なつめ》くんの口《くち》から「フッ」と息《いき》を吐《は》く音《おと》がした。

「郁田《いくた》さん、なんでさっきから敬語《けいご》？」

洗濯機《せんたくき》のスイッチを押《お》し、慣《な》れた手《て》つきで洗剤《せんざい》を入《い》れる夏目《なつめ》くんがおかしそうに聞《き》いてきた。

「え……」

「あ、もしかして、のぞかれるかもって警戒《けいかい》してる？」

「別《べつ》にそんなこと考《かんが》えてなっ……！」

なんで隙《すき》あらば、こういうしょうもないことを言《い》うんだろうか。

「はい、あとはフタを閉《し》めてスタートボタン押《お》したら完了《かんりょう》だからよろしくね」

「……えっ、あ、うん」

そうやって話《はなし》をコロコロ変《か》えてこっちを振《ふ》り回《まわ》すところ、じつに感《かん》じ悪《わる》い。けど、いろいろ助《たす》けてもらっているのは事実《じじつ》だから悔《くや》しくて。

「あの、いろいろと、その、ありがとう……」

言《い》いたくないけれど、しぼりだすようにお礼《れい》を言《い》うと、夏目《なつめ》くんが、ぬれた私《わたし》の髪《かみ》に、手《て》を載《の》せてきた。

「どういたしまして。あんまりかわいい顔《かお》されると、俺《おれ》も我慢《がまん》できないからほどほどに」

「なっ！」

夏目《なつめ》くんは、ごゆっくり、と言《い》って、浴室《よくしつ》をあとにした。

なんで私《わたし》、ドキドキしてんのよ。まるでさっきのことはなかったみたいに平然《へいぜん》としている夏目《なつめ》くんにイライラしてたはずなのに。

自分《じぶん》でも、自分《じぶん》の感情《かんじょう》がわからないよ……。

「あの……お風呂《ふろ》、ありがとう」

無事《ぶじ》にお風呂《ふろ》に入《はい》ることができ、二階《にかい》に続《つづ》く階段《かいだん》をあがって。

【SUZU】のプレートがかかる開《あ》けっ放《ぱな》しのドアを軽《かる》くノックしてから声《こえ》をかけると、

「お、早《はや》かったね」

ベッドに座《すわ》った夏目《なつめ》くんの目《め》が、こっちを見《み》た。

「もっとゆっくり入《はい》ってもよかったのに。って、お湯《ゆ》を張《は》ってなかったか。ごめんね。

ちゃんと体《からだ》はあたためられた？」

「うん。全然大丈夫《ぜんぜんだいじょうぶ》。ほんと助《たす》かった」

そう言《い》えば、夏目《なつめ》くんが優《やさ》しくほほえむ。

黙《だま》っていれば、ただの爽《さわ》やかイケメンなのに。

「よかった。洗濯《せんたく》が終《お》わるまでまだかかりそうだけど、郁田《いくた》さん時間《じかん》、大丈夫《だいじょうぶ》？」

「うん。あ、夏目《なつめ》くんは？　お風呂入《ふろはい》らなくて平気《へいき》？」

「あぁ、俺《おれ》は大丈夫《だいじょうぶ》。着替《きが》えたし、髪《かみ》もほら、乾《かわ》かした」

「そっか」

乾《かわ》かしたてホヤホヤの夏目《なつめ》くんの髪《かみ》は、ふわふわしていて、ほんの少《すこ》し幼《おさな》く見《み》える。

「郁田《いくた》さんも早《はや》く乾《かわ》かそう」

「えっ」

『乾《かわ》かそう』というセリフにほんの少《すこ》し違和感《いわかん》を覚《おぼ》え、ドライヤーを持《も》ったままベッドに座《すわ》っている彼《かれ》を見《み》て、それが確信《かくしん》へと変《か》わっていく。

「おいで」

そう言《い》いながら、おいでおいでと手《て》まねきをする夏目《なつめ》くん。

つまり、夏目《なつめ》くんが私《わたし》の髪《かみ》の毛《け》を乾《かわ》かすと？

「いやいやいや！　それぐらい自分《じぶん》でできるから！」

「え、いいよ。俺《おれ》が乾《かわ》かす」

「全然《ぜんぜん》よくないっ」

相手《あいて》が夏目《なつめ》くんなんだから、もっとよくない。

「そんなこと言《い》われても、今使《いまつか》えるコンセントここしかないからさ」

「うっ……じゃあ、自然乾燥《しぜんかんそう》で……」

「なに言《い》ってるの。お風呂入《ふろはい》った意味《いみ》……」

「だって……」

ありえない。いくら髪《かみ》の毛《け》を乾《かわ》かすためとは言《い》え、夏目《なつめ》くんのベッドの近《ちか》くに座《すわ》るなんて。

もう前《まえ》みたいに、好《す》き勝手《かって》からかわれるのはごめんなんだから。

「何《なに》もしないから」

「はぁ……。あぁ、もう、わかったよ。勝手《かって》にして」

夏目《なつめ》くんの言葉《ことば》に、ヤケになって答《こた》えてしまった。夏休《なつやす》み早々《そうそう》、風邪《かぜ》を引《ひ》いて無駄《むだ》になるのだけは嫌《いや》だし。

彼《かれ》のほうへと歩《ある》いて、ラグのしいてある床《ゆか》にドスンと腰《こし》を下《お》ろす。

「素直《すなお》な郁田《いくた》さん、かわいいよ」

またそう言《い》うことをサラッと言《い》う。

「黙《だま》ってさっさと乾《かわ》かしてよっ」

「はいはい」

夏目《なつめ》くんは終始《しゅうし》ニコニコ笑《わら》いながらドライヤーのスイッチを入《い》れて、私《わたし》の髪《かみ》が彼《かれ》の指《ゆび》の間《あいだ》を通《とお》る。

湿《しめ》った髪《かみ》があたたかい風《かぜ》に乗《の》せられて。

いつもの私《わたし》の髪《かみ》から香《かお》る匂《にお》いとは違《ちが》う、でも知《し》っている香《かお》りが、フワッと鼻《はな》をくすぐる。

夏目《なつめ》くんの……匂《にお》い。

まさか自分《じぶん》の髪《かみ》の香《かお》りが嫌《きら》いな人《ひと》と同《おな》じになるなんて。

彼《かれ》が真正面《ましょうめん》にいて目《め》が合《あ》うのも嫌《いや》だけど、どういう顔《かお》をしているのかまったくわからない今《いま》の体勢《たいせい》も、それはそれで怖《こわ》い。

早《はや》く、終《お》わってくれないかな。さっさと乾《かわ》いてくれ、髪《かみ》。

「はい完了《かんりょう》」

「……ありがとう。すごい……」

夏目《なつめ》くんがドライヤーのスイッチを切《き》った瞬間《しゅんかん》、思《おも》わず心《こころ》の声《こえ》が漏《も》れた。

細《ほそ》くて少《すこ》しくせのある私《わたし》の髪《かみ》の毛《け》は、普段《ふだん》、手《て》ぐしとドライヤーだけじゃうまくまとまらないのに。

ベッド横《よこ》に立《た》てられた鏡《かがみ》に顔《かお》を向《む》ければ、髪《かみ》の毛《け》がきれいにまとまっているのが見《み》えた。

いつも簡単《かんたん》に乾《かわ》かす程度《ていど》だから、自分《じぶん》では、こんなにきれいにできない。

人《ひと》にやってもらうと全然違《ぜんぜんちが》うんだな……夏目《なつめ》くん、時間《じかん》をかけてすごく丁寧《ていねい》にやってくれてたし。

「嬉《うれ》しい。初《はじ》めて郁田《いくた》さんにほめてもらった」

耳元《みみもと》でそんな声《こえ》が聞《き》こえたかと思《おも》うと、体《からだ》がギュッと後《うし》ろから包《つつ》まれた。

こ、これは……。

彼《かれ》と初《はじ》めて保健室《ほけんしつ》で会《あ》ったあの日《ひ》を思《おも》い出《だ》す。

「ちょっと、夏目《なつめ》くん、離《はな》して」

「んー？」

もう……絶対《ぜったい》聞《き》こえているくせに。

「離《はな》してってば！」

「郁田《いくた》さんから俺《おれ》と同《おな》じ匂《にお》いがするんだよ？　嬉《うれ》しいからしょうがないよ」

肩《かた》に彼《かれ》の顎《あご》が乗《の》れば、そのまま吐息《といき》が耳《みみ》にかかる。

しょうがないって……都合《つごう》のいい言葉《ことば》だ。

そして、ゆっくりと彼《かれ》の顔《かお》が近《ちか》づいてきて……。

ヤバい、そう思《おも》って唇《くちびる》に力《ちから》を入《い》れたままギュッと目《め》をつむった時《とき》だった。

「……郁田《いくた》さん」

え？

予想外《よそうがい》。

今日一番《きょういちばん》の優《やさ》しい声《こえ》で名前《なまえ》を呼《よ》ばれておそるおそる目《め》を開《あ》けると、今《いま》まで見《み》たことない表情《ひょうじょう》で、夏目《なつめ》くんがこっちを見《み》ていた。

笑《わら》っているけどすごく苦《くる》しそうな、切《せつ》なそうな。

「俺《おれ》の全部《ぜんぶ》、郁田《いくた》さんに知《し》ってほしい。聞《き》いてくれる？」

夏目《なつめ》くんと出会《であ》って初《はじ》めて聞《き》いた弱弱《よわよわ》しい声《こえ》。

私《わたし》をからかってばかりの彼《かれ》とも、みんなの前《まえ》の優等生王子《ゆうとうせいおうじ》の彼《かれ》とも違《ちが》う。

まるで、これが本当《ほんとう》の彼《かれ》だと言《い》われてるみたいな感覚《かんかく》に、首《くび》を縦《たて》に振《ふ》ることしかできなかった。

おびえないで～涼々《すず》 side～

俺《おれ》と目《め》を合《あ》わせないよう、目《め》をつむる彼女《かのじょ》を見《み》て。

『俺《おれ》が欲《ほ》しいのはこれじゃない』って、瞬間的《しゅんかんてき》に思《おも》った。

自分《じぶん》が眠《ねむ》れるためなら、彼女《かのじょ》の気持《きも》ちなんてどうでもよかったはずなのに。

変《へん》なの。自分《じぶん》の過去《かこ》を誰《だれ》かに知《し》ってほしいなんて。

そんなふうに感《かん》じたのは生《う》まれて初《はじ》めてだ。

「ごめんね、郁田《いくた》さん。今《いま》まで嫌《いや》がることばっかりして」

「え、何《なに》？　突然《とつぜん》」

何《なに》がなんだかわけがわからないって顔《かお》で、こちらを見《み》つめる郁田《いくた》さん。

これ以上《いじょう》、俺《おれ》の一方的《いっぽうてき》なわがままで、きれいな瞳《ひとみ》をした彼女《かのじょ》をもう傷《きず》つけたくないと思《おも》ったから。俺《おれ》は、意《い》を決《けっ》した。

「会《あ》うのはこれで最後《さいご》でいいから。だから、聞《き》いて欲《ほ》しい」

恥《は》ずかしさを承知《しょうち》の上《うえ》でそう言《い》えば、郁田《いくた》さんはうなずいてくれた。

不思議《ふしぎ》だ。こんなこと、自分《じぶん》から誰《だれ》かに話《はな》したいと思《おも》うなんて。

今《いま》なら彼女《かのじょ》に本当《ほんとう》のことを話《はな》したい、知《し》ってほしいって思《おも》う。

「俺《おれ》、実《じつ》は、この家《いえ》の養子《ようし》でさ。実《じつ》の親《おや》はふたりとも俺《おれ》が小三《しょうさん》のころに事故《じこ》で亡《な》くなってるんだ」

「えっ……」

「頼《たよ》れる親戚《しんせき》もいなくて。事故《じこ》のあと、引《ひ》き取《と》ってくれる人《ひと》が見《み》つかるまでの間《あいだ》は施設《しせつ》にいて。小四《しょうよん》から、この家《いえ》にお世話《せわ》になってて」

「……そうだったんだ。その、ごめん、あの、なんて言《い》ったらいいか……夏目《なつめ》くん大変《たいへん》だったんだね」

そりゃ、急《きゅう》にそんな話《はなし》をされたら誰《だれ》だって困《こま》ってしまうはずで。

しかも、俺《おれ》にたくさん嫌《いや》なことされてきた立場《たちば》なのに、『大変《たいへん》だったんだね』って、嘘《うそ》でも、お人好《ひとよ》しすぎるよ。

さっきの威勢《いせい》がなくなって、か細《ぼそ》い声《こえ》でしぼりだして言葉《ことば》をつむぐ郁田《いくた》さんを見《み》ていると、こんな状況《じょうきょう》にもかかわらず胸《むね》がドキッとして。

「優《やさ》しいね、郁田《いくた》さん」

「そんなこと……」

郁田《いくた》さんの目《め》が泳《およ》ぎ、動揺《どうよう》しているのがこっちにまで伝《つた》わってくる。

「俺《おれ》、根《ね》は郁田《いくた》さんの知《し》っているとおりわがままな人間《にんげん》なんだ。でも、今《いま》の家族《かぞく》には迷惑《めいわく》かけたくなくて。外《そと》でも家《いえ》でも、必死《ひっし》になって、ずっといい子《こ》を演《えん》じている。学校《がっこう》でも家《いえ》でも……ずっとありのままの自分《じぶん》を見《み》せられない。……でも、本当《ほんとう》は時々《ときどき》それがものすっごく疲《つか》れるし、ずっと怖《こわ》い。だから、夜《よる》は不安《ふあん》で眠《ねむ》れないし、昼間《ひるま》に寝《ね》られても悪《わる》い夢《ゆめ》ばっかり見《み》て頻繁《ひんぱん》に起《お》きちゃうんだ。ごめん、こんなダサい話《はなし》」

「ダサくないよ!!」

「えっ……」

突然《とつぜん》、郁田《いくた》さんが大《おお》きな声《こえ》を出《だ》したのでびっくりして顔《かお》を上《あ》げれば、彼女《かのじょ》の瞳《ひとみ》がぬれていた。

「あっ、ごめ、大《おお》きな声《こえ》出《だ》して……」

郁田《いくた》さんが手《て》の甲《こう》で涙《なみだ》をぬぐう。

「いや、全然《ぜんぜん》」

俺《おれ》の話《はなし》を聞《き》いて、郁田《いくた》さんが泣《な》いてくれるなんて。まさかの状況《じょうきょう》に、俺《おれ》も少《すこ》し戸惑《とまど》ってしまう。

「その、怖《こわ》いって思《おも》うのは当然《とうぜん》だよ。夏目《なつめ》くんの経験《けいけん》していることは、私《わたし》には想像《そうぞう》もできないぐらい大変《たいへん》なものに違《ちが》いないから、簡単《かんたん》に『わかる』なんて言《い》われるのは嫌《いや》だろうけど、夏目《なつめ》くんのその感情《かんじょう》は絶対間違《ぜったいまちが》ってないと思《おも》う」

「……郁田《いくた》さん」

すべてを失《うしな》って、何《なに》もかも不安《ふあん》で押《お》しつぶされそうでおびえていたあのころの自分《じぶん》の隣《となり》で、彼女《かのじょ》がいて手《て》を握《にぎ》ってくれていたら……なんて思《おも》ってしまう。

「今《いま》の家族《かぞく》のために、優等生《ゆうとうせい》でいなきゃって思《おも》う夏目《なつめ》くんの気持《きも》ちは、今《いま》の家族《かぞく》を悲《かな》しませたくないっていう夏目《なつめ》くんなりの優《やさ》しさからくるものでしょ？」

「……っ」

郁田《いくた》さんの言葉《ことば》が、あまりにも衝撃的《しょうげきてき》すぎて、俺《おれ》の心《こころ》にジワッと染《し》みわたる。

俺《おれ》のカッコ悪《わる》いと思《おも》ってた部分《ぶぶん》を、優《やさ》しさだと言《い》った。

郁田《いくた》さんのひとつひとつの言葉《ことば》に目頭《めがしら》が熱《あつ》くなる。

「そもそも、嘘《うそ》でここまで演《えん》じられないよ」

「え？」

「表《おもて》の夏目《なつめ》くんの顔全部《かおぜんぶ》が本当《ほんとう》の夏目《なつめ》くんではないのかもしれないけど、夏目《なつめ》くんが今《いま》まで積《つ》み上《あ》げてきたものは、夏目《なつめ》くんの『努力《どりょく》』で形《かたち》になったものだと思《おも》う。あんまりほめたくないけど、やっぱりあそこまで人望《じんぼう》があるのは、すごい、と思《おも》い、ます」

『あんまりほめたくないけど』って、本当《ほんとう》にそんなこと思《おも》っているのかうたがうレベルで、郁田《いくた》さんは人《ひと》に寄《よ》り添《そ》う天才《てんさい》だと思《おも》う。

ずっと息苦《いきぐる》しかったのは、俺《おれ》が俺自身《おれじしん》を認《みと》めてあげられていなかったからなんだと、今《いま》、気《き》づかされた。

「ありがとう、郁田《いくた》さん」

「いや、私《わたし》は別《べつ》に何《なに》も……」

まっすぐ目《め》を見《み》てお礼《れい》を言《い》えば、郁田《いくた》さんが頬《ほお》を赤《あか》くして目《め》を逸《そ》らした。

そんな仕草《しぐさ》にも、いちいち胸《むね》が鳴《な》って。

この胸《むね》の鼓動《こどう》の意味《いみ》は、とっくにわかっている。

「あのさ、郁田《いくた》さん、俺《おれ》、郁田《いくた》さんのこと——」

「ただいまー！　あれ、涼々《すず》？　お客《きゃく》さん来《き》てるのー？」

っ!?　な、なんてタイミングだ。

部屋《へや》のドアをノックして開《あ》けた千佳《ちか》さんが、ドアの隙間《すきま》からちょこんと顔《かお》を出《だ》した。

郁田《いくた》さんを見《み》た千佳《ちか》さんは、「まぁ」と口元《くちもと》を手《て》で隠《かく》しながら、大《おお》げさな反応《はんのう》をする。

「クラスメイトの郁田《いくた》さん」

と、千佳《ちか》さんに彼女《かのじょ》を紹介《しょうかい》すると、隣《となり》に座《すわ》っていた郁田《いくた》さんが、いきおいよく立《た》ち上《あ》がった。

「あっ、は、はいっ。初《はじ》めましてっ、郁田菜花《いくたなのは》です。えっと、さっき大雨《おおあめ》で、その、洗濯《せんたく》機《き》お借《か》りしていて、あの」

千佳《ちか》さんのいきなりの登場《とうじょう》に、わかりやすく緊張《きんちょう》している郁田《いくた》さんがかわいい。

深々《ふかぶか》とお辞儀《じぎ》しながら自己紹介《じこしょうかい》をする彼女《かのじょ》の礼儀《れいぎ》正《ただ》しさに、またときめいてしまう。

「あ〜、だから涼々《すず》の服《ふく》を。フッ、そんなにかしこまらなくてもいいわよ」

と、なんだかうれしそうに笑《わら》いながらそう言《い》う千佳《ちか》さん。

「そうだ！　菜花《なのは》ちゃん、時間《じかん》が大丈夫《だいじょうぶ》なら一緒《いっしょ》に夕食《ゆうしょく》いかが？」

「えっ、あ、でも」

と戸惑《とまど》いながらこちらを見《み》る郁田《いくた》さん。

いつも強気《つよき》な彼女《かのじょ》が少《すこ》しおどおどしている姿《すがた》がかわいらしい。

「俺《おれ》は嬉《うれ》しいけど」

と素直《すなお》に口《くち》に出《だ》す。

『お願《ねが》い、まだここにいてよ』

そんな気持《きも》ちを込《こ》めて、彼女《かのじょ》を見《み》つめれば、

「それじゃあ、お言葉《ことば》に甘《あま》えて……」

と郁田《いくた》さんが返事《へんじ》をした。


食事中《しょくじちゅう》、今《いま》まで学校《がっこう》の友達《ともだち》なんてひとりも連《つ》れてきたことない俺《おれ》が、友達《ともだち》、しかも女《おんな》の子《こ》を連《つ》れてきたことがよっぽど嬉《うれ》しかったらしく、千佳《ちか》さんも健吾《けんご》さんも、見《み》るからに

はしゃいでいた。

『菜花《なのは》ちゃん、うちにお嫁《よめ》に来る気《き》はない？』

なんて冗談《じょうだん》を言《い》って、郁田《いくた》さんを困《こま》らせていて。

千佳《ちか》さんの暴走《ぼうそう》を止《と》めつつも、郁田《いくた》さんとのそんな未来《みらい》を少《すこ》し想像《そうぞう》してしまう自分《じぶん》もいた。


帰《かえ》りぎわ、うす暗《ぐら》くなった道《みち》を、郁田《いくた》さんの自宅《じたく》を目指《めざ》してふたりで歩《ある》きながら話《はな》す。

「ごめんね、急《きゅう》に誘《さそ》っちゃって。大丈夫《だいじょうぶ》だった？」

「うん。逆《ぎゃく》に、あんなおいしいご飯《はん》をごちそうしてもらって……洗濯機《せんたくき》も借《か》りたのに……なんてお礼《れい》をすればいいものか」

「郁田《いくた》さんがうちに嫁《よめ》に来《き》たらいいんじゃない？　そしたら千佳《ちか》さんも喜《よろこ》ぶと思《おも》うし」

そう言《い》えば、郁田《いくた》さんが口《くち》を少《すこ》しとがらせて不満《ふまん》そうな顔《かお》をした。

「もう、本気《ほんき》でお礼《れい》したいの。冗談《じょうだん》やめてよね」

「ハハッ。はいはい」

……本気《ほんき》、なんだけどな。

千佳《ちか》さんが部屋《へや》に来《く》る前《まえ》、あの時《とき》に気持《きも》ちを伝《つた》えなくてよかったかも。今《いま》の反応《はんのう》から、絶対信《ぜったいしん》じてもらえなっただろうと思《おも》うから。

「優《やさ》しい人《ひと》たちだね、千佳《ちか》さんと健吾《けんご》さん」

「うん。ほんと、良《い》い人《ひと》たち過《す》ぎて……逆《ぎゃく》に気《き》を遣《つか》うよ。本当《ほんとう》の俺《おれ》なんて知《し》られたら嫌《きら》われそう。向《む》こうにも、本心《ほんしん》は気付《きづ》かれてると思《おも》うけど。いまだに、父《とう》さんと母《かあ》さんって呼《よ》べないし」

「そっか。でも、夏目《なつめ》くんがもっと素《す》の自分《じぶん》を出《だ》したら、ふたりも嬉《うれ》しいと思《おも》うけどな」

「いや、郁田《いくた》さんだって俺《おれ》の本性《ほんしょう》を知《し》ってから俺《おれ》のことが嫌《きら》いでしょ」

「まぁ、それはそうだけど」

「そこ否定《ひてい》してくれないんだ」

「私《わたし》の気持《きも》ちと夏目《なつめ》くんの家族《かぞく》の気持《きも》ちが同《おな》じだなんて思《おも》うのは、ふたりに失礼《しつれい》だよ」

「……っ」

「夏目《なつめ》くんを養子《ようし》として迎《むか》えてからずっと今《いま》まで、何不自由《なにふじゆう》ないように育《そだ》ててくれたんでしょ？　その歳月《さいげつ》を過《す》ごした人《ひと》と、まだ話《はな》して数ヶ月《すうかげつ》の私《わたし》となんて比《くら》べたら、ダメでしょう。明《あき》らかに濃《こ》さだって違《ちが》うって」

「……あー……、ほんと。変《へん》な人《ひと》だね、郁田《いくた》さんは」

「夏目《なつめ》くんに言《い》われたく……っ、!!」

気持《きも》ちを抑《おさ》えることができなくて、郁田《いくた》さんの体《からだ》を抱《だ》き寄《よ》せる。

「ちょ、あの、夏目《なつめ》くん!?」

「……悔《くや》しいなぁ」

彼女《かのじょ》の耳元《みみもと》でそうつぶやいても、いつものように、突《つ》き放《はな》すことはしない郁田《いくた》さんの優《やさ》しさに、さらに胸《むね》がぎゅっとして。

「…………俺《おれ》、決《き》めた。郁田《いくた》さんのこと離《はな》さないって」

抱《だ》きしめたまま、しぼりだすように声《こえ》を出《だ》した。

Chapter 3

助《たす》けないで

……今日《きょう》はいろいろありすぎて疲《つか》れたな。

無事《ぶじ》に家《いえ》に到着《とうちゃく》して、お風呂《ふろ》で体《からだ》をあたためながら今日《きょう》あったことを思《おも》い返《かえ》す。

夏目《なつめ》くんから聞《き》いた、夏目《なつめ》くんの家族《かぞく》の話《はなし》。夏目《なつめ》くんが裏表《うらおもて》のある性格《せいかく》になってしまうのも無理《むり》はないのかも、と納得《なっとく》している自分《じぶん》がいて。

夏目《なつめ》くんに抱《だ》きしめられたのを思《おも》い出《だ》して、無意識《むいしき》に顔《かお》が熱《あつ》くなる。

『……俺《おれ》、決《き》めた。郁田《いくた》さんのこと離《はな》さないって』

あんまりにも切《せつ》ない声《こえ》で言《い》われたせいで、全然頭《ぜんぜんあたま》から離《はな》れてくれない。

思《おも》い出《だ》すたびに、ドキドキ胸《むね》がうるさくて。

変《へん》なの。

おかしい。私《わたし》は、夏目《なつめ》くんのことが嫌《きら》いなはずなのに。

気持《きも》ちをかき消《け》すかのように、お湯《ゆ》でいきおいよく顔《かお》を洗《あら》った。

「あれ……」

お風呂《ふろ》から出《で》て、カバンからスマホを取《と》り出《だ》せば、何件《なんけん》かメッセージが来《き》ていた。

夏目《なつめ》くんの家《いえ》に行《い》ってから、スマホを見《み》てなかった。

すぐにロックを解除《かいじょ》してアプリを開《ひら》く。

今日《きょう》、一緒《いっしょ》に動物園《どうぶつえん》に行《い》ったメンバーが入《はい》っているグループメッセージが数件《すうけん》と。

「ん？」

アプリではあまり見慣《みな》れていなかった名前《なまえ》に、目《め》が開《ひら》く。

「泉《いずみ》……くん？」

泉《いずみ》くんからメッセージなんてめずらしい。っていうか初《はじ》めてかも。

連絡先《れんらくさき》の交換《こうかん》はしていたけれど、ふたりきりでのやりとりはしたことがない。

少《すこ》しドキドキと緊張《きんちょう》しながらメッセージを開《ひら》く。

《雨《あめ》、大丈夫《だいじょうぶ》だった？　気《き》をつけて、いろいろと》

そっか、雨《あめ》が降《ふ》って突然解散《とつぜんかいさん》になったから、心配《しんぱい》してくれてたんだ。返事《へんじ》をするのが遅《おそ》くなって申《もう》し訳《わけ》ない。

《大丈夫《だいじょうぶ》！　泉《いずみ》くんたちは平気《へいき》だった？》

すぐにそう打《う》って返信《へんしん》ボタンを押《お》したけど。

「あれ……」

「気《き》をつけて」のあとの「いろいろと」が妙《みょう》に気《き》になりながらも、クタクタの体《からだ》が睡魔《すいま》に勝《か》てなくて。

私《わたし》はそのままベッドへと潜《もぐ》り込《こ》んだ。


あれから、なんだかんだ夏休《なつやす》みはあっという間《ま》にすぎていった。

いつメンのバレー部《ぶ》は夏休《なつやす》みも部活《ぶかつ》だから、残《のこ》りの夏休《なつやす》みはほとんど光莉《ひかり》と遊《あそ》んで。

遊《あそ》ぶと言《い》っても、溜《た》まった夏休《なつやす》みの宿題《しゅくだい》を一緒《いっしょ》にやろうと近《ちか》くのファストフード店《てん》で待《ま》ち合《あ》わせて、なのにメインの宿題《しゅくだい》に一切《いっさい》手《て》をつけないまま、ダラダラとおしゃべりして終《お》わるとか、そのまま映画《えいが》を観《み》にいくとかいうノリで。

そんな夏休《なつやす》みが終《お》わって、新学期《しんがっき》が始《はじ》まった。

「おはよー！」

「おはよー！　久《ひさ》しぶりー！」

校舎《こうしゃ》に入《はい》り廊下《ろうか》を歩《ある》いていると、久《ひさ》しい顔《かお》ぶれを見《み》つけてちょっとドキドキして。

雰囲気《ふんいき》が変《か》わった人《ひと》も何人《なんにん》かいて。ザ・夏休《なつやす》み明《あ》けの学校《がっこう》って感《かん》じだ。

「菜花《なのは》────！　ひーさーしーぶーりー！」

「うっ！」

うしろからいきおいよく誰《だれ》かに抱《だ》きつかれる。振《ふ》り返《かえ》らなくても、誰《だれ》だかわかる。

「……光莉《ひかり》、久《ひさ》しぶりって、一昨日会《おととい あ》ったばっかじゃん」

「なに言《い》ってんのよ。夏休《なつやす》み明《あ》けなんだからこういう雰囲気作《ふんいきづく》りが大事《だいじ》なの」

「……わからなくもないけど」

「あー！　菜花《なのは》、光莉《ひかり》ー！　久《ひさ》しぶり〜！」

廊下《ろうか》で光莉《ひかり》とワイワイ話《はな》していると、聞《き》き慣《な》れた声《こえ》に名前《なまえ》を呼《よ》ばれた。

バレー部《ぶ》の三人《さんにん》だ。雪《ゆき》ちゃん、百合《ゆり》ちゃんの髪《かみ》の毛《け》が少《すこ》し伸《の》びていて。結花《ゆか》ちゃんは逆《ぎゃく》にバッサリと髪《かみ》を切《き》っていて、なんだか新鮮《しんせん》だ。

「結花《ゆか》ちゃん、ショート似合《にあ》うねー！」

「めっちゃかわいい！」

「えへへ！　いや、ふたりも大人《おとな》っぽくなってる気《き》がするよ！　とくに菜花《なのは》！」

「えっ、わ、私《わたし》？」

自分《じぶん》を指《ゆび》さして聞《き》き返《かえ》す。

「あ、結花《ゆか》も気《き》づいてた？　じつはこの子《こ》、夏休《なつやす》みからちょっと違《ちが》うのよね、なんか」

「あー言《い》われてみれば……なんか」

「なんかなんかって、みんなしてジロジロ見《み》ないでよ～」

ドンッ。

みんなと話《はな》すことに夢中《むちゅう》になっていたら、後《うし》ろを歩《ある》いていた生徒《せいと》とぶつかってしまった。

「つ、あ、すみま――」

「あ、郁田《いくた》さんっ。久《ひさ》しぶり。おはよっ」

ぶつかってしまった生徒《せいと》に謝《あやま》ろうと、後《うし》ろを振《ふ》り返《かえ》った瞬間《しゅんかん》。

視界《しかい》に入《はい》ってきた人物《じんぶつ》に胸《むね》がドキンと跳《は》ねた。

な、何《なに》、今《いま》の……。ドキンッて。

夏休《なつやす》み初日《しょにち》のあの鼓動《こどう》は、きっと気《き》のせいだと思《おも》っていたのに。

一ヶ月《いっかげつ》ぶりぐらいに見《み》る彼《かれ》への接《せっ》し方《かた》が、わからなくなっていた。

『俺《おれ》、決《き》めたから。郁田《いくた》さんのこと離《はな》さないって』

夏休《なつやす》みに言《い》われたセリフが脳内《のうない》に響《ひび》いて。顔《かお》が熱《あつ》くなる。

変《へん》なこと……言《い》うから……。

私《わたし》ってば、今《いま》まで学校《がっこう》でどうやって夏目《なつめ》くんと話《はな》してたっけ。

「あっ、お、おはよ……」

挨拶《あいさつ》を返《かえ》そうしたら軽《かる》くかんでしまった。何《なに》を動揺《どうよう》しているんだ。

「西東《さいとう》さんたちも久《ひさ》しぶり」

得意《とくい》の爽《さわ》やかスマイルで、夏目《なつめ》くんがみんなに軽《かる》く手《て》を振《ふ》れば。

「夏目《なつめ》くん久《ひさ》しぶり！　元気《げんき》だった〜？」

「夏目《なつめ》くん、夏休《なつやす》み、どこか行《い》った？」

「海外旅行《かいがいりょこう》とかしてそうだよね〜！　ハワイとか似合《にあ》う！」

夏休《なつやす》みが明《あ》けても変《か》わらず、みんなが目《め》をキラキラさせながら夏目《なつめ》くんに話《はな》しかける。

「うちは親《おや》が仕事《しごと》で忙《いそが》しいから。旅行《りょこう》とか全然《ぜんぜん》。あっ……でも」

何《なに》かを言《い》い出《だ》そうとする夏目《なつめ》くんと、バチッと視線《しせん》が絡《から》む。

「夜《よる》の散歩《さんぽ》デート、したかな」

っ!?

「『夜《よる》の散歩《さんぽ》デートぉぉ⁉』」

彼《かれ》のセリフに、みんなが大《おお》きな声《こえ》を出《だ》す。

廊下《ろうか》を歩《ある》く他《ほか》の生徒《せいと》もこちらに大注目《だいちゅうもく》だ。

「うん」

「夏目《なつめ》くん、か、彼女《かのじょ》いたっけ？」

「ううん。いないよ。でも、いいなぁって思《おも》ってる子《こ》がいて」

「……っ」

ドキン。また心臓《しんぞう》が、おかしな音《おと》を立《た》てた。

何《なに》を言《い》っているんだこの人《ひと》は。

いやいやいや、そもそも、散歩《さんぽ》デートって、私《わたし》とのあの夜道《よみち》を歩《ある》いた日《ひ》のことじゃないかもしれないし。そうだ、夏休《なつやす》み初日《しょにち》のことだし、あの日《ひ》のことなんてとっくに忘《わす》れているかも。

「えー！　そうなんだ！　夏目《なつめ》くんに好《す》きになってもらえるとか幸《しあわ》せ者《もの》すぎるよ、その子《こ》！」

光莉《ひかり》たちが、わーきゃーと騒《さわ》ぎ出《だ》してなんだか楽《たの》しそう。

こっちの気《き》も知《し》らないで……。

「んーどうだろう。俺《おれ》、その子《こ》に嫌《きら》われてるから」

「はぁー⁉　夏目《なつめ》くんが嫌《きら》われるー⁉」

「あー光莉《ひかり》光莉《ひかり》光莉《ひかり》！　そろそろ体育館《たいいくかん》行《い》かないと！　始業式《しぎょうしき》、始《はじ》まる！」

夏目《なつめ》くんとみんなの間《あいだ》に入《はい》って慌《あわ》てて会話《かいわ》をさえぎると、スマホの画面《がめん》を確認《かくにん》して「ほんとだ！」という雪《ゆき》ちゃんの声《こえ》を合図《あいず》に、夏目《なつめ》くんと別《わか》れることができた。

はぁ……いったい、どういうつもりなの夏目《なつめ》くん。


「菜花《なのは》〜！　楽《たの》しみだね〜！　修学旅行《しゅうがくりょこう》っ‼」

「うんっ」

始業式《しぎょうしき》から早《はや》くも一週間《いっしゅうかん》がたったお昼休《ひるやす》み。

光莉《ひかり》たちが、さっきの授業《じゅぎょう》でもらった修学旅行《しゅうがくりょこう》のしおりをながめながら言《い》った。

そう。私《わたし》たち二年生《にねんせい》は、三泊四日《さんぱくよっか》の修学旅行《しゅうがくりょこう》を二週間後《にしゅうかんご》にひかえているのだ。

正直《しょうじき》、私《わたし》もかなり浮《う》かれている。

グループは好《す》きな人《ひと》たちと組《く》んでいいということで、部屋《へや》も班行動《はんこうどう》も全部《ぜんぶ》、光莉《ひかり》たちと一緒《いっしょ》だし。

「……あ、あのさ」

いつものメンバーでお昼《ひる》を食《た》べながら修学旅行《しゅうがくりょこう》のことで話《はな》していると、突然《とつぜん》、雪《ゆき》ちゃんがテンション低《ひく》めに声《こえ》を発《はっ》した。

みんながどうしたんだと、持《も》っていたお箸《はし》を置《お》く。

「二日目《ふつかめ》の自由行動《じゆうこうどう》なんだけど、私《わたし》が抜《ぬ》けても大丈夫《だいじょうぶ》かな」

「……えっ？　どうして……あっ」

光莉《ひかり》が質問《しつもん》しながら、何《なに》かを思《おも》いついたようなそぶりを見《み》せると、

「……もしかして、長山《ながやま》くん？」

百合《ゆり》ちゃんがひかえめに言《い》った。

な、長山《ながやま》くん？　長山《ながやま》くんって、隣《となり》のクラ

スの雪《ゆき》ちゃんの幼《おさな》なじみだよね。

たしか夏休《なつやす》みに、雪《ゆき》ちゃんといい感《かん》じだなって思《おも》ってたけど……って、え⁉

「え、ふたりって……」

「じつはなんかそういうことになって……」

「へへ」と照《て》れながら頭《あたま》をかく雪《ゆき》ちゃんがすっごいかわいい顔《かお》をしていて、自分《じぶん》の顔《かお》もみるみるうちにほころんでいくのがわかる。

「きゃ――‼　えー‼　なんですぐに話《はな》してくれないのさ‼　いつから‼」

「そーだよ！　私《わたし》たちも知《し》らなかったよ！」

「長山《ながやま》くんから告白《こくはく》されたの⁉　ねぇねぇねぇ！」

光莉《ひかり》が興奮気味《こうふんぎみ》で騒《さわ》ぎ出《だ》して、百合《ゆり》ちゃんや結花《ゆか》ちゃんも身《み》を乗《の》り出《だ》して、私《わたし》も同《おな》じ姿《し》勢《せい》で耳《みみ》をかたむける。

「夏休《なつやす》み、夏祭《なつまつ》り誘《さそ》われて、それで……」

雪《ゆき》ちゃんのさらに紅《あか》く染《そ》まる頬《ほお》を見《み》て、私《わたし》だけじゃなくみんなの顔《かお》がさらにほころぶ。

「ぎゃーもう‼　何《なに》アオハルしてんのよ――‼　いいなあ！　夏祭《なつまつ》りで告白《こくはく》とか――！」

「ちょ、光莉《ひかり》、声《こえ》おっきいから！」

雪《ゆき》ちゃんが顔《かお》を真《ま》っ赤《か》にしながら注意《ちゅうい》する。

いつもハキハキとした雪《ゆき》ちゃんがものすごく女《おんな》の子《こ》で、そのギャップにやられてしまう。

恋《こい》する女《おんな》の子《こ》、か。

「だって〜！　そりゃ大《おお》きくもなるよ！　うれしいもん！　いやーお似合《にあ》いだとは思《おも》ってたけどさー。実際《じっさい》そうなると、うれしいな……いいなあ〜！」

雪《ゆき》ちゃんの背中《せなか》をバシバシと叩《たた》きながら、光莉《ひかり》が満面《まんめん》の笑《え》みで言《い》う。

「長山《ながやま》くんと思《おも》いっきり楽《たの》しんでよ！」

「うん。ありがとうっ。で、菜花《なのは》は？」

「はっ!?」

雪《ゆき》ちゃんが突然私《とつぜんわたし》のほうを向《む》いて話《はなし》を振《ふ》るので、驚《おどろ》いて声《こえ》が出《で》る。

なんで、この流《なが》れで私《わたし》の名前《なまえ》!?

「だって菜花《なのは》、明《あき》らかに変《か》わったもん。夏休《なつやす》み、何《なに》かあったよね？」

「それ私《わたし》も思《おも》ってた。なんか雰囲気《ふんいき》がやわらかくなってるというか」

百合《ゆり》ちゃんまでもそんなことを言《い》うんだから。

何《なに》かあったのかと言《い》われたら、それはひとつしかないわけで。

「まぁ、私《わたし》は夏目《なつめ》くんと菜花《なのは》を推《お》していたけどさー。私《わたし》たちの知《し》らない間《あいだ》に菜花《なのは》が素敵《すてき》な人《ひと》と出会《であ》っているなら、それはそれで応援《おうえん》したいし？」

「いや、推《お》しって……」

光莉《ひかり》の口《くち》から彼《かれ》の名前《なまえ》が出《で》てきて内心《ないしん》ビクッとする。

「てか、ほんと意外《いがい》だよねー夏目《なつめ》くん。デートなんてあんなサラッと言《い》っちゃうタイプだとは」

「そうそう。てっきり夏目《なつめ》くん、菜花《なのは》のことが好《す》きだと思《おも》ってたからさー」

「……っ」

『俺《おれ》、決《き》めたから。郁田《いくた》さんのこと離《はな》さないって』

みんなの言葉《ことば》によって、また夏目《なつめ》くんのあのセリフを思《おも》い出《だ》して、慌《あわ》ててかき消《け》そうと横《よこ》に首《くび》を振《ふ》る。

「全然何《ぜんぜんなに》もないよ！　出会《であ》いとか！　なんにも！」

「……え、ちょっと待《ま》って」

すぐに強《つよ》く否定《ひてい》した私《わたし》の声《こえ》は、光莉《ひかり》にはまるで届《とど》いていない。

光莉《ひかり》は顎《あご》に手《て》を当《あ》てて探偵《たんてい》のような考《かんが》えるポーズをすると、さらに話《はな》し出《だ》した。

「夏目《なつめ》くんが言《い》ってたいいなと思《おも》っている相手《あいて》ってもしかして……」

バチッと光莉《ひかり》と目《め》が合《あ》う。や、やばいっ!!

キーンコーンカーンコーン。

「っ……!!」

ナイスタイミングで、昼休《ひるやす》み終了《しゅうりょう》のチャイムが校内《こうない》に響《ひび》く。

「次《つぎ》の授業《じゅぎょう》、体育《たいいく》じゃん！　早《はや》く更衣室《こういしつ》行かなきゃ！」

「マジか！」

クラスメイトがバタバタと昼食《ちゅうしょく》の片《かた》づけをしてから、次々《つぎつぎ》と教室《きょうしつ》を出《で》ていく。

私《わたし》たちのグループも、慌《あわ》てて体育《たいいく》の準備《じゅんび》をする。

なんとかまぬがれることができたけど。

夏目《なつめ》くんが、みんなにぽろっと言《い》っちゃうのも時間《じかん》の問題《もんだい》だと思《おも》うし。

光莉《ひかり》たちに黙《だま》ってたら黙《だま》ってたで、なんで言《い》ってくれなかったんだって問《と》い詰《つ》められるのが目《め》に見《み》えていて。

面倒《めんどう》くさいことにならないように祈《いの》るしかない。

そして、ついにやってきた修学旅行当日《しゅうがくりょこうとうじつ》。

朝早《あさはや》く飛行機《ひこうき》に乗《の》って二時間《にじかん》。じつは人生初《じんせいはつ》の飛行機《ひこうき》で、終始《しゅうし》ドキドキだった。

空港《くうこう》からバスで二十分《にじゅっぷん》ほど移動《いどう》して。

一日目《いちにちめ》は歴史資料館《れきししりょうかん》の見学《けんがく》。ここで学《まな》んだことをメモして、しおりにまとめなければならない。

修学旅行《しゅうがくりょこう》はあくまでも『学習《がくしゅう》しに来《き》ている』のでハメを外《はず》すなと言《い》う先生《せんせい》たちの意向《いこう》だけど、せっかくの修学旅行《しゅうがくりょこう》に勉強《べんきょう》か、と不満《ふまん》をもらす生徒《せいと》も多々《たた》いるわけで。

私《わたし》はどちらかというと、こういう資料館《しりょうかん》の見学《けんがく》が好《す》きなほうだから賛成《さんせい》なんだけど。

子供連《こどもづ》れの家族《かぞく》はもちろん、カップルや、それこそ私《わたし》たちと同《おな》じ修学旅行生《しゅうがくりょこうせい》とか、いろいろなお客《きゃく》さんが観察《かんさつ》できるのも面白《おもしろ》いから。

学校《がっこう》の外《そと》、しかも全然知《ぜんぜんし》らない土地《とち》ってだけでワクワクしちゃう。

資料館《しりょうかん》の展示物《てんじぶつ》を、光莉《ひかり》とふたりで見学中《けんがくちゅう》。ほんの少《すこ》し照明《しょうめい》が暗《くら》くて、なんだかそれが余計《よけい》にソワソワさせて。

最初《さいしょ》、光莉《ひかり》は「こんなところに来《く》るぐらいなら、もっと自由時間増《じゆうじかんふ》やせばいいのに」なんて文句《もんく》をたれていたけど。今《いま》はもうあきらめたようにおとなしくメモを取《と》っている。

私《わたし》も、展示物《てんじぶつ》に目《め》をこらしながら必死《ひっし》にメモを取《と》る。

「ねぇ光莉《ひかり》、これってさっ——」

一緒《いっしょ》に回《まわ》っていた光莉《ひかり》に、資料《しりょう》のことで声《こえ》をかけようとして顔《かお》を上《あ》げたら……。目《め》の前《まえ》に全然《ぜんぜん》知《し》らない男《おとこ》の子《こ》が、ポカンとした顔《かお》をして立《た》っていた。

私《わたし》のとは違《ちが》う、見《み》たことない制服《せいふく》。たぶん、他《ほか》の学校《がっこう》の修学旅行生《しゅうがくりょこうせい》だ。

やってしまった。

「あっ、す、すみませんっ、間違《まちが》えちゃってて一っ」

まったくも〜光莉《ひかり》どこに行《い》ったのよ〜!!

あたりを見回《みまわ》しても光莉《ひかり》らしき人《ひと》が見《み》つからない。

ぼーっとしてた私《わたし》も悪《わる》いけど!!

間違《まちが》えて声《こえ》をかけてしまった隣《となり》の人《ひと》にすぐ謝《あやま》って、その場《ば》を離《はな》れようと振《ふ》り返《かえ》った瞬間《しゅんかん》。

「待《ま》って」

呼《よ》び止《と》められた。

「えっ……」

目線《めせん》を戻《もど》してよく見《み》ると、彼《かれ》の後《うし》ろに彼《かれ》の友達《ともだち》らしき人《ひと》たちが数名立《すうめいた》っていた。気《き》のせいかもしれないけど、みんなニヤついているように見《み》える。

なんだか嫌《いや》な予感《よかん》。

「キミ、ひとり？」

「い、いえ、友達《ともだち》と回《まわ》ってたんですが……」

「はぐれたんだ？」

「あ、いや……でもすぐ近《ちか》くに……」

どこにいるのよ、光莉《ひかり》！

目《め》をキョロキョロと動《うご》かしてみても、あせりもあってか全然見《ぜんぜんみ》つけられない。

「何《なに》、迷子《まいご》？　囲《かこ》まれておびえてんじゃん。かわいい～～」

「どっから来《き》たの？」

「友達一緒《ともだちいっしょ》に探《さが》してあげるよ～」

「ついでに連絡先交換《れんらくさきこうかん》しようよ！」

「え、あのっ……私《わたし》は大丈《だいじょう》……」

男子生徒《だんしせいと》たちの質問攻《しつもんぜ》めに軽《かる》くパニックになっていると、ひとりにガシッと手首《てくび》をつかまれた。

「遠慮《えんりょ》しないでさー」

やばいっ。振《ふ》りほどかなきゃ。

そう思《おも》ってギュッと目《め》をつむった瞬間《しゅんかん》。

「あの、嫌《いや》がってるので離《はな》してくれませんか？」

フワッと優《やさ》しい香《かお》りが鼻《はな》をかすめたと同時《どうじ》に、肩《かた》にあたたかさが触《ふ》れて。

聞《き》き覚《おぼ》えのある声《こえ》が鼓膜《こまく》に届《とど》いた。

「夏目《なつめ》くんっ」

まっすぐに男《おとこ》の子《こ》たちを見《み》る整《ととの》った横顔《よこがお》に、トクンと胸《むね》が鳴《な》る。

この角度《かくど》から見《み》てきれいなんて、ほんと悔《くや》しいけどうらやましい。けど、そんな彼《かれ》の目《め》はいつもの爽《さわ》やか仮面《かめん》の時《とき》とは違《ちが》ってするど

く見《み》えた。人前《ひとまえ》でそんな顔《かお》するんだ……。

私《わたし》の手首《てくび》をつかんだひとりがパッと手《て》を離《はな》す。

「はっ、んだよ彼氏持《かれしも》ちかー」

「行《い》こうぜー」

「せっかく、久《ひさ》しぶりにかわいい子《こ》を見《み》つけたと思《おも》ったのになー」

男《おとこ》の子《こ》たちは夏目《なつめ》くんのことを見《み》るなり、そそくさとその場《ば》をあとにした。

「なんでいるの……」

彼《かれ》らの背中《せなか》が見《み》えなくなってつぶやくように聞《き》く。

「なんでって、郁田《いくた》さんのこと探《さが》すのが癖《くせ》になってるから？」

「ストーカーじゃん」

「そーとも言《い》う」

そーとも言《い》うって……認《みと》めてどうすんのよ。

「どう？　ストーカーに助《たす》けてもらった気分《きぶん》は」

「ちょ、自分《じぶん》で言《い》わないでよ」

「郁田《いくた》さんが言《い》ったんじゃん」

「……はいはい。どーもありがとうございました」

夏休《なつやす》みが明《あ》けてから、ふたりきりで話《はな》すのは久《ひさ》しぶりで、まともに夏目《なつめ》くんの目《め》が見《み》られない。

そしてさっきからうるさい、心臓《しんぞう》の音《おと》。

病気《びょうき》かな……私《わたし》。

「気《き》をつけてよ、郁田《いくた》さんかわいいんだから。狙《ねら》われる自覚持《じかくも》たないと」

「いや……」

夏目《なつめ》くんのかわいいなんて挨拶《あいさつ》みたいなもん。わかっているはずなのに。

いちいち過剰《かじょう》に脈打《みゃくう》つ心臓《しんぞう》。

「あのさ、郁田《いくた》さん」

真《ま》に受《う》けているつもりなんてないのに。

「……？」

「菜花《なのは》いたー!!」

夏目《なつめ》くんが何《なに》かを言《い》いかけた時《とき》、後《うし》ろから私《わたし》を呼《よ》ぶ声《こえ》がして、振《ふ》り返《かえ》った。

「光莉《ひかり》！」

「ごめんごめん。まさかまだここでメモ取《と》ってたとは……」

「真面目《まじめ》か」なんてツッコんできたけど、光莉《ひかり》が不真面目《ふまじめ》すぎるだけだと思《おも》うよ……。

「あれ、夏目《なつめ》くん。もしかしてふたり一緒《いっしょ》に回《まわ》ってた感《かん》じ？　え、じゃあ私《わたし》はおじゃまじゃ……」

「なに言《い》ってんの、なわけないでしょ！　たまたま会《あ》っただけで」

「ふ――ん」

なんかあるんじゃないか、みたいな目《め》でこちらを見《み》てくる光莉《ひかり》にあきれる。

「もう……早《はや》く行《い》くよ。夏目《なつめ》くんさっきはありがとう。もう大丈夫《だいじょうぶ》だから」

「うん。……あ、待《ま》って郁田《いくた》さん」

「えっ……」

突然《とつぜん》、手首《てくび》を優《やさ》しくつかまれて、夏目《なつめ》くんとの距離《きょり》が一気《いっき》にゼロに近《ちか》づいた。

な、こんな人前《ひとまえ》でっっ!!

あまりの至近距離《しきんきょり》にとっさに目《め》を閉《と》じると、耳元《みみもと》にあたたかな吐息《といき》がかかって。

「……もう俺以外《おれいがい》の男《おとこ》に触《さわ》られちゃダメだよ」

「っ!?」

夏目《なつめ》くんは、そう言《い》って体《からだ》を離《はな》すと、満足《まんぞく》そうにニコッと笑《わら》って。

「西東《さいとう》さん、見《み》つかってよかったね」

なんて得意《とくい》の爽《さわ》やかスマイルで言《い》ってから、手《て》を振《ふ》って行《い》ってしまった。

何《なに》……今《いま》の。

表情《ひょうじょう》は相変《あいか》わらず涼《すず》しそうで爽《さわ》やかなくせに。夏目《なつめ》くんの触《ふ》れた手《て》が、熱《あつ》くて。

こっちにまでそれが伝染《でんせん》して。体《からだ》じゅうが熱《あつ》い。

「ちょちょちょちょ!!　今《いま》の何《なに》!!」

「いや……」

こっちが聞《き》きたいよ。

「なんて言《い》ったの夏目《なつめ》くん!!　しかも『さっきはありがとう』って何《なに》！　何《なに》があったのふたりとも！」

『……もう俺以外《おれいがい》の男《おとこ》に触《さわ》られちゃダメだよ』

そのセリフが頭《あたま》から離《はな》れなくて、何度《なんど》もリピート再生《さいせい》されて。

「何《なに》があったんだろうね……」

「はー!?」

ごめん、光莉《ひかり》。

大興奮《だいこうふん》の光莉《ひかり》にも申《もう》し訳《わけ》ないけど、どう説明《せつめい》していいのか、頭《あたま》が回《まわ》らなくて。

自分《じぶん》でもわからないんだ。

前《まえ》の私《わたし》なら、からかわれているんだって気《き》にしなかったことなのに。

心臓《しんぞう》はずっとバクバクとうるさくて。

今《いま》までどんなに触《さわ》られても、こんなふうにドキドキしなかったはずなのに。

これって……。まさか……。嘘《うそ》でしょ……。


ありえない。

「菜花《なのは》なんかしゃべっ……え」

私《わたし》の顔《かお》をのぞき込《こ》んだ光莉《ひかり》が固《かた》まって言葉《ことば》に詰《つ》まった。

今《いま》、私《わたし》は史上最高《しじょうさいこう》に顔《かお》が熱《あつ》い。

私《わたし》……夏目《なつめ》くんのこと……。


「お布団《ふとん》——!!」

修学旅行一日目《しゅうがくりょこういちにちめ》の予定《よてい》があっという間《ま》に終了《しゅうりょう》して。

ホテルに帰《かえ》っておいしい夕《ゆう》ご飯《はん》を食《た》べ終《お》わったあと、大浴場《だいよくじょう》から部屋《へや》に戻《もど》り、みんなが一斉《いっせい》に部屋《へや》のベッドにダイブする。

「はぁ――――！　お風呂《ふろ》もめっちゃ気持《きも》ちよかったね～お肌《はだ》スベスベだよ～」

「雪《ゆき》、明日《あした》は長山《ながやま》くんにたくさん触《さわ》ってもらいなよ～」

「ちょ、光莉《ひかり》いい加減《かげん》しつこいからっ！」

「だってリア充《じゅう》ムカつくんだもん！」

光莉《ひかり》が口《くち》をとがらせながら雪《ゆき》ちゃんに枕《まくら》を投《な》げて、ふたりの枕投《まくらな》げが始《はじ》まった。

学校《がっこう》じゃないところで、こうしていつものやりとりを見《み》られるなんて変《へん》な感《かん》じ。

こっちは満腹《まんぷく》とお風呂《ふろ》の気持《きも》ちよさで、このまますぐに眠《ねむ》ってしまいそうだっていうのに。

「ていうかさっき、お風呂《ふろ》から出《で》た男子《だんし》、見《み》た？」

「ああ見《み》た見《み》た！　普段《ふだん》なんとも思《おも》わない男子《だんし》にいつもと違《ちが》う雰囲気《ふんいき》を見《み》せられると、ちょっとときめくというか」

「そうそう!!」

結花《ゆか》ちゃんと光莉《ひかり》がそう盛《も》り上《あ》がり始《はじ》め、話《はなし》はだんだんと恋《こい》バナの流《なが》れになっていった。

芸能人《げいのうじん》で言《い》えば、どんな人《ひと》がタイプかとか。光莉《ひかり》の元《もと》カレがどんなだったとか、雪《ゆき》ちゃんと長山《ながやま》くんのこととか。誰《だれ》のことが気《き》になっている、とか。

考《かんが》えてみたら、私《わたし》たちちゃんとみんなで恋《こい》バナしたのなんて初《はじ》めてで。

すごく新鮮《しんせん》。

「えっ、百合《ゆり》、日野先生《ひのせんせい》が好《す》きなの⁉」

「……っ、うん」

「きゃあ――！　マジか！」

おとなしめな百合《ゆり》ちゃんのカミングアウトなんかも聞《き》けて。

大好《だいす》きなみんなのことを、もっと深《ふか》く知《し》れた気《き》がして楽《たの》しくて、心《こころ》がポカポカしてくる。

たまにはいいな、こういうのも。なんて、ひとりほっこりした気持《きも》ちに浸《ひた》っていたら。

「はい、私《わたし》ちゃんと言《い》ったからね。次《つぎ》、菜花《なのは》の番《ばん》っ」

百合《ゆり》ちゃんに突然話《とつぜんはなし》を振《ふ》られてしまった。

「えっ⁉　いや、私《わたし》は何《なに》も……」

「あるでしょ。ありありでしょ。この中《なか》で一番《いちばん》あるよ」

「……っ」

食《く》い気味《ぎみ》の光莉《ひかり》に返《かえ》す言葉《ことば》が出《で》てこない。

どうしよう……。

みんなが今《いま》までしまっていた大切《たいせつ》な気持《きも》ちを、たくさん聞《き》いといて。

自分《じぶん》は話《はな》さないって、ずるいよね。ただ……。

夏目《なつめ》くんを見《み》た時《とき》に鳴《な》る音《おと》の正体《しょうたい》に気《き》づいてしまった今《いま》、恥《は》ずかしさでおかしくなりそうで。

「ねぇ、菜花《なのは》。あんた、やっぱり夏目《なつめ》くんと何《なに》かあったでしょ」

「……っ」

みんなの目線《めせん》が一気《いっき》に私《わたし》に集中《しゅうちゅう》する。

「菜花《なのは》」

「……えっと」

こんな話《はなし》を、まさかみんなにする日《ひ》が来《く》るなんて。

でも、正直《しょうじき》、ずっと自分《じぶん》の中《なか》にしまっておける自信《じしん》もない。

こんな気持《きも》ち初《はじ》めてで。どうしたらいいかわかんないから。

だから……。

「……菜花《なのは》は夏目《なつめ》くんのこと、どう思《おも》ってるの？」

光莉《ひかり》に優《やさ》しく聞《き》かれて。私《わたし》は意《い》を決《けっ》して口《くち》を開《ひら》いた。

「……前《まえ》はなんとも思《おも》ってなかったんだ。というより、どちらかというと苦手《にがて》っていうか。けど、動物園《どうぶつえん》のあと、夏目《なつめ》くんと色々話《いろいろはな》す機会《きかい》があって……」

「うわ、やっぱりあの後《あと》、なんかあったんじゃん！　菜花《なのは》、なんにもないの一点張《いってんば》りだったのに！」

という光莉《ひかり》に、それはごめんと謝《あやま》る。

「それじゃあ、その日《ひ》から、菜花《なのは》は夏目《なつめ》くんのことが？」

雪《ゆき》ちゃんのセリフに小《ちい》さくうなずく。

夏目《なつめ》くんの過去《かこ》を知《し》れて、彼《かれ》の家族《かぞく》と過《す》ごして。

私《わたし》の中《なか》で、夏目《なつめ》くんを見《み》る目《め》が変《か》わった。

彼《かれ》の普段余裕《ふだんよゆう》そうな姿《すがた》は、本人《ほんにん》が努力《どりょく》してそう見《み》せているもので。

無敵《むてき》そうなのに、じつは少《すこ》し弱《よわ》くて。家族《かぞく》のことを彼《かれ》なりにちゃんと大切《たいせつ》に思《おも》ってて。

かけられた言葉《ことば》の数々《かずかず》を思《おも》い出《だ》して顔《かお》が熱《ねつ》を持《も》つ。

いつもの私《わたし》なら、こんなこと絶対《ぜったい》に口《くち》に出《だ》さないのに。

修学旅行《しゅうがくりょこう》という特別《とくべつ》な日《ひ》、特別《とくべつ》な空間《くうかん》が、そうさせるのかも知《し》れない。

「……最近《さいきん》おかしいんだ。夏目《なつめ》くんのことまともに見《み》られなくて……どうしたらいいのかなって」

恥《は》ずかしさでうつむきながら言《い》う。実際《じっさい》に口《くち》に出《だ》すと余計《よけい》恥《は》ずかしい。

「そんなの!! もう気持《きも》ち伝《つた》えたらいいじゃん!! ふたり絶対両想《ぜったいりょうおも》いなのにっ!!」

「菜花《なのは》、好《す》きなんでしょ？ 夏目《なつめ》くんのこと」

「……っ、う」

『好《す》き』

だなんて。自分《じぶん》でもびっくりだ。

「菜花《なのは》？」

光莉《ひかり》に顔《かお》をのぞき込《こ》まれ。

「……っ、す、好《す》き、なの、かな……」

「わ～菜花《なのは》が素直《すなお》～～!! かわいい～!!」

「ちょ、結花《ゆか》ちゃんやめてよ……」

冷《ひ》やかされてさらに顔《かお》が火照《ほて》る。変《へん》な汗《あせ》まで出《で》てくるし。

もう一回《いっかい》お風呂《ふろ》に入《はい》りたい。

「告白《こくはく》、しないの？　夏目《なつめ》くん、めっちゃ菜花《なのは》のこと好《す》きじゃん」

「てか、夏目《なつめ》くんから告白《こくはく》されてんじゃないのー？」

「いや、いやいやいや……告白《こくはく》なんてされてないし、できないし……無理無理《むりむり》。そもそも自分《じぶん》の気持《きも》ちを確信《かくしん》したのが今日《きょう》ってだけで」

みんながどんどん話《はなし》を進《すす》めるから必死《ひっし》に止《と》める。

「今日《きょう》わかったんだから、すぐにでもアクション起《お》こすべきでしょ！」

「え、逆《ぎゃく》になんで渋《しぶ》ってるの？　全然《ぜんぜん》わからないんだけど！　だって、どう見《み》ても夏目《なつめ》くん菜花《なのは》のこと好《す》きじゃん……」

「それは……夏目《なつめ》くん、みんなに優《やさ》しいじゃん」

「いや〜菜花《なのは》には前《まえ》から特別《とくべつ》に見《み》えたけどね？」

「…………」

夏目《なつめ》くんが私《わたし》に対《たい》して特別《とくべつ》だったのは、あの時《とき》たまたま、保健室《ほけんしつ》にいたのが私《わたし》だったからで。

私《わたし》を監視《かんし》したり、からかうため。今《いま》だってそれは変《か》わってないと思《おも》う。

さすがに夏目《なつめ》くんの本当《ほんとう》の姿《すがた》をみんなに話《はな》すことはできないから、どう説明《せつめい》していいのかわからないけれど。

夏目《なつめ》くんが私《わたし》に近《ちか》づいたきっかけは、絶対《ぜったい》に好意《こうい》からではなかったのはたしかで。

それに……。天井月子先輩《あまいつきこせんぱい》。

どうしてもチラついてしまう存在《そんざい》。彼女《かのじょ》が夏目《なつめ》くんにとって特別《とくべつ》な女性《じょせい》だってことは、前《まえ》になんとなく察《さっ》したけど、やっぱり私《わたし》が踏《ふ》み込《こ》める空気《くうき》じゃなくて。

「まぁ、でもっ」

なかなか言葉《ことば》を発《はっ》しない私《わたし》を見《み》てしびれを切《き》らしたのか、光莉《ひかり》が口《くち》を開《ひら》く。

「今《いま》は、菜花《なのは》が本当《ほんとう》の気持《きも》ちを、うちらに話《はな》してくれたことがうれしいっ」

「光莉《ひかり》……」

光莉《ひかり》の言葉《ことば》に胸《むね》が熱《あつ》くなる。

「うん！　ふたりがこれからどうなっていくかっていうのもすごい気《き》になるし大事《だいじ》だけど、こうやって菜花《なのは》が私《わたし》たちにちゃんと打《う》ち明《あ》けてくれたこと、すっごいありがたいよ！」

「菜花《なのは》、秘密主義《ひみつしゅぎ》なところあるからな～！」

「そんな菜花《なのは》が自分《じぶん》の話《はなし》を勇気出《ゆうきだ》してしてくれたの、めちゃくちゃ貴重《きちょう》だよね」

「うぅ……みんな……」

夏目《なつめ》くんを好《す》きだなんて言《い》ったらどう思《おも》われるだろう、そんなことばっかり心配《しんぱい》して。

恥《は》ずかしい思《おも》いをしたくないって気持《きも》ちのほうが大《おお》きくて。

でもそれは、みんなに壁《かべ》を作《つく》っているように見《み》られていたかもしれない、と気《き》づいた。

反省《はんせい》と同時《どうじ》に、こうやって真剣《しんけん》に話《はなし》を聞《き》いてくれる友達《ともだち》がいることに、あらためて幸《しあわ》せ者《もの》だと感《かん》じて。

「ありがとう、みんな。……私《わたし》なりに、頑張《がんば》ってみる」

みんなのおかげで、自分《じぶん》の気持《きも》ちとしっかり向《む》き合《あ》おうって決《き》めた。

呼《よ》び出《だ》さないで

修学旅行二日目《しゅうがくりょこうふつかめ》の今日《きょう》は、主《おも》にグループ行動《こうどう》。

事前《じぜん》にグループで決《き》めたいくつかの観光《かんこう》スポットを、一日《いちにち》かけて時間内《じかんない》に回《まわ》るというスケジュールだ。

雪《ゆき》ちゃんは、長山《ながやま》くんのグループに混《ま》ざって行動《こうどう》するので私《わたし》たちとは別行動《べつこうどう》。

雪《ゆき》ちゃん抜《ぬ》きの四人《よにん》で、さっそく目的地《もくてきち》へ向《む》かう電車《でんしゃ》に乗《の》っていると。

「あ、楽《らく》たちだ」

光莉《ひかり》が同《おな》じ制服《せいふく》を着《き》た男子《だんし》グループを見《み》つけた。

グループの中《なか》に、一際目立《ひときわめだ》つ男《おとこ》の子《こ》。はちみつ色《いろ》の髪《かみ》の毛《け》と、かわいらしい顔《かお》つき。

泉《いずみ》くんだ。

「おーい、楽《らく》～！」

光莉《ひかり》に名前《なまえ》を呼《よ》ばれてこちらに気《き》づいた彼《かれ》が、ヒラッと手《て》を振《ふ》りながらこちらへやってきた。

「あれ、木村《きむら》は？　同《おな》じグループだろ？　……あっ」

雪《ゆき》ちゃんがいないことにすぐ気《き》づいた泉《いずみ》くんが、何《なに》かを察《さっ》したように声《こえ》を出《だ》した。

「そーいうことです」

と、ニヤつく光莉《ひかり》。

「はっは～ん。なるほどね」

と何《なに》かを察《さっ》した泉《いずみ》くんと、バチっと目《め》が合《あ》ったけど、すぐに逸《そ》らされた気《き》がした。

そういえば夏休《なつやす》みが明《あ》けてから、泉《いずみ》くんとはまともに話《はな》していないかも。

明《あ》けてすぐに席替《せきが》えがあったから席《せき》が離《はな》れてしまって、っていうのもあるけど。

なんだろう……泉《いずみ》くんへの違和感《いわかん》。私《わたし》のことをさけている、ような。

いや、これが本来《ほんらい》、普通《ふつう》なのかな？　前《まえ》はもっと話《はな》しかけてくれたイメージだったから。

席《せき》が違《ちが》うとだいぶ変《か》わるんだな。

「てか楽《らく》たち、どこ行《い》くの？」

光莉《ひかり》がしおりを取《と》り出《だ》して、観光《かんこう》スポットが書《か》かれたページを開《ひら》いた。

「俺《おれ》らここ」

「お、一緒《いっしょ》じゃん！」

「マジか」

「じゃあ一緒《いっしょ》に行《い》こう！　男女《だんじょ》で行《い》ったほうがアオハルしてる感《かん》ある」

「お前《まえ》、アオハルって言《い》いたいだけだろ」

泉《いずみ》くんがそう ツッコんで、私《わたし》たちは、なぜか泉《いずみ》くんたちのグループと行動《こうどう》することになった。

「うわ――!!　すっごいきれい――!!」

絶景《ぜっけい》だと評判《ひょうばん》の高台《たかだい》にみんなでやってきて、景色《けしき》をながめる。

さすが観光《かんこう》スポット。街《まち》が一望《いちぼう》できて本当《ほんとう》にきれいで、風《かぜ》がよく通《とお》って気持《きも》ちがいい。

長《なが》い階段《かいだん》をのぼったかいがある。

「ねぇー！　お花《はな》がハートの形《かたち》してるよ～!!」

高台《たかだい》のすぐ隣《となり》にある庭園《ていえん》に光莉《ひかり》たちが夢中《むちゅう》になって、パシャパシャとスマホで写真《しゃしん》を撮《と》り始《はじ》める。

あんなに階段《かいだん》で『疲《つか》れた』って愚痴《ぐち》っていたのに、全然元気《ぜんぜんげんき》じゃないか。

「元気《げんき》だなー」

「だな」

っ⁉

光莉《ひかり》たちの背中《せなか》を見《み》ながら、ボソッとつぶやいた声《こえ》が聞《き》こえていたらしく。

横《よこ》から泉《いずみ》くんの声《こえ》がして、驚《おどろ》きでとっさに顔《かお》を上《あ》げる。

「……郁田《いくた》は行《い》かないの？」

「あぁ、うん。私《わたし》は少《すこ》し休《やす》みながら。百合《ゆり》ちゃんたち部活生《ぶかつせい》だから体力《たいりょく》あるんだよね〜。

光莉《ひかり》も文句《もんく》を言《い》いながら、なんだかんだはしゃぐタイプだし」

「わかる。あいつは半分《はんぶん》ゴリラだからな」

「怒《おこ》られるよ〜」

「郁田《いくた》が黙《だま》ってれば大丈夫《だいじょうぶ》だろ」

「えっ……まぁ」

そんなふうに話《はな》しながら、ふたりでゆっくりと庭園《ていえん》を歩《ある》く。

どうしよう。久《ひさ》しぶりだから何《なに》を話《はな》していいかわからない。やっぱり、泉《いずみ》くんの様子《ようす》が前《まえ》と明《あき》らかに違《ちが》うのがわかるし。

たしか、最後《さいご》に会《あ》ったのは動物園《どうぶつえん》で……。

沈黙《ちんもく》も苦手《にがて》だから、何《なに》か話題《わだい》をと思《おも》ってぐるぐる考《かんが》えて。あることを思《おも》い出《だ》す。

「あ、そういえばっ、夏休《なつやす》み初日《しょにち》の動物園《どうぶつえん》」

「……えっ、あ、あぁ」

ぶつかった視線《しせん》が、またすぐ逸《そ》らされる。

「解散《かいさん》したあと、連絡《れんらく》くれてありがとう。あの日《ひ》、雨《あめ》ほんとすごかったよね」

「……あー無事《ぶじ》に帰《かえ》れててよかった。あの日《ひ》、俺《おれ》すげーお気《き》に入《い》りの靴《くつ》でさ……」

「えっ、そうだったんだ？　大丈夫《だいじょうぶ》だった？」

「……あ、いや、まぁ、……てか」

「ん？」

泉《いずみ》くんが手《て》で口元《くちもと》を隠《かく》すように話《はな》したので、よく聞《き》こえなくて聞《き》き返《かえ》す。

明《あき》らかにおかしい。泉《いずみ》くん。

いつもはもっと余裕《よゆう》そうというか。サラッと会話《かいわ》してくれるタイプだったのに。

私《わたし》、何《なに》か彼《かれ》に嫌《きら》われるようなことしたとか？

不安《ふあん》になりながら泉《いずみ》くんの言葉《ことば》の続《つづ》きを待《ま》つ。

「あの日《ひ》、本当《ほんとう》に大丈夫《だいじょうぶ》だった？」

「えっ……」

なんでメッセージで聞《き》いてくれたことを、また聞《き》いてくるんだろう。

「全然大丈夫《ぜんぜんだいじょうぶ》だったよ。風邪《かぜ》ひかなかったし」

「あー……違《ちが》う、えっと」

泉《いずみ》くんは後頭部《こうとうぶ》をガシガシかいてから口《くち》を開《ひら》いた。

「あの、夏目《なつめ》」

「えっ、夏目《なつめ》くん？」

トクンと心臓《しんぞう》が反応《はんのう》する。名前《なまえ》を聞《き》いただけなのに。

昨日《きのう》、みんなに本当《ほんとう》の気持《きも》ちを打《う》ち明《あ》けて、さらに意識《いしき》しちゃっているのかもしれない。

深夜《しんや》テンション、なんてこった。

そして、泉《いずみ》くんはどうして今《いま》、夏目《なつめ》くんの名前《なまえ》なんて出《だ》したんだろうか。

「夏目《なつめ》くんがどうかした？」

「いや、なんつーか、前《まえ》から思《おも》ってたことなんだけど」

「うん」

「夏目《なつめ》って誰《だれ》にでもヘラヘラしてんじゃん。なんか、うさんくさいっていうか。俺《おれ》、ああいうタイプぶっちゃけ苦手《にがて》なんだよな」

突然《とつぜん》聞《き》かされた、泉《いずみ》くんの夏目《なつめ》くんへの気持《きも》ち。まさか、泉《いずみ》くんが夏目《なつめ》くんを苦手《にがて》だったなんて。夏目《なつめ》くんを嫌《きら》いになる人《ひと》なんて、この世《よ》の中《なか》で私《わたし》ぐらいだと思《おも》っていたよ。けど、嫌《きら》いだった時《とき》と今《いま》は全然違《ぜんぜんちが》うわけで。少《すこ》し前《まえ》なら、泉《いずみ》くんのセリフに同調《どうちょう》していたかもしれないけど。

好《す》きになってしまっている今《いま》、「そっか」と相《あい》づちを打《う》つことしかできない。

さすが泉《いずみ》くん。まわりのことをよく見《み》ているだけあって、泉《いずみ》くんは徹底《てってい》されたあの夏目《なつめ》くんの爽《さわ》やか仮面《かめん》の裏《うら》の顔《かお》さえも見抜《みぬ》いちゃうんだな。

って、感心《かんしん》している場合《ばあい》じゃなくて。

「とくに郁田《いくた》のことは気《き》に入《い》ってるみたいだから、心配《しんぱい》で」

「……いや、全然大丈夫《ぜんぜんだいじょうぶ》だよ。夏目《なつめ》くん、ほんと親切《しんせつ》にしてくれてるだけだから」

まさか、自分《じぶん》が夏目《なつめ》くんのフォローをする日《ひ》が来《く》るなんて。

「そう……ならいいけど。ああいう人当《ひとあ》たりよくて無害《むがい》そうなやつが危《あぶ》なかったりするから。俺《おれ》は絶対《ぜったい》に裏《うら》があると思《おも》うんだよな」

「いやー考《かんが》えすぎじゃないかな。そんなことないと思《おも》うけど」

なんて。泉《いずみ》くんの目《め》は間違《まちが》っていないけど。

ごめんね。

必死《ひっし》に夏目《なつめ》くんをかばおうとしている自分《じぶん》がいて、罪悪感《ざいあくかん》で胸《むね》が痛《いた》くなっていると、

「菜花《なのは》、楽《らく》、早《はや》く――――！」

光莉《ひかり》が私《わたし》たちを呼《よ》ぶ声《こえ》がして、私《わたし》たちはみんなの元《もと》へと向《む》かった。


観光《かんこう》スポットを何ヶ所《なんかしょ》か回《まわ》って、有名《ゆうめい》なおそば屋《や》さんでお昼《ひる》ご飯《はん》をみんなで食《た》べ終《お》わり、最後《さいご》の観光場所《かんこうばしょ》に向《む》かっている途中《とちゅう》。

「菜花《なのは》～!!」

聞《き》き慣《な》れた声《こえ》に名前《なまえ》を呼《よ》ばれたので振《ふ》り返《かえ》った。

「雪《ゆき》ちゃんっ!!」

こちらにブンブンと手《て》を振《ふ》っているのは雪《ゆき》ちゃんで。その隣《となり》には、長山《ながやま》くんが少《すこ》し恥《は》ずかしそうに立《た》っていた。

「わー！　雪《ゆき》たちも今《いま》こっちなんだね！」

駆《か》け寄《よ》ってきた雪《ゆき》ちゃんたちに、光莉《ひかり》がうれしそうにそう言《い》う。

「じつは私《わたし》のわがままで。タイミング合《あ》えば会《あ》えるかと思《おも》って、ダメ元《もと》で最後《さいご》はみんなと同《おな》じところ回《まわ》りたいなって、お願《ねが》いしたの。そしたら、いいよって言《い》ってくれて」

雪《ゆき》ちゃんがチラッと後《うし》ろを見《み》たので、同《おな》じように視線《しせん》を向《む》ければ。

後《うし》ろに――。あっ。

思《おも》わず目《め》を逸《そ》らしてしまった。

長山《ながやま》くんたちのグループのひとりに、夏目《なつめ》くんがいる。

そっか、長山《ながやま》くんと同《おな》じグループだったんだ。

「てか、なんかそこ、人数多《にんずうおお》くない？」

向《む》こうのグループのひとりが私《わたし》たちを見《み》て言《い》うと、

「あぁ、電車《でんしゃ》で会《あ》った。方向《ほうこう》が同《おな》じだったからそのまま一緒《いっしょ》に行《い》こうかって」

泉《いずみ》くんが一歩前《いっぽまえ》に出《で》て説明《せつめい》してくれて。

「そうだったんだ。じゃあ、せっかくだしみんなで橋《はし》まで行《い》こうか」

夏目《なつめ》くんのその爽《さわ》やかな声《こえ》で、私《わたし》たちはぞろぞろと最後《さいご》の目的地《もくてきち》へと向《む》かうことになった。

「うわー、やっぱりみんなここをラストに持《も》ってきたがるんだね～」

目的地《もくてきち》に到着《とうちゃく》すると、学生服《がくせいふく》の多《おお》さに光莉《ひかり》がつぶやいた。

この地域一番《ちいきいちばん》の観光《かんこう》スポットと言《い》われているだけあって、私《わたし》たちの学校《がっこう》の生徒《せいと》はもちろん、他《ほか》の学校《がっこう》の生徒《せいと》や外国《がいこく》の観光客《かんこうきゃく》がたくさん来《き》ている。

有名《ゆうめい》な大《おお》きな石《いし》だたみの橋《はし》を渡《わた》った先《さき》には、お土産屋《みやげや》さんや食《た》べ物屋《ものや》さんが並《なら》ぶ商店街《しょうてんがい》があって。

すごいなぁ……人《ひと》の多《おお》さ。あの中《なか》に飲《の》み込《こ》まれてしまうんじゃないかって不安《ふあん》になる。

「わー、これじゃみんなで歩《ある》けないね。とりあえず一時間後《いちじかんご》に出口《でぐち》のほうで集合《しゅうごう》ってことにして、少人数《しょうにんずう》で気《き》になるお店《みせ》を回《まわ》ろうか」

長山《ながやま》くんのグループのひとりがそう提案《ていあん》して、私《わたし》たちは商店街《しょうてんがい》の中《なか》へと進《すす》んだ。

商店街《しょうてんがい》を出《で》ていく人《ひと》たちと体《からだ》がぶつかりながらも、なんとか進《すす》んでいると。

「郁田《いくた》さ――」

「郁田《いくた》っ」

「えっ、ちょ」

今《いま》、たしかに夏目《なつめ》くんに名前《なまえ》を呼《よ》ばれた気《き》がしたけど。

人混《ひとご》みの中《なか》、隣《となり》に立《た》っていた泉《いずみ》くんにそのまま手《て》を引《ひ》かれて。

あっという間《ま》に、一緒《いっしょ》に歩《ある》いていたみんなが見《み》えなくなった。

「あの、泉《いずみ》く」

「見《み》てよ」

後《うし》ろを振《ふ》り返《かえ》りながらみんながいなくて不安《ふあん》になっていると、泉《いずみ》くんに再《ふたた》び声《こえ》をかけられて、しぶしぶ顔《かお》を上《あ》げる。

「えっ……」

目線《めせん》の先《さき》に見《み》えたお店《みせ》の看板《かんばん》には『菜《な》の花《はな》』と書《か》かれていた。

「この商店街《しょうてんがい》を調《しら》べてる時《とき》に見《み》つけてさ。菜《な》の花《はな》って郁田《いくた》じゃんと思《おも》って。ちょっと気《き》になってたから。中《なか》に入《はい》って見《み》ようぜ」

「あ、う、うんっ……」

とっさにそう返事《へんじ》をして、お店《みせ》に入《はい》ることになったけど。

まさか泉《いずみ》くんが、私《わたし》の下《した》の名前《なまえ》を知《し》っていたなんて、意外《いがい》だった。

いや、同《おな》じクラスなんだから下《した》の名前《なまえ》ぐらい呼《よ》ばなくても知《し》っているだろうと言《い》われたら、そりゃそうなんだけど。

でも……私《わたし》の中《なか》で泉《いずみ》くんは、光莉《ひかり》を通《とお》して仲良《なかよ》くしてもらっているだけの人《ひと》って印象《いんしょう》だったから。

お店《みせ》に入《はい》ると同時《どうじ》に泉《いずみ》くんにつかまれていた手《て》が離《はな》れて、どこかホッとしている自分《じぶん》がいた。


「あ〜いい湯《ゆ》だった〜」

二日目《ふつかめ》の予定《よてい》も無事《ぶじ》に終《お》えた夜《よる》。

大浴場《だいよくじょう》から帰《かえ》って来《き》てすぐに部屋《へや》のベッドにダイブしながら声《こえ》をもらす光莉《ひかり》たちをながめつつ、充電《じゅうでん》しようとカバンから取《と》り出《だ》したスマホが、手《て》の中《なか》で震《ふる》えた。

えっ……。

画面《がめん》に表示《ひょうじ》された名前《なまえ》と、その人《ひと》からのメッセージに全身《ぜんしん》が固《かた》まってしまう。

【夏目涼々《なつめすず》】

《今《いま》、こっちに来《こ》れない？　五階《ごかい》の502号室《ごうしつ》》

「ん？　菜花《なのは》どーした？」

私《わたし》の異変《いへん》に気《き》づいた光莉《ひかり》が、すぐに声《こえ》をかけてきてくれる。

「あ、いや、あの……」

「まさか夏目《なつめ》くんとか⁉」

「……っ」

結花《ゆか》ちゃんから発《はっ》せられた名前《なまえ》にボッと顔《かお》が火照《ほて》る。

「え、マジか！　なんだって⁉　夏目《なつめ》くん！」

「……えっと、それが」

みんなの視線《しせん》が一気《いっき》に私《わたし》に向《む》いて、さらに心臓《しんぞう》がバクバクする。

夢《ゆめ》か何《なに》かの間違《まちが》いとかじゃ、ないよね？

しかも、こんなタイミングでいったいなんの用《よう》が。

「うわっ‼　『こっちに来《こ》れない？』だって！　え、夏目《なつめ》くん今度《こんど》こそ菜花《なのは》に告白《こくはく》⁉」

私《わたし》のスマホをのぞいた光莉《ひかり》が鼻息荒《はないきあら》く早口《はやくち》で言《い》う。

「いやいや、告白《こくはく》なんてあるわけ……」

「逆《ぎゃく》になんで⁉　こんなの告白《こくはく》しますよって言《い》ってるようなもんじゃん！」

「ね⁉」と言《い》う光莉《ひかり》に、みんなも激《はげ》しく首《くび》を縦《たて》に振《ふ》る。

「早《はや》く行《い》ってきなよ！」

「でも……男子《だんし》の階《かい》に行《い》くのは禁止《きんし》じゃん」

さらに詰《つ》め寄《よ》ってくる光莉《ひかり》に、たじろいでしまう。

「先生《せんせい》たちが来《き》てもうまくごまかすからさ！」

「つう」

みんなに強引《ごういん》に背中《せなか》を押《お》されて、部屋《へや》の入《い》り口《ぐち》まで歩《ある》かされる。

「でも……」

「『でも』とかないの！　ほらさっさと行《い》く！」

「あ、ちょ」

「全力《ぜんりょく》で応援《おうえん》してるからね！」

「「「頑張《がんば》って‼」」」

——バタンッ。

嘘《うそ》でしょ……。追《お》い出《だ》されてしまった。

いやいやいや。夏目《なつめ》くんも何《なに》を考《かんが》えているの。

もしこんなのが先生《せんせい》たちにバレたら、私《わたし》も怒《おこ》られるんだけど！

そんなことを思《おも》う気持《きも》ちとは裏腹《うらはら》に、心臓《しんぞう》のバクバクは止《と》まらないし。

この心臓《しんぞう》の音《おと》だって、夏目《なつめ》くんが原因《げんいん》なのか、男子部屋《だんしべや》に行《い》くことへの緊張感《きんちょうかん》が原因《げんいん》なのか、今《いま》はもうわからない。

……行《い》くしか、ないのか。

なんて。本当《ほんとう》は今日一日《きょういちにち》、夏目《なつめ》くんと話《はな》し足《た》りなかったと思《おも》っているのが本心《ほんしん》。それに気《き》がつかないフリをしていたのも自覚《じかく》している。

恋《こい》をするとこんなにも変《か》わってしまうものなのか。

周囲《しゅうい》に警戒《けいかい》しつつ、エレベーターではなく階段《かいだん》を使《つか》って、おそるおそるひとつ上《うえ》の男《だん》子部屋《しべや》へと向《む》かった。

先生《せんせい》たちにバレないよう、細心《さいしん》の注意《ちゅうい》を払《はら》いながら階段《かいだん》をのぼり終《お》わって。

まっすぐの道《みち》を急《いそ》いで歩《ある》きながら部屋《へや》を探《さが》す。

502、502……。あっ。あった。

「502号室《ごうしつ》……」

来《き》てしまった。

プレートを見《み》て、今自分《いまじぶん》が夏目《なつめ》くんたちの部屋《へや》の前《まえ》にいるんだということを実感《じっかん》して、さらに緊張《きんちょう》が増《ま》す。

ノック、していいのかな？

いや、ここまで来《き》といて、今《いま》さらなんでためらっているの、私《わたし》。うぅ……。

ノックをしようとする自分《じぶん》の手《て》がじゃっかん震《ふる》えて。

「修学旅行生《しゅうがくりょこうせい》だって～かわいかったね～」

っ⁉

急《きゅう》に聞《き》こえた声《こえ》に目《め》を向《む》ければ、私《わたし》たちの学校《がっこう》の人《ひと》たちとは違《ちが》う、一般《いっぱん》のお客《きゃく》さんたちが話《はな》しながらエレベーターから降《お》りたのが見《み》えた。

はっ、人《ひと》が……こっちに……来《く》る‼

コンコンッ‼

慌《あわ》ててドアをノックすれば、パタパタという足音《あしおと》とともにすぐにドアが開《あ》けられた。

ガチャ。

「え、郁田《いくた》さんっ……」

開《あ》けられたドアから、驚《おどろ》いた顔《かお》をした夏目《なつめ》くんが出《で》てきた。

いやいや、呼《よ》び出《だ》しておいてなんでびっくりしてるの！

って、とりあえず今《いま》は、そんなことツッコんでいる場合《ばあい》じゃなくて‼

「あの、ごめ、とりあえず中《なか》につ、人《ひと》がっ」

私《わたし》が目線《めせん》を廊下《ろうか》に向《む》けて言《い》うと、夏目《なつめ》くんもひょこっと顔《かお》を出《だ》して同《おな》じ方向《ほうこう》を見《み》てから。

「あぁ、どうぞ」

そう言《い》って、すぐに私《わたし》を部屋《へや》に入《い》れてくれた。

――バタン。

「はぁ……心臓《しんぞう》が止《と》まるかと思《おも》った。男子部屋《だんしべや》に行《い》ったなんてバレたら、怒《おこ》られるじゃ済《す》まないんだからね？」

玄関《げんかん》に入《はい》って早々《そうそう》、夏目《なつめ》くんを叱《しか》る。

「……あぁ、うん」

「ていうか、さっきから何《なに》？　その驚《おどろ》いた顔《かお》は」

「あ、いや……まさか来《き》てくれると思《おも》わなかったから」

「はい!?」

彼《かれ》の言葉《ことば》に思《おも》わず大声《おおごえ》が出《で》てしまう。

何《なに》を言《い》っているんだ、この人《ひと》。呼《よ》び出《だ》した張本人《ちょうほんにん》のくせに！

「だって、メッセージ既読無視《きどくむし》だったし」

「あっ……」

返事《へんじ》するなんて頭《あたま》が回《まわ》らないぐらい、誰《だれ》かにバレないようにここに来《く》ることで頭《あたま》いっぱいだった。

「男子部屋《だんしべや》に来《く》るなんて、郁田《いくた》さんもずいぶん悪《わる》い子《こ》になったね」

ニッと口角《こうかく》を上《あ》げた夏目《なつめ》くんの顔《かお》がムカつく。なのに、ドキドキ速《はや》く音《おと》を立《た》てる心臓《しんぞう》に、さらに夏目《なつめ》くんを意識《いしき》してしまう。

「な、夏目《なつめ》くんが呼《よ》んだんでしょーが」

「来《き》たのは郁田《いくた》さんの意思《いし》でしょ？」

「うっ……」

どうしよう。言《い》い返《かえ》せない。

夏目《なつめ》くんの言《い》うとおり、ここに来《き》たのは私《わたし》の意思《いし》。

前《まえ》の私《わたし》なら、絶対《ぜったい》こんなふうに夏目《なつめ》くんの言《い》いなりにはならなかったはず。

「入《はい》って。あんまり時間《じかん》ないから」

そう言《い》って、テクテクと部屋《へや》の奥《おく》へと進《すす》んでいく彼《かれ》の背中《せなか》について歩《ある》く。

「あの、他《ほか》のみんなは？」

ボフッとベッドに座《すわ》った夏目《なつめ》くんと同《おな》じように、私《わたし》も向《む》かいのベッドに腰《こし》を下《お》ろす。

「先《さき》に大浴場《だいよくじょう》に行《い》った。さっき行《い》ったばかりだから、あと十五分《じゅうごふん》くらいは帰《かえ》ってこないと思《おも》うよ」

「あっ、そっか……それで、なんでいきなり呼《よ》び出《だ》したの？」

私《わたし》がそう聞《き》くと、夏目《なつめ》くんは、床《ゆか》に置《お》いていたカバンから何《なに》かを取《と》り出《だ》して、その手《て》を後《うし》ろに回《まわ》した。

「目《め》つむって」

「え？」

「いいから」

「はぁ……いったいなんなの……」

小《ちい》さくため息《いき》をつきながらも、ヒヤヒヤなこの状況《じょうきょう》から早《はや》く逃《に》げたくて、夏目《なつめ》くんに言《い》われたとおり瞳《ひとみ》を閉《と》じる。

すると、首元《くびもと》にひんやりとした感触《かんしょく》が伝《つた》わって、突然《とつぜん》のことで目《め》をバチッと大《おお》きく開《あ》けた。

「何《なに》!?」

自分《じぶん》のデコルテあたりに触《ふ》れると、何《なに》やらネックレスのような手触《てざわ》りをしたものが首《くび》にかけられていた。

驚《おどろ》いたまま隣《となり》の夏目《なつめ》くんを見《み》れば、「鏡《かがみ》、向《む》こう」と洗面所《せんめんじょ》に行《い》くのをうながされて、私《わたし》は早足《はやあし》で向《む》かう。

「わっ……これって……」

ホテルの大《おお》きな鏡《かがみ》に映《うつ》った自分《じぶん》の首元《くびもと》に光《ひか》るもの。爽《さわ》やかなパステルイエローの小《ちい》さな花《はな》が三《みっ》つ連《つら》なったネックレスだ。

「夏目《なつめ》くんっ！　何《なに》これっ！」

声《こえ》のテンションが明《あき》らかに高《たか》くなってしまう。

「菜《な》の花《はな》。今日《きょう》行《い》った商店街《しょうてんがい》で見《み》つけたの。すぐに郁田《いくた》さんの顔《かお》が浮《う》かんで……」

菜《な》の花《はな》……。なんだか今日《きょう》はよく、自分《じぶん》の名前《なまえ》の花《はな》に触《ふ》れられる日《ひ》だな。

って、それよりも！

「夏目《なつめ》くん、これ買《か》ったの!?」

「うん。やっぱりよく似合《にあ》うね」

「……っ」

鏡越《かがみご》しで、夏目《なつめ》くんと視線《しせん》が交《まじ》わってすぐ逸《そ》らす。

なんだろう。直接目《ちょくせつめ》が合《あ》うよりも、恥《は》ずかしい。

それよりも、なんでネックレスを買《か》ってくれたの？

正直《しょうじき》、こんなことされたら浮《う》かれてしまう。夏目《なつめ》くんも、私《わたし》のことを本気《ほんき》で考《かんが》えてくれているのかなって。

でも、そんな希望《きぼう》をいだいて、あとで落《お》とされるのが怖《こわ》いから。

簡単《かんたん》にその一歩《いっぽ》なんて踏《ふ》み出《だ》せない。

「なんで……こんな……」

「なんでって……それは……」

――ピコンッ。

突然響《とつぜんひび》いた電子音《でんしおん》に、肩《かた》をビクッと震《ふる》わせる。

「っ!?　びっくりしたぁ……」

「あ、ごめんっ、俺《おれ》のスマホ」

タイミングよく、夏目《なつめ》くんのスマホに通知《つうち》が来《き》てくれたおかげで、緊張感《きんちょうかん》が薄《うす》れる。

けど、夏目《なつめ》くんはスマホを取《と》り出《だ》そうとはしない。

「メッセージ確認《かくにん》しなよ。急《いそ》ぎの用《よう》かも」

「いやでも……」

——ブーッブーッ。

「あっ」

今度《こんど》は私《わたし》に電話《でんわ》がかかる。こんな同時《どうじ》に連絡《れんらく》が来《く》るなんて。

やっぱり、今《いま》の夏目《なつめ》くんへの質問《しつもん》はしなかったほうがいいっていうお告《つ》げなのかも。

慌《あわ》てて画面《がめん》を確認《かくにん》すると、光莉《ひかり》の名前《なまえ》が表示《ひょうじ》されていた。

「いいよ、郁田《いくた》さん電話《でんわ》に出《で》て」

「うん、ごめん！」

夏目《なつめ》くんに言《い》ってすぐに電話《でんわ》に出《で》る。

「もしもし光《ひか》——」

『菜花《なのは》！　そろそろ部屋《へや》戻《もど》らないとかも！　先生《せんせい》たちが見回《みまわ》りに来《く》るらしくて。さっき見《み》回《まわ》り来《き》たクラスから連絡《れんらく》来《き》てさ！』

「え、わかったすぐ戻《もど》る!!」

『うん、気《き》をつけて!!』

——ピッ。

「先生《せんせい》たちが見回《みまわ》りに来《く》るらしくて、戻《もど》らなきゃ」

「あ、そっか。じゃあ急《いそ》がないと。来《き》てくれてうれしかった。ありがとう」

そう言《い》った夏目《なつめ》くんが、私《わたし》の頭《あたま》に優《やさ》しく手《て》を置《お》く。

静《しず》まれ、心臓《しんぞう》。

鏡《かがみ》を見《み》なくても、顔《かお》が赤《あか》くなっているのがわかる。

完全《かんぜん》に今《いま》までとは違《ちが》う別《べつ》の意識《いしき》が、私《わたし》の中《なか》に生《う》まれてしまっている。

「私《わたし》もこれ、あの、ありがとう……」

「うん。喜《よろこ》んでもらえて何《なに》より。階段《かいだん》のほうまで送《おく》るよ」

「いや、大丈夫《だいじょうぶ》! ふたりでいるところを見《み》つかったら大変《たいへん》そうだし。何《なに》かあったら道《みち》に迷《まよ》ったで通《とお》す」

「そっか。わかった。無事《ぶじ》に戻《もど》ったら連絡《れんらく》ちょうだい」

「うんっ、おやすみ、なさいっ」

そう言《い》って、私《わたし》は夏目《なつめ》くんたちの部屋《へや》をあとにした。

優《やさ》しくしないで

《いきおいでつけちゃったけど、基本的《きほんてき》には校則違反《こうそくいはん》だよね》
そんなメッセージとともに、クマのキャラクターが申《もう》し訳《わけ》なさそうに謝《あやま》っているスタンプが夏目《なつめ》くんから送《おく》られてきて。
みんなが寝静《ねしず》まったあと、スマホを持《も》ってトイレにこもってから、
《ポーチの中《なか》に隠《かく》しておくから大丈夫《だいじょうぶ》だよ》
と返事《へんじ》をした。
あれから部屋《へや》に帰《かえ》ると、みんなからの質問攻《しつもんぜ》めがもう大変《たいへん》で。
みんなが寝《ね》たのは、深夜《しんや》の一時《いちじ》をすぎていたと思《おも》う。
けど、私《わたし》は、夏目《なつめ》くんとの出来事《できごと》が何度《なんど》も何度《なんど》も頭《あたま》の中《なか》で思《おも》い出《だ》されて、全然《ぜんぜん》寝《ね》つくことができなくて。
今《いま》、修学旅行《しゅうがくりょこう》三日目《みっかめ》の目的地《もくてきち》に向《む》かうバスの中《なか》で大《おお》きなあくびをしてしまう。
みんなに夏目《なつめ》くんに言《い》われたことを話《はな》したら、『それってもう付《つ》き合《あ》ってるってこと

じゃないの』なんて言《い》われたけど。

実際《じっさい》のところ、夏目《なつめ》くんの本当《ほんとう》の気持《きも》ちはわからない。

はっきりと好《す》きだから付《つ》き合《あ》ってほしいとは言《い》われていないし、私《わたし》も伝《つた》えていないし。

実際《じっさい》、ちゃんとした告白《こくはく》はないまま、付《つ》き合《あ》ったりするんだろうか。

それと同時《どうじ》に、昨日《きのう》の夏目《なつめ》くんに送《おく》られたメッセージは、いったい誰《だれ》からだったんだろうと考《かんが》えてしまう。

だってあの時間《じかん》、他《ほか》の男《おとこ》の子《こ》たちはお風呂《ふろ》に行《い》っていたわけだし。

クラスの友達《ともだち》からの連絡《れんらく》っていうのは、まずないよね。それなら夏目《なつめ》くんの家族《かぞく》とか？

考《かんが》え出《だ》したらキリがないのはわかっているけれど。

そもそも私《わたし》が夏目《なつめ》くんのことを知《し》ったのは最近《さいきん》なわけで、彼《かれ》の交友関係《こうゆうかんけい》を細《こま》かく知《し》っているわけじゃない。

けど、いちいち脳裏《のうり》にチラつくのは、天井月子《あまいつきこ》先輩《せんぱい》の名前《なまえ》。

先輩《せんぱい》には好《す》きな人《ひと》がいるって言《い》っていたけれど、夏目《なつめ》くんが下《した》の名前《なまえ》で呼《よ》ぶほどの知《し》り合《あ》いなのはどうしてなのか気《き》になって。

夏目《なつめ》くんは今《いま》、いったい誰《だれ》のことを考《かんが》えているんだろう。

自分《じぶん》がこんなことを考《かんが》えるなんて思《おも》ってもみなかったけれど、今《いま》は夏目《なつめ》くんの本心《ほんしん》が知《し》りたくて仕方《しかた》がない。

いいのかな、私《わたし》、夏目《なつめ》くんを好《す》きになっても。


「わぁあ!! 菜花《なのは》、猫耳《ねこみみ》めっちゃ似合《にあ》う〜!!」

「光莉《ひかり》も、そのサングラス似合《にあ》いすぎだよっ」

「ねぇ、今度《こんど》はあっちで写真撮《しゃしんと》ろうよ! そしたらアレ乗《の》ろう!!」

この修学旅行《しゅうがくりょこう》で、みんなが一番楽《いちばんたの》しみにしていたと言《い》っても過言《かごん》ではない。

テーマパークでの、丸一日自由行動《まるいちにちじゆうこうどう》の今日《きょう》。

さっそくショップで買《か》い足《た》したキャラクターのカチューシャやサングラスをして、女子《じょし》生徒《せいと》がいたるところでパシャパシャと写真《しゃしん》を撮《と》っている。

私《わたし》たちグループもその中《なか》のひとつで、相変《あいか》わらず、光莉《ひかり》と雪《ゆき》ちゃんが先頭《せんとう》を切《き》って大《おお》騒《さわ》ぎだ。

夏目《なつめ》くん、どこにいるのかな。あたりを見回《みまわ》してしまう。

とても広《ひろ》くて、他《ほか》の来場者《らいじょうしゃ》も多《おお》いテーマパーク。そんな簡単《かんたん》に会《あ》えないのはわかっているけれど……。つい、探《さが》してしまう。

「夏目《なつめ》くんいないね？」

「ぎゃっ!!」

光莉《ひかり》に急《きゅう》に耳打《みみう》ちされて変《へん》な声《こえ》が出《で》る。

「かわいいなぁ、菜花《なのは》。恋《こい》する乙女《おとめ》って感《かん》じ！　今日《きょう》こそふたりで回《まわ》ったりしないの？　うちら全然大丈夫《ぜんぜんだいじょうぶ》だよ？　むしろ今日《きょう》こそ！　結《むす》ばれ――」

「べ、別《べつ》に探《さが》してなんか……！」

「夏目《なつめ》く――んっ！　グループで一緒《いっしょ》に写真撮《しゃしんと》らない？」

っ!?

彼《かれ》の名前《なまえ》を呼《よ》ぶ声《こえ》がどこからか聞《き》こえて、思《おも》わず反応《はんのう》して振《ふ》り返《かえ》ると。

少《すこ》し離《はな》れたキャラクターのオブジェがあるところで、女子《じょし》グループが夏目《なつめ》くんたちのグループに話《はな》しかけていた。

「あ、夏目《なつめ》くんいたじゃん……って、クソッ、じゃま者《もの》どもが……」

「光莉《ひかり》」

そんなこと言《い》っちゃダメだよ、と制《せい》する意味《いみ》で光莉《ひかり》の名前《なまえ》を呼《よ》んだけど……。

女《おんな》の子《こ》たちに明《あか》るく「撮《と》ろう撮《と》ろう」と爽《さわ》やかな笑顔《えがお》を振《ふ》りまいているのを見《み》て、胸《むね》がギュッと痛《いた》くなる。

何《なに》あれ……他《ほか》の女《おんな》の子《こ》たちと楽《たの》しそうにしている姿《すがた》に心《こころ》がもやもやする。

本当《ほんとう》、夏目《なつめ》くんってわかんない。彼《かれ》の言葉《ことば》を、いちいち真《ま》に受《う》ける私《わたし》が悪《わる》いんだけれど。

ムカつく。

「行《い》くよ、光莉《ひかり》！　今日《きょう》は乗《の》り物《もの》の全制覇《ぜんせいは》が目標《もくひょう》なんだから！」

「え、ちょっと菜花《なのは》。全制覇《ぜんせいは》は無理《むり》だって」

「いいから！　早《はや》くしなきゃ！」

光莉《ひかり》の手《て》を取《と》って夏目《なつめ》くんのいる場所《ばしょ》から真逆《まぎゃく》の方向《ほうこう》に進《すす》みながら、私《わたし》たちはアトラクションがある方《ほう》へと向《む》かった。

「次《つぎ》はアレ!!」

「ねぇ菜花《なのは》、ちょっと飛《と》ばしすぎじゃない？」

「うん、お昼《ひる》の時間《じかん》とっくにすぎてるし」

四《よっ》つのアトラクションに乗《の》り終《お》わってすぐ、次《つぎ》に乗《の》ろうとしたジェットコースターを指《ゆび》さした私《わたし》に、みんながちょっと疲《つか》れた顔《かお》をしながら言《い》った。

「あっ、ごめ……」

やってしまった。

乗《の》り物《もの》に集中《しゅうちゅう》していたら、余計《よけい》なこと考《かんが》えなくて済《す》むからって必死《ひっし》で。

少《すこ》しでも考《かんが》える時間《じかん》ができてしまったら、夏目《なつめ》くんが女《おんな》の子《こ》たちに向《む》けた笑顔《えがお》を思《おも》い出《だ》すから。

アトラクションに乗《の》れば、そのスピードと一緒《いっしょ》に全部《ぜんぶ》吹《ふ》き飛《と》ばせる気《き》がして。

「めずらしいね、菜花《なのは》が積極的《せっきょくてき》なの」

「菜花《なのは》が絶叫《ぜっきょう》系《けい》好《す》きなんて意外《いがい》かも」

「チッチッチッ。菜花《なのは》は今《いま》、人生初《じんせいはじ》めての気持《きも》ちに戸惑《とまど》っているのよね〜？」

雪《ゆき》ちゃんたちの声《こえ》に紛《まぎ》れて、光莉《ひかり》が言《い》わなくていいことを言《い》うから。

あからさまに唇《くちびる》をとがらせてしまい、慌《あわ》てて直《なお》す。

「あ、そうだ、ご飯《はん》！　そろそろ食《た》べなきゃね！」

話《はなし》を逸《そ》らそうと話題《わだい》を変《か》えれば、みんなと意見《いけん》が一致《いっち》して、私《わたし》たちはすぐにパーク内《ない》のレストランへと向《む》かった。

「あれ？　雪《ゆき》？」

入《はい》ったレストランで案内《あんない》された席《せき》についた瞬間《しゅんかん》、隣《となり》の席《せき》から雪《ゆき》ちゃんの名前《なまえ》を呼《よ》ぶ声《こえ》がして、私《わたし》たち全員《ぜんいん》が目線《めせん》を向《む》ける。

えっ……。

「え、星矢《せいや》⁉」

「うわ、ほんとだ！　長山《ながやま》くん！」

そこでは、長山《ながやま》くんと彼《かれ》と同《おな》じグループの人《ひと》たちが食事《しょくじ》していた。

長山《ながやま》くんの隣《となり》でフォークを持《も》った夏目《なつめ》くんと目《め》が合《あ》ってとっさに逸《そ》らす。

うぅ……今《いま》の、感《かん》じ悪《わる》かったよね。

みんなに気持《きも》ちを打《う》ち明《あ》けたのもあって、どんどん意識《いしき》して、ぎこちなくなってしまう。

メッセージでは普通《ふつう》に話《はな》せるのに。実際目《じっさいめ》を見《み》て、となると難《むずか》しい。

「雪《ゆき》たち、今《いま》からメシか！」

と長山《ながやま》くん。

「うん。菜花《なのは》が張《は》りきりすぎてさっきまで乗《の》ってたから、もうお腹《なか》ペコペコ」

いや、私《わたし》の名前《なまえ》を出《だ》さなくても……。

「ほんとだよね～。早《はや》く注文《ちゅうもん》しよ！」

光莉《ひかり》の声《こえ》に、私《わたし》たちは席《せき》についてからメニューを見《み》て、それぞれご飯《はん》を選《えら》んだ。

奥《おく》の席《せき》を確保《かくほ》してよかったとホッとする。

時々《ときどき》、夏目《なつめ》くんと目《め》が合《あ》いそうになっては逸《そ》らしてばかりで。

気《き》まずいよ……。

「……ごめん、ちょっとお手洗《てあら》い」

光莉《ひかり》に小声《こごえ》で言《い》って席《せき》を立《た》つと、トイレへと向《む》かった。

どうしよう。夏目《なつめ》くんと、このまま話《はな》せなくなったら。

好《す》きって、恋《こい》って、こんなに神経《しんけい》を使《つか》うんだ……。

いちいち細《こま》かいいろいろなことが気《き》になって、すぐ悪《わる》い方向《ほうこう》に考《かんが》えてしまって。

このままだと、夏目《なつめ》くんのことを嫌《きら》いだからさけているみたいで、嫌《いや》な思《おも》いさせちゃうよね。

いや、私《わたし》に嫌《きら》われていると思《おも》ったって夏目《なつめ》くんはなんとも思《おも》わないだろうけど。

今《いま》までもそうだったし。嫌《きら》いだと言《い》ってもヘラヘラしていたし。

単純《たんじゅん》に、今《いま》は、私《わたし》がそう誤解《ごかい》されるのが嫌《いや》なだけなんだ。

なのにうまくいかなくて。

「はぁ……」

楽《たの》しみにしていた修学旅行《しゅうがくりょこう》。まさか、こんなことで頭《あたま》をかかえることになるなんて。

人《ひと》の気持《きも》ちって、いつどうなるのか本当《ほんとう》にわからないものなんだな。

手《て》を洗《あら》いながら鏡《かがみ》に映《うつ》る自分《じぶん》を見《み》て、昨日《きのう》の夏目《なつめ》くんとのやりとりが脳裏《のうり》に浮《う》かぶ。

『見《み》て。郁田《いくた》さんに似合《にあ》ってる』

勝手《かって》に思《おも》い出《だ》して、勝手《かって》に恥《は》ずかしくなって。赤《あか》くなる自分《じぶん》の顔《かお》が映《うつ》って、また頭《あたま》をかかえる。

バカ……ひとりで何《なに》やってんだか。

お手洗《てあら》いを出《で》て、にぎわっている店内《てんない》を歩《ある》き、席《せき》へと向《む》かっていると。

「ブーーーンッ!!」

「ちょっとダイチっ！　危《あぶ》ないから走《はし》らないで！」

どこからか男《おとこ》の子《こ》の声《こえ》と、女性《じょせい》の注意《ちゅうい》する声《こえ》がした。

一瞬《いっしゅん》のことだった。

「きゃっ!!」

突然目《とつぜんめ》の前《まえ》に飛《と》び出《だ》してきた、飛行機《ひこうき》のおもちゃを持《も》った男《おとこ》の子《こ》と。それをよけようと、とっさに足《あし》を止《と》めてバランスを崩《くず》したウェイトレスさん。そして、彼女《かのじょ》と一緒《いっしょ》にバランスを崩《くず》したグラスの中《なか》に入《はい》った、黒《くろ》くてシュワシュワとした液体《えきたい》が宙《ちゅう》を舞《ま》って。

バシャッツ。パリンッツ。

「はっ!! 大変申《たいへんもう》し訳《わけ》ございませんお客様《きゃくさま》っ！」

「ちょっとダイチ!!」

店内《てんない》は一気《いっき》に静《しず》まり返《かえ》って、こちらに大注目《だいちゅうもく》。うわ、……最悪《さいあく》だ。

胸《むね》のあたりがひんやりとして、甘《あま》ったるい香《かお》りが広《ひろ》がって。

目線《めせん》を落《お》として確認《かくにん》すれば、やっぱり。

チャックを全開《ぜんかい》にして着《き》ていたジャージの中《なか》の真《ま》っ白《しろ》な体操着《たいそうぎ》が、見事《みごと》に茶色《ちゃいろ》く染《そ》まっていた。

体操着《たいそうぎ》よりは目立《めだ》たないけれど、紺色《こんいろ》のジャージにもこぼれたコーラがはねている。

「ダイチ!! 謝《あやま》りなさいっ!! ほんっとうにすみません!!」

「あ、いえ、その大丈夫《だいじょうぶ》、です」

「すぐにふくものをお持《も》ちしますので！」

私《わたし》と店員《てんいん》さんにペコペコと頭《あたま》を下《さ》げる男《おとこ》の子《こ》のお母《かあ》さんと、慌《あわ》てて厨房《ちゅうぼう》へと戻《もど》ったウェイトレスさん。

すぐに別《べつ》の店員《てんいん》さんがやってきて、割《わ》れたグラスを片《かた》づけ始《はじ》める。

ど、どうしようこれ……。大丈夫《だいじょうぶ》、とは言《い》ったものの、こんなのふいただけじゃ絶対《ぜったい》にきれいにならないよね。

いやでも、ちょっとぼーっとしていた私《わたし》も悪《わる》い。もっと注意《ちゅうい》していたら、ちゃんとよけられたかもしれないのに。

「え、菜花《なのは》!?」

遠《とお》くからそんな声《こえ》がして目線《めせん》を上《あ》げれば、光莉《ひかり》たちと目《め》が合《あ》って。

向《む》こうに座《すわ》るみんな、長山《ながやま》くんや夏目《なつめ》くんにも見《み》られてしまった。

「へ、へへ……」

笑《わら》うことしかできない。

この格好《かっこう》のまま、このあとの時間《じかん》を過《す》ごすのかと考《かんが》えただけでも憂《ゆう》うつだし。

「あの、お客様《きゃくさま》、こちらで……！」

「あ、どうも……すみません」

戻《もど》ってきた店員《てんいん》さんからふきんを差《さ》し出《だ》され、胸元《むなもと》をふくけど。やっぱり目立《めだ》ってしょうがない。あぁ……。

「郁田《いくた》さん」

っ⁉

その声《こえ》に、もう癖《くせ》みたいに胸《むね》が鳴《な》って。

顔《かお》を上《あ》げると、夏目《なつめ》くんが目《め》の前《まえ》に立《た》っていた。

「あっ、えっと……」

こんなダサいところ、見《み》られるなんて。余計《よけい》に彼《かれ》の目《め》が見《み》られない。

「ジャージ。脱《ぬ》いで」

「えっ」

「ほら、早《はや》くしないと」

そう言《い》った夏目《なつめ》くんがしびれを切《き》らしたように、ボケッと動《うご》かない私《わたし》の肩《かた》に触《ふ》れて、私《わたし》のジャージを脱《ぬ》がし始《はじ》めた。

な、何《なに》やってるんだ‼　こんなにたくさんの人《ひと》が見《み》ている場所《ばしょ》で‼

あまりにも突然《とつぜん》のことで、されるがまま。

ジャージは、するりと私《わたし》の体《からだ》から離《はな》れてしまい。

「ちょ、夏目《なつめ》く――!!」

何《なに》やっているんだとツッコもうとした瞬間《しゅんかん》、爽《さわ》やかな彼《かれ》の匂《にお》いが私《わたし》の体《からだ》を包《つつ》み込《こ》んだ。

え……。これって。

自分《じぶん》のかっこうをあらためて確認《かくにん》すれば、さっき私《わたし》が着《き》ていたのとまったく同《おな》じ色《いろ》のジャージ。

でも、ひとつ私《わたし》のと違《ちが》うのは、胸元《むなもと》に【夏目《なつめ》】の刺繍《ししゅう》が入《はい》っているということ。

驚《おどろ》いて顔《かお》を上《あ》げれば、目《め》の前《まえ》の夏目《なつめ》くんが体操着姿《たいそうぎすがた》になっているではないか。

「あの、これはいったい……」

口《くち》をパクパクさせながら、顔《かお》が火照《ほて》りだす私《わたし》におかまいなしに、夏目《なつめ》くんは私《わたし》に着《き》せたばかりのジャージのチャックを全部《ぜんぶ》閉《し》めた。

「出《で》るよ」

耳打《みみう》ちで言《い》った夏目《なつめ》くんが私《わたし》の手《て》をつかむから。

「えっ、なんで!? ていうか、まだご飯《はん》の支払《しはら》い……」

「俺《おれ》と郁田《いくた》さんの分《ぶん》は置《お》いてきた」

「えっ⁉」

まるで私《わたし》に聞《き》かれることを想定《そうてい》していたみたいにサラッと答《こた》える夏目《なつめ》くんに、それ以《い》上声《じょうこえ》が出《で》ない。

てか、それじゃ夏目《なつめ》くんにごちそうしてもらうことになるじゃん！

「だから早《はや》く行《い》くよ」

「や、ちょっ……！」

まわりからの目線《めせん》も気《き》になってしょうがなくて。今《いま》すぐここから抜《ぬ》け出《だ》したい気持《きも》ちもあるから。

私《わたし》は、夏目《なつめ》くんに連《つ》れられてレストランをあとにした。


「ちょっとここで待《ま》ってて。すぐ戻《もど》ってくるから」

レストランから少《すこ》し歩《ある》いて、夏目《なつめ》くんが立《た》ち止《ど》まったのは、テーマパークの人気《にんき》キャラクターのグッズなんかが売《う》っているショップの前《まえ》。

夏目《なつめ》くんが、いったい何《なに》を考《かんが》えているのかわからないけど。

今《いま》は夏目《なつめ》くんの言《い》うとおり、ここで待《ま》つことしか私《わたし》にできることはなくて。

「うん、わかった」

私《わたし》が言《い》えば、夏目《なつめ》くんはすぐにショップの中《なか》へと入《はい》っていった。

ずっとドキドキしている。だって……。

自分《じぶん》の胸元《むなもと》に目《め》を向《む》けて【夏目《なつめ》】の文字《もじ》を見《み》る。

私《わたし》……今《いま》、夏目《なつめ》くんのジャージを着《き》ているんだよね。

匂《にお》いも、大《おお》きさも。私《わたし》の心臓《しんぞう》の高鳴《たかな》りを、さらに加速《かそく》させる。

夏目菜花《なつめなのは》……。って!! 理性《りせい》よ、戻《もど》ってこい!!

そう思《おも》いながら、自分《じぶん》の頬《ほお》をバシンッと叩《たた》く。何《なに》を考えているんだ私《わたし》は！

「郁田《いくた》さん？」

っ!?

「あっ……」

「何《なに》してるの。顔《かお》なんか叩《たた》いて」

「いや、これは、その……」

夏目《なつめ》くん、本当《ほんとう》にすぐ戻《もど》ってきたよ……。

挙動不審《きょどうふしん》なところを見《み》られてしまった。

「あ、夏目《なつめ》くん、なんでここに？」

話《はなし》を逸《そ》らして言《い》いながら、目線《めせん》を夏目《なつめ》くんの手元《てもと》に向《む》ければ。

さっきまで持《も》っていなかったはずのショップ袋《ぶくろ》を持《も》っていた。

「あぁ、はい、これ」

「ん？」

はい？　はいって？

差《さ》し出《だ》されたショップ袋《ぶくろ》と夏目《なつめ》くんを、交互《こうご》に見《み》る。

「え、わ、私《わたし》に⁉」

「そうだよ。そのかっこうのまま一日《いちにち》過《す》ごすの嫌《いや》でしょ」

「え……」

いや、そりゃそうだけど。

受《う》け取《と》ったショップ袋《ぶくろ》を開《あ》けて中《なか》を見《み》れば、そこにはTシャツらしきものが入《はい》っていた。

取《と》り出《だ》して見《み》てみる。

クリーム色《いろ》で、このパーク一番人気《いちばんにんき》のクマのキャラクターが胸元《むなもと》のポケットから顔《かお》を出《だ》しているような絵柄《えがら》のTシャツ。

「これっ……」

「すぐ着《き》れるように値札《ねふだ》も切《き》ってもらったから。ほら、あそこで早《はや》く着替《きが》えてきて。俺《おれ》、ここで待《ま》ってるから」

どうしよう、夏目《なつめ》くんが、向《む》かいにあるお手洗《てあら》いを指《ゆび》さした。

夏目《なつめ》くんが史上最高《しじょうさいこう》に輝《かがや》いて見《み》えるよ。

「うっ、あ、ありがとうっ……」

私《わたし》はそう言《い》って早歩《はやある》きでお手洗《てあら》いへと向《む》かった。

はぁ、ほんと……。夏目《なつめ》くんってば……。なんでここまでしてくれるの。

昨日《きのう》、ネックレスをもらったばかりだし。

こんなの……浮《う》かれないようにと思《おも》っても、うれしくなってしまう。

それと同時《どうじ》に、申《もう》し訳《わけ》ないって感情《かんじょう》も湧《わ》き起《お》こって。

みんなの前《まえ》だから、あんなふうに私《わたし》のことを助《たす》けたんだとしても、自己犠牲《じこぎせい》が半端《はんぱ》ないでしょ。

心《こころ》の中《なか》でぶつぶつとつぶやきながらシャツを着《き》ると、サイズはぴったりで。

すぐに個室《こしつ》から出《で》て手洗《てあら》い場《ば》の鏡《かがみ》で自分《じぶん》の姿《すがた》を確認《かくにん》すれば、なんとも愛《あい》らしいクマが、ひよこっとポッケから顔《かお》を出《だ》していて。

ダメだ……シンプルにうれしい。こんな、かわいいTシャツ。

めっちゃくちゃ私《わたし》の好《す》きなデザインっ!!

って、悠長《ゆうちょう》に浸《ひた》っている暇《ひま》なんてなくて。

急《いそ》いで、汚《よご》れてしまったジャージと体操着《たいそうぎ》を、もらったショップ袋《ぶくろ》にしまった。

お手洗《てあら》いから出《で》て、すぐに夏目《なつめ》くんと目《め》が合《あ》って。

少《すこ》しくすぐったい気持《きも》ちになりながら、彼《かれ》の元《もと》へと戻《もど》る。

「あの、助《たす》かりました……」

「ん。やっぱりよく似合《にあ》ってる」

「……どうも」

「ね、見《み》て、郁田《いくた》さん」

ちょっと恥《は》ずかしくてうつむいていたら、いきなり呼《よ》ばれたので、言《い》われたとおり顔《かお》を上《あ》げれば。

——カシャ。

こちらにスマホを向《む》けた夏目《なつめ》くんの姿《すがた》があった。

「え、何《なに》してるの。撮《と》ったの!?」

「まぁ」

「まぁって！　盗撮《とうさつ》じゃん！　消《け》してよ！」

絶対今《ぜったいいま》、まぬけな顔《かお》してたし!!　まったく何考《なにかんが》えてるの!!

外階段《そとかいだん》での時《とき》もそうだよ……夏目《なつめ》くんったら悪趣味《あくしゅみ》だ。

「郁田《いくた》さんが俺《おれ》のジャージを着《き》てて、俺《おれ》が買《か》った服《ふく》を着《き》てるんだよ。写真《しゃしん》に収《おさ》めないでどうするの」

「何《なに》を言《い》ってんの……」

そう突《つ》っ込《こ》めば、夏目《なつめ》くんがスマホ画面《がめん》を見《み》せてきた。

それは、夏目《なつめ》くんと長山《ながやま》くんのメッセージのトークで。

「長山《ながやま》たちが心配《しんぱい》してるんだよ。だから、無事《ぶじ》だって報告《ほうこく》するために」

「あっ……」

たしかに、光莉《ひかり》たちにも何《なに》も言《い》わないで来《き》ちゃったから心配《しんぱい》しているかもだよね。

だからって、私《わたし》の写真《しゃしん》が必要《ひつよう》かどうか考《かんが》えたら疑問《ぎもん》だけれど。

「戻《もど》ろうか。郁田《いくた》さん、お店《みせ》にカバン置《お》いたままだよね？」

「あっ、本当《ほんとう》だ」

すっかり忘《わす》れてた。

私《わたし》たちは並《なら》んで歩《ある》きながら、レストランへの道《みち》を戻《もど》る。

「夏目《なつめ》くん」

「ん？」

「ジャージ。もう大丈夫《だいじょうぶ》だよ。ありがとう」

ジャージを貸《か》してくれたのは、お店《みせ》の外《そと》を汚《よご》れたままの格好《かっこう》で私《わたし》を歩《ある》かせないようにするためだったんだよね。

夏目《なつめ》くんに初《はじ》めて会《あ》った時《とき》もそうだけど、そういうさりげない気《き》づかいに、なんだかんだ助《たす》けてもらっているんだ。

いつだって余裕《よゆう》な顔《かお》で、私《わたし》をからかってばかりだから忘《わす》れそうになるけど。

「全然大丈夫《ぜんぜんだいじょうぶ》じゃないから着《き》てて」

返《かえ》そうとしてジャージを脱《ぬ》ごうとしたら、襟《えり》のほうをグッと押《お》さえられた。

え、大丈夫《だいじょうぶ》じゃない、とは。

「男除《おとこよ》け」

「……えっ？」

ボソッと夏目《なつめ》くんが何《なに》か言《い》ったけど、聞《き》き取《と》れなくて聞《き》き返《かえ》す。

「いや、夕方《ゆうがた》になったらすぐ冷《ひ》えるんだからそのまま着《き》てて」

「だったら夏目《なつめ》くんも……」

そう言《い》った瞬間《しゅんかん》、夏目《なつめ》くんがジッと見《み》つめてきて。

彼《かれ》の手《て》が、そのまま私《わたし》の頬《ほお》に触《ふ》れた。

相変《あいか》わらずのその熱《あつ》い体温《たいおん》が、すぐに私《わたし》の肌《はだ》に伝《つた》わる。

心臓《しんぞう》がドキッと大《おお》きく脈打《みゃくう》って。

「……知《し》ってるでしょ。俺《おれ》の体温《たいおん》が高《たか》いこと。だから大丈夫《だいじょうぶ》。むしろこのほうが快適《かいてき》」

「あ、う、ん……」

そこまで言《い》われちゃ、もう何《なに》も言《い》えなくて。

知《し》ってるでしょって……何《なに》それ。

浮《う》かれるな、浮《う》かれちゃう、そんな気持《きも》ちがゆらゆらとゆれ動《うご》く。

夏目《なつめ》くんが特別扱《とくべつあつか》いするのは、私《わたし》だけならいいのに……なんて。

レストランに戻《もど》ると、先《さき》ほどの親子《おやこ》から光莉《ひかり》にクリーニング代《だい》が渡《わた》されていて、私《わたし》は断《ことわ》る夏目《なつめ》くんを無視《むし》して、彼《かれ》の手《て》にお金《かね》を握《にぎ》らせたのだった。


修学旅行最終日《しゅうがくりょこうさいしゅうび》。

午前中《ごぜんちゅう》の工場見学《こうじょうけんがく》も無事《ぶじ》に終《お》わり。

今《いま》はお土産屋《みやげや》さんが並《なら》ぶ通《とお》りで、みんなが思《おも》い思《おも》いにお土産《みやげ》を選《えら》んでいる。

私《わたし》は光莉《ひかり》たちとおそろいのストラップを買《か》ったりして。

お家《うち》にはもちろん、おばあちゃんたちにもお土産《みやげ》を買《か》いたいなぁなんて思《おも》いながら、お店《みせ》を見《み》て回《まわ》っていると。

「あっ」

あるものが目《め》に映《うつ》った。

それはメンズのハンカチ。いろいろなデザインがあって、その一角《いっかく》に釘《くぎ》づけになってしまう。

「これ……」

ひとつ、一番気《いちばんき》になって手《て》に取《と》ったのは、青藤色《あおふじいろ》の生地《きじ》に、小《ちい》さな黒猫《くろねこ》の柄《がら》がひかえめに散《ち》りばめられたデザイン。

なんかこのデザイン、すごい夏目《なつめ》くんっぽいな。

普段《ふだん》は爽《さわ》やか仮面《かめん》をかぶっているけど、じつは影《かげ》がある感《かん》じが、黒猫《くろねこ》っぽいというか。

これ、夏目《なつめ》くんに……。

いや別《べつ》に、下心《したごころ》とかではなくてっ!!

ネックレスのこととかTシャツのこととか、いろいろとお礼《れい》を兼《か》ねてと言《い》いますかっ。

私《わたし》だけ与《あた》えられてばっかなのは違《ちが》う気《き》がするし。

「……それ、夏目《なつめ》に?」

っ!?

突然《とつぜん》かけられた声《こえ》に、びっくりして肩《かた》が震《ふる》え、それと同時《どうじ》に振《ふ》り返《かえ》る。

「い、泉《いずみ》くんっ！　いや、これはその……な、なんで夏目《なつめ》くん?」

今《いま》、泉《いずみ》くん『夏目《なつめ》』って言《い》ったよね……。

「ふはっ。郁田《いくた》、動揺《どうよう》しすぎ。それ……どう見《み》ても男物《おとこもの》じゃん」

「あぁ……いや」

それでも、もしかしたらパパやおじいちゃんに、かもしれないじゃん。

ふたりが持《も》つには、少々《しょうしょう》かわいすぎかもわからないけど。

「それに、郁田《いくた》の顔《かお》に書《か》いてある」

「えっ⁉　顔《かお》⁉」

思《おも》わず自分《じぶん》の顔《かお》を触《さわ》る。

「二日目《ふつかめ》の夜《よる》、夏目《なつめ》の部屋《へや》に入《はい》っていったし」

「……へ」

私《わたし》の隣《となり》で他《ほか》のハンカチをながめながら話《はな》す泉《いずみ》くんの言葉《ことば》が、衝撃的《しょうげきてき》で声《こえ》が出《で》ない。

「なんで……」

あれ、泉《いずみ》くんに見《み》られていたの⁉

「風呂《ふろ》行《い》く前《まえ》に忘《わす》れ物《もの》して部屋《へや》に戻《もど》ったんだよ。その時《とき》に見《み》た」

「……そ、そうなんだ」

どうしよう。どうしよう。どうしよう。

体《からだ》のあちこちから一気《いっき》に冷《ひ》や汗《あせ》が出《で》てパニックだ。

「ふたりってなんなの？」

今《いま》の泉《いずみ》くんはいつもと違《ちが》う。どうしてか、怒《おこ》ったように聞《き》いてくる泉《いずみ》くん。

「夏目《なつめ》は、やめた方《ほう》がいいと思《おも》うよ」

「え……」

「どうせ、あいつが呼《よ》び出《だ》したんでしょ？」

その問《と》いかけに、うなずくことしかできないでいると、泉《いずみ》くんが、少《すこ》しイラついたように後頭部《こうとうぶ》をかきながらため息《いき》をついた。

「部屋《へや》に呼《よ》び出《だ》すとか、何考《なにかんが》えてんだよあいつ」

「でも、会《あ》いに行《い》ったのは私《わたし》の意志《いし》だから……」

「だとしても、俺《おれ》だったら、郁田《いくた》に迷惑《めいわく》かけるようなことしねぇけど」

「え……？」

「……あ、いや、その、俺《おれ》はただ、郁田《いくた》が心配《しんぱい》で……。悪《わる》い。余計《よけい》なお世話《せわ》だったよな」

泉《いずみ》くんはそう言《い》ってなぜか切《せつ》なそうに笑《わら》うと、私《わたし》の頭《あたま》に手《て》を置《お》いて話《はな》した。

「ただ、あいつが郁田《いくた》のこと泣《な》かせるなら、俺《おれ》も黙《だま》ってないってこと。……それ、夏目《なつめ》が喜《よろこ》んでくれるといいな」

泉《いずみ》くんはそう言《い》って、お店《みせ》を出《で》ていった。

いろいろあった修学旅行《しゅうがくりょこう》も、なんとか無事《ぶじ》に終《お》わり。

最終日《さいしゅうび》はクタクタで、家《いえ》に帰《かえ》ったらすぐに寝《ね》てしまった。

でも、修学旅行明《しゅうがくりょこうあ》けの土日《どにち》に、お土産《みやげ》をリビングに広《ひろ》げながら、止《と》まらない思《おも》い出《で》を家族《かぞく》にたくさん聞《き》いてもらって、お土産《みやげ》も、とても喜《よろこ》んでもらえた。

中学《ちゅうがく》で本当《ほんとう》にいい思《おも》い出《で》がたくさんできて、素敵《すてき》な友達《ともだち》に出会《であ》えてよかったと心《こころ》から実感《じっかん》して。

そして、ふと考《かんが》えるのは夏目《なつめ》くんのこと。

自室《じしつ》の勉強机《べんきょうづくえ》に置《お》いた紙袋《かみぶくろ》を見《み》つめる。

明日《あした》、修学旅行《しゅうがくりょこう》で夏目《なつめ》くんから借《か》りたジャージを返《かえ》すついでに、お土産《みやげ》のあのハンカチも渡《わた》そうと思《おも》っている。

そして、私《わたし》の今《いま》の気持《きも》ちも。

もちろん、告白《こくはく》して終《お》わってしまったらって怖《こわ》さもあるけれど。

夏目《なつめ》くんの私《わたし》への気持《きも》ちも、はっきりさせなきゃって思《おも》うから。

Chapter 4

行《い》かないで

《おはよう。この間借《あいだか》りたジャージ、放課後《ほうかご》に返《かえ》したいんだけど、時間大丈夫《じかんだいじょうぶ》かな？》

週末明《しゅうまつあ》けの月曜日《げつようび》の朝《あさ》。

教室《きょうしつ》に到着《とうちゃく》して自分《じぶん》の席《せき》についてから、夏目《なつめ》くんにメッセージを送《おく》った。

前《まえ》に屋上《おくじょう》に彼《かれ》を呼《よ》び出《だ》した時《とき》は、最初《さいしょ》で最後《さいご》だなんて思《おも》っていたのに。

まさか、こうして自分《じぶん》から彼《かれ》に連絡《れんらく》をすることになるなんて。

メッセージを送《おく》ってすぐに、閉《と》じたスマホを再《ふたた》び開《ひら》いて夏目《なつめ》くんとのトーク画面《がめん》を確認《かくにん》する。……既読《きどく》がつかない。

って。

そりゃ、送《おく》ったばっかりだし当《あ》たり前《まえ》か。まだ登校中《とうこうちゅう》かもしれないし。

ほんと、以前《いぜん》の私《わたし》なら考《かんが》えられないような行動《こうどう》だ。

夏目《なつめ》くんからちゃんと返事《へんじ》が来《く》るかどうかを気《き》にして、既読《きどく》になっているかどうかまでチェックするなんて。

でも、きっと大丈夫《だいじょうぶ》。

昨日《きのう》の夜《よる》もずっと頭《あたま》の中《なか》で、夏目《なつめ》くんにどう今《いま》の自分《じぶん》の気持《きも》ちを伝《つた》えるか、シミュレーションしたんだから。

人生初《じんせいはじ》めての告白《こくはく》を、まさかあの大嫌《だいきら》いだった夏目《なつめ》くんにする日《ひ》が来《く》るなんて。

と、ドキドキと心臓《しんぞう》をうるさく高鳴《たかな》らせながら、彼《かれ》からの返事《へんじ》を待《ま》った。


「夏目《なつめ》くんから返事《へんじ》が来《こ》ない!?」

「……はい」

お昼休《ひるやす》み。

なんと、あれから夏目《なつめ》くんからメッセージの返信《へんしん》が来《こ》ないまま、お昼休《ひるやす》みがやってきてしまった。

なぜだ。

今《いま》まで連絡《れんらく》を取《と》り合《あ》ってきて、夏目《なつめ》くんから返信《へんしん》が遅《おそ》いと感《かん》じたことは一度《いちど》もなかった。

むしろ、早《はや》すぎて気持《きも》ち悪《わる》かったぐらいなのに。

そういう連絡《れんらく》がマメなところも、みんなに好《す》かれるところなんだろうけど。

そんな彼《かれ》から、返事《へんじ》が来《こ》ないなんて、一気《いっき》に不安《ふあん》になる。

もしかして、何《なに》か夏目《なつめ》くんの気《き》にさわるようなことを私《わたし》がしてしまったかと、修学旅行《しゅうがくりょこう》を思《おも》い出《だ》すけれど、とくに思《おも》い当《あ》たることはなくて。

……もしかして。

私《わたし》の気持《きも》ちに気《き》づいて引《ひ》いた、とか？

あるかもしれない。

ただのからかい程度《ていど》だったのに、私《わたし》が本気《ほんき》になったから。

私《わたし》とは恋愛関係《れんあいかんけい》がなかったからこそ、今《いま》までの関係《かんけい》を築《きず》けていたのかも。

「……あ、星矢《せいや》から返信《へんしん》が来《き》た！　夏目《なつめ》くん、学校休《がっこうやす》んでるみたいよ」

「は、そうなんだ」

雪《ゆき》ちゃんが、彼氏《かれし》であり夏目《なつめ》くんと同《おな》じクラスの長山《ながやま》くんに連絡《れんらく》してくれて、夏目《なつめ》くんが学校《がっこう》に来《き》ていないことを知《し》る。

「どうしたんだろう？　風邪《かぜ》かな？」

光莉《ひかり》が心配《しんぱい》そうに言《い》いながら続《つづ》ける。

「風邪《かぜ》なら、菜花《なのは》、今日夏目《きょうなつめ》くんのお家《いえ》にお見舞《みま》いに行《い》ってみたら？」

「え⁉　お、お見舞《みま》い⁉　……いやぁ」

夏目《なつめ》くんがどうして学校《がっこう》に来《こ》ないのか、本当《ほんとう》の理由《りゆう》はまだわからない。

風邪《かぜ》じゃなくて、単純《たんじゅん》に私《わたし》のことをさけている、なんてことも考《かんが》えられるし。

嫌《きら》われたのかもしれないと思《おも》うと、途端《とたん》に会《あ》うのをためらってしまう。

「あ、夏目《なつめ》くん、病気《びょうき》とかではないみたい。今《いま》、星矢《せいや》に聞《き》いてみたら、担任《たんにん》が用事《ようじ》だって言《い》ってたって。星矢《せいや》たちも夏目《なつめ》くんと連絡取《れんらくと》れないらしいよ」

長山《ながやま》くんから送《おく》られてきたであろうメッセージを見《み》ながら、雪《ゆき》ちゃんが言《い》う。

「他《ほか》の人《ひと》たちも連絡取《れんらくと》れないって、ちょっと心配《しんぱい》だね」

「まあ、夏目《なつめ》くんもいろいろあるのかもね。けど病気《びょうき》とかじゃないなら、とりあえず安心《あんしん》じゃない？」

「うん。用事《ようじ》が済《す》んで落《お》ちついたらすぐに返事来《へんじく》るって！」

「うん……そうだね。みんなありがとう」

みんなの励《はげ》ましのおかげで少《すこ》し心《こころ》が落《お》ちつく。

あんまりネガティブに考《かんが》えちゃダメだよね。

なんだかんだ学校《がっこう》で夏目《なつめ》くんと過《す》ごすことが当《あ》たり前《まえ》になっていたし、修学旅行《しゅうがくりょこう》ですごく距離《きょり》が近《ちか》づいた気《き》がしたから、こんなふうに会《あ》えなくなるなんて考《かんが》えてもみなかった。

でも、明日《あした》までには夏目《なつめ》くんからの返事《へんじ》が来《き》て、いつもどおりになっているよね。

修学旅行《しゅうがくりょこう》で夏目《なつめ》くんが見《み》せてくれた笑顔《えがお》や、かけてくれた言葉《ことば》を思《おも》い出《だ》して。

夏目《なつめ》くんからメッセージが届《とど》くのを待《ま》った。


翌日《よくじつ》。

「菜花《なのは》!!　夏目《なつめ》くんから連絡来《れんらくき》た？」

すごいいきおいで私《わたし》の席《せき》にやってきた光莉《ひかり》が、『おはよう』よりも先《さき》に聞《き》いてきたので、私《わたし》はうつむき加減《かげん》で首《くび》を横《よこ》に振《ふ》る。

「え、嘘《うそ》。マジか……こうなったら、今日《きょう》は意地《いじ》でも捕《つか》まえて問《と》い詰《つ》めよう！」

結局《けっきょく》、夏目《なつめ》くんからの返事《へんじ》はなくて。

今日《きょう》の朝《あさ》、トーク画面《がめん》を開《ひら》いたけど、まだ既読《きどく》すらつけてくれていない状況《じょうきょう》だった。

本当《ほんとう》、どうしたんだろう。

いくら用事《ようじ》って言《い》ったって。丸一日《まるいちにち》スマホが見《み》られないぐらい大変《たいへん》なことってある？

いや、そりゃ私《わたし》にそういう日《ひ》がないだけで、世《よ》の中《なか》にはそんな人《ひと》、たくさんいるんだろうけど。

「今《いま》、一組《いちくみ》に行《い》ってみたんだけど、夏目《なつめ》くんまだ来《き》てないらしいよ」

と、雪《ゆき》ちゃんも会話《かいわ》に加《くわ》わる。

「え、今日《きょう》も!?　てか、そもそもあの夏目《なつめ》くんが休《やす》むこと自体《じたい》めずらしくない？」

そうなんだよね……。

本人《ほんにん》だって、優等生《ゆうとうせい》でいるために必死《ひっし》だって前《まえ》に言《い》っていたぐらいだし。

「大丈夫《だいじょうぶ》？　あいつと連絡取《れんらくと》れねーの？」

私《わたし》たちグループがざわついているのを見《み》て、泉《いずみ》くんが声《こえ》をかけてくれた。

「え、あ、うん……」

そうだ。私《わたし》、泉《いずみ》くんにも修学旅行《しゅうがくりょこう》で夏目《なつめ》くんへの自分《じぶん》の気持《きも》ちを伝《つた》えたようなもんなんだよね。

今思《いまおも》い出《だ》して恥《は》ずかしくて、穴《あな》に入《はい》りたい気持《きも》ちになる。

「ムカつくな、夏目《なつめ》のやつ」

「は？　なんで楽《らく》がムカつくわけ？　何様《なにさま》」

泉《いずみ》くんの声《こえ》を聞《き》き逃《のが》さなかった光莉《ひかり》が、するどい口調《くちょう》で言《い》う。

「うるせー、こっちの話《はなし》だわ。じゃ」

「あ、ちょ、楽《らく》！　なんかあいつ最近当《さいきんあ》たり強《つよ》くなーい？　反抗期《はんこうき》かよ」

泉《いずみ》くんは、光莉《ひかり》のそんな声《こえ》を無視《むし》して自分《じぶん》の席《せき》へと行《い》ってしまった。


お昼休《ひるやす》み。

お手洗《てあら》いから教室《きょうしつ》に戻《もど》ろうと廊下《ろうか》を歩《ある》いていたら、ある人物《じんぶつ》の後《うし》ろ姿《すがた》を見《み》つけたので、思《おも》わず名前《なまえ》を呼《よ》んだ。

「泉《いずみ》くんっ」

彼《かれ》が振《ふ》り返《かえ》った拍子《ひょうし》にはちみつ色《いろ》の髪《かみ》がフワッとゆれて、大《おお》きな瞳《ひとみ》がすぐに私《わたし》をとらえた。

「郁田《いくた》」

「あ、あの、ごめんね。朝《あさ》のこと。いろいろと……心配《しんぱい》かけちゃってというか」

「何《なに》それ。俺《おれ》が勝手《かって》に心配《しんぱい》してるだけだし、謝《あやま》るなよ。……けど」

ふと、足元《あしもと》に影《かげ》ができて顔《かお》を上《あ》げれば、先《さき》ほどよりも泉《いずみ》くんとの距離《きょり》がうんと近《ちか》くなっていた。

「あいつのことで郁田《いくた》が悲《かな》しい思《おも》いをするなら、その時《とき》は俺《おれ》にだって考《かんが》えがある」

「考《かんが》え……？」

「……なーんてな。俺《おれ》もあいつのこと何《なに》かわかったことあったらまた連絡《れんらく》する」

「え、あ、うん……ありがとう」

「ん。だから、あんまりシけた顔《かお》すんなよ～」

泉《いずみ》くんはそう言《い》って、私《わたし》の頭《あたま》を少《すこ》し雑《ざつ》になでてから、その場《ば》をあとにした。


夏目《なつめ》くんが学校《がっこう》を休《やす》んでから、早《はや》くも四日《よっか》がたってしまった。

五日目《いつかめ》の今日《きょう》。学校《がっこう》は朝《あさ》から、ある噂《うわさ》で持《も》ちきりになっていた。

「ねぇ、聞《き》いた？　夏目《なつめ》くんと天井先輩《あまいせんぱい》のお泊《と》まり旅行《りょこう》！」

「ふたりで旅行《りょこう》カバン持《も》って歩《ある》いてるのを、駅《えき》で見《み》た人《ひと》がいるんだって！」

教室《きょうしつ》までの道《みち》のり。

廊下《ろうか》で話《はな》す生徒《せいと》たちの会話《かいわ》から聞《き》こえてくる、聞《き》きたくもない話《はなし》。

「夏目《なつめ》くんとあの先輩《せんぱい》、前《まえ》から噂《うわさ》あったよな？」

「天井月子先輩《あまいつきこせんぱい》でしょ？　お似合《にあ》いだって一時期騒《いちじきさわ》がれてたけど」

あちこちから飛《と》び交《か》う、『夏目《なつめ》くん』『天井先輩《あまいせんぱい》』という名前《なまえ》。

「夏目《なつめ》くんはみんなの王子様《おうじさま》だと思《おも》っていたのに、ちょっとショックかも」

「けど相手《あいて》が天井先輩《あまいせんぱい》なら納得《なっとく》でしょ。すっごい美人《びじん》だし。『月子《つきこ》』って下《した》の名前《なまえ》で呼《よ》んでたらしいじゃん」

一番《いちばん》起《お》こってほしくないと思《おも》っていたことが……。

起《お》こってしまった！

ガラッ。

「菜花《なのは》!!」

教室《きょうしつ》のドアを開《あ》ければ、私《わたし》を見《み》つけてすぐに駆《か》け寄《よ》ってきた光莉《ひかり》たち。

彼女《かのじょ》たちの顔《かお》は、明《あき》らかに、何《なに》もかも聞《き》いたって表情《ひょうじょう》をしていた。

「あんなの気《き》にしちゃダメだよ、菜花《なのは》！」

「そうそう！　絶対《ぜったい》おかしいよ！　たしかに天井先輩《あまいせんぱい》とのことは聞《き》いたことあるけど、それは前《まえ》のことだし。今《いま》の夏目《なつめ》くんは明《あき》らかに、菜花《なのは》のこと気《き》に入《い》ってたじゃん！」

「うんうん！　絶《ぜっ》つっ対《たい》！　何《なに》かの間違《まちが》いだね！　噂流《うわさなが》した人《ひと》の見間違《みまちが》いでしょ！」

「私《わたし》だって、聞《き》いたもん。天井先輩《あまいせんぱい》には他《ほか》に好《す》きな人《ひと》が――」

「みんなごめんっ!!」

私《わたし》のことを励《はげ》ますかのように、必死《ひっし》に話《はな》すみんなの声《こえ》を、さえぎった。

「えっ……」

「……その、いろいろありがとう。でも、私《わたし》は、大丈夫《だいじょうぶ》だから。夏目《なつめ》くんと先輩《せんぱい》に関《かか》わりがあることも知《し》ってたし。噂《うわさ》かもしれないけど、本当《ほんとう》だって言《い》われても納得《なっとく》だよ」

もう、頭《あたま》で考《かんが》える時間《じかん》なんてなかった。いや、考《かんが》えたくなかった。

まわりの音《おと》が、いつもよりうるさく感《かん》じて。パンクしちゃいそう。

何《なに》が起《お》きているのか全然《ぜんぜん》わからなくて。

そもそも、今《いま》まで私《わたし》と夏目《なつめ》くんが過《す》ごしていた世界《せかい》のほうが、夢《ゆめ》だったんじゃないかって。

夏目《なつめ》くんのことは、好《す》きになっちゃいけなかったんだ。

「おっ、噂《うわさ》をすれば!!　本人登場《ほんにんとうじょう》じゃん!」

「夏目《なつめ》!　学校休《がっこうやす》んで彼女《かのじょ》とお泊《と》まり旅行《りょこう》だって?　いつからそんな悪《わる》いやつになったんだよー!」

廊下《ろうか》の向《む》こうから聞《き》こえる、男子《だんし》たちの冷《ひ》やかすような声《こえ》。

え。何《なに》。今《いま》、夏目《なつめ》くんって言《い》った？　学校《がっこう》に来《き》ているの？

どんな顔《かお》をしているの。何《なに》をしてたの。

聞《き》きたいこと、確認《かくにん》したいこと、たくさんあるけれど。

そもそも、私《わたし》に聞《き》く権利《けんり》なんてあるの？

「……菜花《なのは》、夏目《なつめ》くん来《き》たって！」

「ごめん、私《わたし》ちょっとトイレ……」

「え、ちょ、菜花《なのは》!?」

みんなの目《め》も見《み》ないまま席《せき》を立《た》った。

とにかくショートホームルームが始《はじ》まるまでは静《しず》かな場所《ばしょ》にいたくて、教室《きょうしつ》を出《で》た。

聞《き》きたくない、見《み》たくない。何《なに》も。

この数日《すうじつ》、夏目《なつめ》くんは誰《だれ》のことを考《かんが》えていたんだろう。

いや、そんなの決《き》まってるじゃん。

だから、私《わたし》のことなんて無視《むし》したまま学校《がっこう》に来《こ》られるんだ。夏目《なつめ》くんにとって大切《たいせつ》なのは、別《べつ》の誰《だれ》かだから。

悔《くや》しい。たくさん気《き》になって、心配《しんぱい》して。

私《わたし》の気持《きも》ちだけが変《か》わって、勝手《かって》に意識《いしき》して。
教室《きょうしつ》を出《で》て、人《ひと》だかりとは反対《はんたい》の廊下《ろうか》を進《すす》もうときびすを返《かえ》した瞬間《しゅんかん》。
「郁田《いくた》さんっ！」
その声《こえ》に、条件反射《じょうけんはんしゃ》のように胸《むね》がトクンとなった。
こんな時《とき》にもドキドキしてしまう自分《じぶん》に腹《はら》が立《た》つ。
何日《なんにち》かぶりの夏目《なつめ》くんの声《こえ》。
……なんで、呼《よ》んだりするのよ。
全部《ぜんぶ》の気持《きも》ちをグッとこらえて、振《ふ》り返《かえ》らないまま。一瞬《いっしゅん》止《と》めた足《あし》を、再《ふたた》び進《すす》めて。
「……夏目《なつめ》くんが呼《よ》んだのに、何《なに》あの態度《たいど》」
誰《だれ》かのそんな声《こえ》が聞《き》こえたけど、拳《こぶし》に力《ちから》を入《い》れたままその場《ば》をあとにした。
《本当《ほんとう》にごめん。今見《いまみ》た。ちゃんと説明《せつめい》したいから、会《あ》って話《はな》せないかな？》
人通《ひとどお》りの少《すく》ない階段《かいだん》の踊《おど》り場《ば》でスマホを開《ひら》くと、一件《いっけん》の通知《つうち》が来《き》ていた。
メッセージの横《よこ》に記《しる》された時刻《じこく》を見《み》るに、それが送《おく》られたのは私《わたし》が登校途中《とうこうとちゅう》の時間《じかん》。
学校《がっこう》に入《はい》ったとたん、夏目《なつめ》くんたちの噂《うわさ》を聞《き》いたもんだから、とにかく聞《き》きたくなかった私《わたし》は、急《いそ》いで教室《きょうしつ》に逃《に》げようと必死《ひっし》で。

メッセージが送《おく》られていることに、まったく気《き》がつかなかった。

あんなふうに無視《むし》してしまって、悪《わる》いことをしたかもと少《すこ》し反省《はんせい》しつつ、夏目《なつめ》くんが私《わたし》からのメッセージをちゃんと確認《かくにん》して返事《へんじ》してくれたことにホッとしたのも束《つか》の間《ま》。

「ちゃんと説明《せつめい》」って。そんなもの、もう言《い》われなくてもわかるよ。

もし夏目《なつめ》くんに会《あ》って、天井先輩《あまいせんぱい》と正式《せいしき》に付《つ》き合《あ》うことになった、なんて聞《き》かされたら、その瞬間《しゅんかん》、振《ふ》られたのと同《おな》じで。

天井先輩《あまいせんぱい》のこと、好《す》きじゃないって言《い》っていたのに。

でも、人《ひと》の気持《きも》ちなんていつどう変《か》わるかわかんないものだから。私自身《わたしじしん》それを身《み》をもって実感《じっかん》している。

大嫌《だいきら》いと思《おも》っていた彼《かれ》を、好《す》きになってしまった。

夏目《なつめ》くんに面《めん》と向《む》かって、私《わたし》じゃないあの人《ひと》を選《えら》んだ、なんて言《い》われて私《わたし》は平気《へいき》でいられるんだろうか。

変《へん》なの……。振《ふ》られてもその時《とき》はその時《とき》って思《おも》っていたはずのに。

実際《じっさい》は全然《ぜんぜん》、大丈夫《だいじょうぶ》な自信《じしん》がない。

夏目《なつめ》くんと出会《であ》うまでは、なんともなかったのに。

彼《かれ》との時間《じかん》が、これからはなくなってしまうなんて考《かんが》えられなくて。

大嫌《だいきら》いだったはずなのに。

ううん。夏目《なつめ》くんがその気《き》なら、こっちからおしまいにしよう。

また、嫌《きら》いになればいいんだ。


「……あっ、郁田《いくた》さ――」


「…………」

夏目《なつめ》くんと天井先輩《あまいせんぱい》の噂《うわさ》が流《なが》れ始《はじ》めて一週間《いっしゅうかん》。

私《わたし》は、夏目《なつめ》くんと関《かか》わる前《まえ》の日常《にちじょう》を取《と》り戻《もど》しつつ、ある。

って言《い》うのは、どう見《み》ても嘘《うそ》で。

「ねえ、菜花《なのは》。さっきのはあからさますぎでしょ。かわいそうだよ、夏目《なつめ》くん」

お昼休《ひるやす》み。みんなと席《せき》をくっつけてお弁当《べんとう》を広《ひろ》げていたら、光莉《ひかり》が突然《とつぜん》言《い》った。

何《なに》を言《い》っているんだ。かわいそうなのはこっちだよ。

「いいよもう。そんなことより考《かんが》えることがたくさんあるじゃん。テスト、とか」

そう。私《わたし》はあれから夏目《なつめ》くんのことを完全《かんぜん》に無視《むし》している。

わざとらしいのは重々承知《じゅうじゅうしょうち》だ。

彼《かれ》が私《わたし》を見《み》つけるたび、何度《なんど》も話《はな》しかけようとしてきているのはわかっているけれど。

嫌《きら》いになるって、決《き》めたから。もう、距離《きょり》を置《お》くって。

「テストって……そんなんで本当《ほんとう》に集中《しゅうちゅう》できんの？」

「そーだよ。ジャージぐらい直接返《ちょくせつかえ》してあげればよかったのに」

雪《ゆき》ちゃんまでも、そう言《い》うんだから。

夏目《なつめ》くんに返《かえ》すつもりで紙袋《かみぶくろ》に入《い》れて学校《がっこう》に持《も》ってきていたジャージは、先週《せんしゅう》、長山《ながやま》くんに頼《たの》んで代《か》わりに渡《わた》してもらったから、私《わたし》と夏目《なつめ》くんが関《かか》わることはもう本当《ほんとう》にない。

わかっている。

ちゃんと話《はな》したほうがいいっていうのも、意地《いじ》なんて張《は》らないほうがいいっていうのも。

けど、夏目《なつめ》くんを好《す》きになったら痛《いた》い目《め》を見《み》るっていうのも、自分《じぶん》でわかってたことなんだ。それなのに好《す》きになってしまった自分《じぶん》の責任《せきにん》でもある。

こうでもしないと、私《わたし》は夏目《なつめ》くんを忘《わす》れられない気《き》がする。

それに……。

「そうそう。天井先輩《あまいせんぱい》のマンションの隣《となり》に住《す》んでる人《ひと》が、夏目《なつめ》くんが先輩《せんぱい》のマンションに入《はい》っていくところを見《み》たんだって！」

「え〜！　またー？」

ふ――ん。

あの噂《うわさ》が出《で》てからずっと、夏目《なつめ》くんと天井先輩《あまいせんぱい》の目撃証言《もくげきしょうげん》や噂話《うわさばなし》は止《と》まるどころか、むしろどんどんヒートアップしていて。

確実《かくじつ》に、付《つ》き合《あ》ってるんじゃん。

どっからどう見《み》てもふたりは両想《りょうおも》い、めでたしめでたしってわけだ。

前《まえ》は寂《さび》しさを埋《う》めるだけの都合《つごう》のいい関係《かんけい》だったから、コソコソしていたのかもしれないけど。

今《いま》はもう堂々《どうどう》と歩《ある》けるって、そうアピールされているみたいでムカつくし。

ほんと最悪《さいあく》。

ていうか、天井先輩《あまいせんぱい》も天井先輩《あまいせんぱい》だよ。

すっごくきれいな人《ひと》なのかもしれないけど、ちょっと性格悪《せいかくわる》そうっていうか。

だって、夏目《なつめ》くんに、別《べつ》に好《す》きな人《ひと》がいるって言《い》っておきながら、今《いま》、夏目《なつめ》くんとそういうことになっているんだもん。
まあ、結局《けっきょく》、しょせんは全部《ぜんぶ》噂《うわさ》だから本当《ほんとう》のことなんて知《し》らないけど。
なんて、もう半分《はんぶん》投《な》げやり状態《じょうたい》。
ふたりの事情《じじょう》なんてよく知《し》らないし。
夏目《なつめ》くんから聞《き》いたのも、なんとなくにごされたものだったし。
とにかく私《わたし》は、ふたりのことを考《かんが》えれば考《かんが》えるほど、イライラするんだ。
最初《さいしょ》は失恋《しつれん》モードで落《お》ち込《こ》んでいたけど、なんだかそれもバカみたいだって。
そもそも、なんで夏目《なつめ》くんのことを好《す》きになったのかもわからなくなってきた。
「もういいの。私《わたし》、夏目《なつめ》くんのことを嫌《きら》いになるから」
最初《さいしょ》に戻《もど》るだけ。
私《わたし》はみんなにそう宣言《せんげん》して、お昼《ひる》ご飯《はん》を再開《さいかい》した。

私《わたし》が夏目《なつめ》くんをさけるようになってから、さらに一週間《いっしゅうかん》がたって。
夏目《なつめ》くんのほうも次第《しだい》に、私《わたし》に話《はな》しかけようとするそぶりを見《み》せなくなってきた。
これで完全《かんぜん》にお互《たが》いに何《なに》もなかった日々《ひび》に戻《もど》るんだろう、と感《かん》じながら迎《むか》えた放課後《ほうかご》。

靴箱《くつばこ》に入《はい》ったローファーに手《て》をかけた瞬間《しゅんかん》だった。

「郁田菜花《いくたなのは》さんっ」

っ⁉

突然《とつぜん》、聞《き》こえたかわいらしい声《こえ》のしたほうを見《み》れば。

靴箱《くつばこ》の横《よこ》から、サラサラな黒髪《くろかみ》のゆれる美女《びじょ》が至近距離《しきんきょり》で現《あらわ》れた。

ぱっちりとした大《おお》きな瞳《ひとみ》と、スーッと細《ほそ》くきれいな鼻筋《はなすじ》。血色《けっしょく》のいい唇《くちびる》。

そして、白《しろ》くて華奢《きゃしゃ》な手足《てあし》。

一瞬《いっしゅん》、モデルさんがうちの学校《がっこう》に迷《まよ》い込《こ》んだのか、なんて本気《ほんき》でびっくりした。

けど、どう見《み》てもうちの制服《せいふく》を着《き》ているし。

ていうか、この人《ひと》、私《わたし》の名前《なまえ》をフルネームで呼《よ》んだよね？

いったい……誰《だれ》……。

「私《わたし》、天井月子《あまいつきこ》っていいます」

「……っ⁉」

えっ。今《いま》、天井月子《あまいつきこ》って……。

噂《うわさ》でしか、話《はなし》でしか知《し》らなかった彼女《かのじょ》を、初《はじ》めて目《ま》の当《あ》たりにして固《かた》まってしまう。

この人《ひと》が……天井月子先輩《あまいつきこせんぱい》……。

その美貌《びぼう》と愛嬌《あいきょう》。

勝《か》てない、って瞬時《しゅんじ》に思《おも》った。

というか、勝《か》てないも何《なに》も、ふたりが付《つ》き合《あ》った時点《じてん》で負《ま》けてるじゃん。

もう終《お》わっている話《はなし》だ。

それなのに、このタイミングで突然話《とつぜんはなし》しかけてくる天井先輩《あまいせんぱい》。

なんの用《よう》なんだろう。

「涼々《すず》から聞《き》いてるのかな？　私《わたし》のこと」

『涼々《すず》』

親《した》しげな呼《よ》び方《かた》に、胸《むね》がギュッと痛《いた》くなる。

「えっと……少《すこ》しだけ……」

「そっか。ちょっとこれから時間《じかん》あるかな？　いろいろと聞《き》きたいことがあって」

ニコッと笑《わら》った天井先輩《あまいせんぱい》の瞳《ひとみ》が、笑《わら》っていない気《き》がした。

これ、よくドラマや漫画《まんが》なんかで見《み》るやつじゃない？

『夏目《なつめ》くんは私《わたし》の彼氏《かれし》だから、ちょっかい出《だ》さないで』

とか言《い》われちゃうやつだ。


学校近《がっこうちか》くのカフェ。

頼《たの》んだココアを飲《の》んで、私《わたし》が倒《たお》れたあの日《ひ》に夏目《なつめ》くんに買《か》ってもらったココアを思《おも》い出《だ》した。

甘《あま》くてあたたかくて。

……夏目《なつめ》くんみたい、なんて思《おも》いながらカップをテーブルに置《お》いた時《とき》、正面《しょうめん》に座《すわ》って紅茶《こうちゃ》をすすっていた天井先輩《あまいせんぱい》が口《くち》を開《ひら》いた。

「単刀直入《たんとうちょくにゅう》に聞《き》くわね……あなたって涼々《すず》の何《なに》？」

ほら来《き》た。ドラマでよく見《み》るやつ。

「………………」

夏目《なつめ》くんの〝何《なに》か〟と聞《き》かれて、答《こた》えられることが何《なに》もなくて黙《だま》ることしかできない。

私《わたし》のほうが知《し》りたいよ。私《わたし》は夏目《なつめ》くんのなんだったんだって。

「私《わたし》と涼々《すず》はね、昔《むかし》からの特別《とくべつ》な仲《なか》なの。涼々《すず》がまだ小三《しょうさん》のころから彼《かれ》のことを知《し》っているし、彼《かれ》の一番《いちばん》の理解者《りかいしゃ》だと思《おも》ってる……」

ギュッとスカートのすそを握《にぎ》る。

聞《き》きたくない聞《き》きたくない。なんでそんな話《はなし》を、わざわざしてくるの。

今《いま》ふたりが幸《しあわ》せなんだからそれでいいじゃん。

私《わたし》は夏目《なつめ》くんを忘《わす》れようと必死《ひっし》なのに。まるで、それをえぐるみたいな言《い》い方《かた》。

「それなのに……ここ最近《さいきん》、涼々《すず》の様子《ようす》がおかしくって。ねぇ、彼《かれ》に何《なに》をしたの？」

ムカついちゃう。勝手《かって》なことばかり言《い》って。

最初《さいしょ》、きれいな人《ひと》だって思《おも》っていたけどやっぱり私《わたし》の予想《よそう》どおり、かなり性格《せいかく》に難《なん》ありだ。

「天井先輩《あまいせんぱい》こそ、夏目《なつめ》くんのなんなんですか？」

自分《じぶん》からこんなに低《ひく》い声《こえ》が出《で》るなんて、自分《じぶん》でもびっくりした。

声《こえ》は震《ふる》えているけど止《と》まらない。

「え？」

「さっきから聞《き》いてれば勝手《かって》なことばかり言《い》って。というか、おふたりは付《つ》き合《あ》ってるんですよね？　だったら私《わたし》は関係《かんけい》なくないですか」

止《と》まらない。

夏目《なつめ》くんへのイライラも含《ふく》めて、天井先輩《あまいせんぱい》にぶつけてしまう。だって、まるで私《わたし》のほうから夏目《なつめ》くんを誘惑《ゆうわく》したみたいな言《い》い草《ぐさ》なんだもん。

「夏目《なつめ》くんも夏目《なつめ》くんですよ。先輩《せんぱい》のことが好《す》きなら、はっきりとそう言《い》えばいいのに。夏目《なつめ》くん、先輩《せんぱい》には他《ほか》に好《す》きな人《ひと》がいるって思《おも》っていたんですよ。天井先輩《あまいせんぱい》と夏目《なつめ》くんが深《ふか》い関係《かんけい》なのは知《し》っていますけどっ」

支離滅裂《しりめつれつ》。自分《じぶん》でも何《なに》が言《い》いたいのかわからない。

「プっ」

へ？

突然《とつぜん》、この場《ば》の空気《くうき》に似合《にあ》わない音《おと》を天井先輩《あまいせんぱい》が発《はっ》した。

「ハハハハッ、無理《むり》だ。もう限界《げんかい》っ、ふはっ」

きれいな顔《かお》に似《に》つかわしくない豪快《ごうかい》な笑《わら》い方《かた》に、あっけにとられる。

え、今《いま》、笑《わら》うところ？

「ふふふっ、ごめんねっ。はー、お腹《なか》いたい。ごめんごめん。嫌《いや》な思《おも》いさせちゃって。えっと、今《いま》までのは全部《ぜんぶ》お芝居《しばい》！　引《ひ》っかかった？　私《わたし》の迫真《はくしん》の演技《えんぎ》どうよ！」

「え？」

何《なに》を言《い》っているの、この人《ひと》は。

「こうでもしないと、菜花《なのは》ちゃんは本当《ほんとう》の気持《きも》ち吐《は》き出《だ》してくれないと思《おも》ったから。やっぱり私《わたし》が思《おも》ったとおり。似《に》てるわね、あなたたち」

演技《えんぎ》？　こうでもしないと？

さっきまでの天井先輩《あまいせんぱい》とは違《ちが》って別人《べつじん》みたいで、固《かた》まってしまう。

「あの、あなたたちっていうのは……」

「そんなの、ひとりしかいないじゃない。涼々《すず》よ」

天井先輩《あまいせんぱい》はそう言《い》って、また紅茶《こうちゃ》を一口《ひとくち》すすった。

「あの子《こ》も菜花《なのは》ちゃんと一緒《いっしょ》。昔《むかし》から思《おも》ってること素直《すなお》に口《くち》にしないのよ」

「……は、はあ」

「私《わたし》、涼々《すず》と同《おな》じ施設《しせつ》で育《そだ》ったの」

「えっ……」

天井先輩《あまいせんぱい》のセリフに言葉《ことば》が詰《つ》まった。

「私《わたし》も今《いま》は養子《ようし》として引《ひ》き取《と》ってもらってて」

「そうだったんですか……」

まさか、ふたりが同《おな》じ養護施設《ようごしせつ》にいたなんて……衝撃《しょうげき》の事実《じじつ》に、なかなか言葉《ことば》が出《で》てこない。

そりゃ、ふたりが特別《とくべつ》なのも理解《りかい》できてしまう。

「夏目《なつめ》くん、そんな話《はなし》、一度《いちど》も」

「そりゃ、プライベートなことだしね？　私《わたし》のいないところで私《わたし》の許可《きょか》なくペラペラ話《はな》すことじゃないでしょ」

「……っ」

それも、そうだけど……。

「五年前《ごねんまえ》に私《わたし》が施設《しせつ》を出《で》てからは、まったく連絡《れんらく》を取《と》ってなかったんだけど。去年《きょねん》ここで再会《さいかい》して。それから学校以外《がっこういがい》でも会《あ》うようになって、施設《しせつ》での思《おも》い出話《でばなし》とか、新《あたら》しい家《か》族《ぞく》との悩《なや》みとか話《はな》してて……」

天井先輩《あまいせんぱい》が少《すこ》し言葉《ことば》に詰《つ》まったのを見《み》て、ドクンと胸《むね》が鳴《な》る。

こんなこと、私《わたし》が聞《き》いていいのかもわからない。

天井先輩《あまいせんぱい》は夏目《なつめ》くんのなんなんだって聞《き》いたのは、私《わたし》だけれど。

それから、天井先輩《あまいせんぱい》が口《くち》を開《ひら》いて、ふたりの関係《かんけい》をさらに話《はな》し始《はじ》めた。

逃《に》げないで〜月子《つきこ》side〜

『涼々《すず》?』

始業式《しぎょうしき》から一週間《いっしゅうかん》たったある日《ひ》。

移動教室《いどうきょうしつ》に向《む》かっていた時《とき》に、彼《かれ》とすれ違《ちが》った。

すぐに彼《かれ》だとわかった。

夏目涼々《なつめすず》。

当時《とうじ》、私《わたし》が小学生《しょうがくせい》の時《とき》に養護施設《ようごしせつ》にやってきた、ひとつ年下《としした》の男《おとこ》の子《こ》は、あの頃《ころ》よりもうんと身長《しんちょう》が伸《の》びていて。

でも、独特《どくとく》の儚《はかな》い雰囲気《ふんいき》は何《なに》も変《か》わっていなかった。

向《む》こうは私《わたし》に全然気《ぜんぜんき》づいていないようだったけど。

『私《わたし》、天井月子《あまいつきこ》!』

『え、あっ、……月子《つきこ》、さん、』

『月子《つきこ》さん、水《みず》くさいな〜! いいよ、昔《むかし》と同《おな》じ呼《よ》び方《かた》で』

何年《なんねん》も会《あ》っていなかったし、そりゃ、私《わたし》もそれなりに成長《せいちょう》してオシャレやメイクにも気《き》をつかうようになったから。

最初《さいしょ》はお互《たが》いに少《すこ》し気《き》まずくて、戸惑《とまど》っていたけれど。

徐々《じょじょ》に、その気《き》まずさはなくなっていった。

血《ち》のつながった家族《かぞく》のいない孤独《こどく》な者同士《ものどうし》。お互《たが》いのよき理解者《りかいしゃ》。

涼々《すず》が、今《いま》の家族《かぞく》に気《き》をつかっていて、どこか心《こころ》が開《ひら》けず、自分《じぶん》の本当《ほんとう》の気持《きも》ちをまわりに隠《かく》しているのはすぐにわかった。涼々《すず》の気持《きも》ちは痛《いた》いほどわかるし、彼《かれ》はとくに、昔《むかし》から人《ひと》の顔色《かおいろ》をものすごくうかがうタイプだったから。

七夕《たなばた》の時《とき》、涼々《すず》だけ短冊《たんざく》に何《なに》も書《か》いていなかったし、誰《だれ》かとケンカになっているのも、反抗《はんこう》しているのも見《み》たことがなくて。

つねに笑顔《えがお》で心《こころ》にフタをして、気持《きも》ちを押《お》し殺《ころ》しているように見《み》えていた。

そして、あの日《ひ》。

いつものように涼々《すず》とふたりで会《あ》って話《はな》しているなかでされた相談《そうだん》。

『夜《よる》、あんまり眠《ねむ》れないいんだよね』

『あ～私《わたし》も、今《いま》の家《いえ》に引《ひ》っ越《こ》したばかりのときはそうだったかも。だいぶ慣《な》れてきたけど。

そうだ！　ハグするとリラックスして眠《ねむ》りやすくなるってきいたことあるよ！』

『へー……』

『やってみる？　……なーんて――』

半分《はんぶん》は軽《かる》いノリ、半分《はんぶん》は涼々《すず》がいつか壊《こわ》れちゃうのが怖《こわ》くて、壊《こわ》れない方法《ほうほう》があるのなら、なんでもいいからすがってみたいと、守《まも》ってあげたいと思《おも》ったから。

『……みる』

『え？』

『ハグ、してみていい？』

その時《とき》、初《はじ》めて涼々《すず》が甘《あま》えてきたと思《おも》う。

あの頃《ころ》と変《か》わらない子供《こども》。恋愛対象《れんあいたいしょう》とか家族愛《かぞくあい》とは違《ちが》う。

仲間意識《なかまいしき》。自分《じぶん》と同《おな》じ立場《たちば》の人《ひと》を、ほっとけなかった。

もう壊《こわ》れてほしくない、もう苦《くる》しい思《おも》いをしてほしくないから。

今《いま》できることならなんでも。

涼々《すず》が求《もと》めるもので、私《わたし》が与《あた》えられるものなら、なんでもしてあげようって思《おも》った。

『涼々《すず》、みんなのことよろしくね。あんたが一番《いちばん》しっかりしてるから。頼《たの》んだよ』

私《わたし》に里親《さとおや》が見《み》つかって施設《しせつ》を離《はな》れる時《とき》、涼々《すず》に言《い》ったセリフに後悔《こうかい》していた。

真面目《まじめ》で優《やさ》しい涼々《すず》はそれを重《おも》く受《う》け止《と》めて、さらにいろいろなことを我慢《がまん》してしまったんじゃないかって。

そのことに対《たい》しての罪《つみ》ほろぼし、そんなつもりだったのかもしれない。

それでも、何度《なんど》一緒《いっしょ》に過《す》ごしてもハグをしても、涼々《すず》の不眠症《ふみんしょう》は解消《かいしょう》されなかった。

それなのに、涼々《すず》は必死《ひっし》で。

『……月子《つきこ》、今日《きょう》も家《いえ》行《い》っていい？』と、私《わたし》の顔色《かおいろ》をうかがいながら聞《き》いてきた。

『ごめん……月子《つきこ》。俺《おれ》のわがままでいつも……』

『なんで謝《あやま》るの？　私《わたし》が提案《ていあん》したことじゃん。涼々《すず》となら別《べつ》に平気《へいき》だよ。ていうか、私《わたし》だって、こうやって涼々《すず》と会《あ》ってる時《とき》が一番素《いちばんす》を出《だ》せてるんだから』

いちいち説明《せつめい》しなくても、私《わたし》の生《お》い立《た》ちを知《し》ってくれる人《ひと》がいて、他《ほか》の人《ひと》には理解《りかい》されない複雑《ふくざつ》な気持《きも》ちをわかってくれる人《ひと》がいて。

それだけで、ひとりじゃないんだと実感《じっかん》できたのは私《わたし》だって同《おな》じで。

涼々《すず》はきっと、人一倍甘《ひといちばいあま》えたがりで寂《さび》しがり屋《や》だったんだろう。

それをうまく伝《つた》えられない、気《き》づいてもらえないだけで。

涼々《すず》のためにしていると思《おも》えば思《おも》うほど、誰《だれ》かのために行動《こうどう》している自分《じぶん》のことも好《す》きになれて。いい関係性《かんけいせい》だって、思《おも》っていた。

——私《わたし》の気持《きも》ちが変《か》わるまでは。

『……月子《つきこ》さ、最近《さいきん》なんか調子悪《ちょうしわる》い？』

『えっ……』

誰《だれ》よりも自分勝手《じぶんかって》。

『好《す》きな人《ひと》、できたとか』

小《ちい》さい頃《ころ》から人《ひと》のことを良《よ》く見《み》ていた涼々《すず》には、すぐバレてしまった。

『もうこうやって会《あ》うのやめようか……』

最低《さいてい》だった。

自分《じぶん》の口《くち》から言《い》わずに、涼々《すず》に気付《きづ》いてもらって、涼々《すず》の口《くち》から言《い》わせた。

本当《ほんとう》はどこかで、ずっと、終《お》わらせたいと思《おも》っていた。

「涼々《すず》に『新《あたら》しく相手《あいて》してもらえそうな人《ひと》を見《み》つけたから、もう大丈夫《だいじょうぶ》だよ』って言《い》われた時《とき》、正直《しょうじき》すごくホッとしたの。最低《さいてい》だよね」

そう言《い》って紅茶《こうちゃ》をすすって顔《かお》を上《あ》げれば、目《め》の前《まえ》に座《すわ》る彼女《かのじょ》の目《め》に涙《なみだ》がたまっていた。

なんであなたが泣《な》くの。

そう思《おも》ったのと同時《どうじ》に、だから涼々《すず》は彼女《かのじょ》でないとダメなんだとあらためて思《おも》った。

正《ただ》しいかどうかよりも、その気持《きも》ちに寄《よ》り添《そ》うことに向《む》き合《あ》える子《こ》だから。

「ごめんね。こんな話《はなし》、聞《き》きたくないよね」

そう言《い》うとブンブンと首《くび》を横《よこ》に振《ふ》って、ただただ流《なが》れてくる涙《なみだ》をぬぐっていた。

「私《わたし》はね、そんなやり方《かた》でしか涼々《すず》を守《まも》る方法《ほうほう》を思《おも》いつかなかったの。……でも、菜花《なのは》ちゃんは違《ちが》った」

そのキラキラしたにごりのない瞳《ひとみ》が、うらやましくてしょうがない。

あなたしかいないと思《おも》うの。あの子《こ》を、涼々《すず》を守《まも》れるのは。

「菜花《なのは》ちゃんは正面《しょうめん》からちゃんと涼々《すず》と向《む》き合《あ》った。私《わたし》は怖《こわ》くて、そんなことできなかったもの。菜花《なのは》ちゃんに出会《であ》って、涼々《すず》はものすごく変《か》わったよ。とっても素敵《すてき》に。涼々《すず》、ものすごくうれしそうに言《い》ったのよ」

「えっ……」

『郁田《いくた》さんは、俺《おれ》の全部《ぜんぶ》を認《みと》めてくれて、俺《おれ》に前《まえ》を向《む》かせてくれた』

あの時《とき》の涼々《すず》のふっきれた顔《かお》、忘《わす》れられるわけがない。

私《わたし》だって、同時《どうじ》に救《すく》われたんだから。

きっと、涼々《すず》が今《いま》まで出会《であ》ってきた人《ひと》が口《くち》をそろえて言《い》ったと思《おも》う。

『いつか本当《ほんとう》の家族《かぞく》みたいになれるよ』

『時間《じかん》が解決《かいけつ》してくれるって』

なかなか菜花《なのは》ちゃんのようには考《かんが》えられないと思《おも》う。言葉《ことば》にすることだって、ためらうことだろう。だから、カッコいいと思《おも》った。

「涼々《すず》のことも、涼々《すず》の家《いえ》のことも、菜花《なのは》ちゃんは本質《ほんしつ》から目《め》を逸《そ》らさずにちゃんとぶつかったからこそ、涼々《すず》は変《か》われたのよ。ほんと、あなたの話《はなし》をする時《とき》の彼《かれ》の顔《かお》、見《み》せてあげたい」

彼女《かのじょ》の話《はなし》をする彼《かれ》の顔《かお》を思《おも》い出《だ》すだけで、こっちまで顔《かお》がほころんでしまうから。

「今《いま》の涼々《すず》、ほんと毎日《まいにち》死《し》にそうな顔《かお》してるから、早《はや》くどうにかしてほしいのよ」

「……し、死《し》にそう？」

「うん。ちょうど菜花《なのは》ちゃんたちが修学旅行《しゅうがくりょこう》に行《い》ってる間《あいだ》に、施設《しせつ》から連絡《れんらく》があってね。当時《とうじ》、私《わたし》たちのお世話《せわ》をしてくれていた〝ゆりえさん〟って人《ひと》が事故《じこ》に遭《あ》って緊急手術《きんきゅうしゅじゅつ》することになったって。すごく危《あぶ》ない状態《じょうたい》だって聞《き》かされて」

「えっ……事故《じこ》……」

連絡《れんらく》が来た時《とき》は私《わたし》も気《き》が動転《どうてん》してて、体《からだ》が震《ふる》えた。

「涼々《すず》には修学旅行《しゅうがくりょこう》が終《お》わり次第連絡《しだいれんらく》してほしいって、施設《しせつ》の人《ひと》にメッセージを送《おく》ったの。せっかくの修学旅行《しゅうがくりょこう》、不安《ふあん》な気持《きも》ちのまま過《す》ごしてほしくなくて」

「そうだったんですか。だから、ふたりが同《おな》じ駅《えき》に……」

「そうなの。ゆりえさんに会《あ》いにふたりで病院《びょういん》に行《い》ったのよ。寝泊《ねと》まりは前《まえ》にいた施設《しせつ》でさせてもらって、ちゃんと部屋《へや》も別《べつ》。帰《かえ》りは涼々《すず》が荷物《にもつ》を持《も》って、うちまで送《おく》ってくれただけで。それを学校《がっこう》の人《ひと》たちに見《み》られたんだと思《おも》う。やましいことは何《なに》もないよ」

そう言《い》えば、「なんだ……」と肩《かた》の力《ちから》を抜《ぬ》いた菜花《なのは》ちゃんを見《み》て、私《わたし》も同《おな》じようにホッとする。

やっぱりそこが一番気《いちばんき》になっていたよね。誤解《ごかい》が解《と》けてよかった。

「あ、あの、それで、ゆりえさんって方《かた》の容態《ようだい》は……」

「うん。手術《しゅじゅつ》は無事《ぶじ》に成功《せいこう》。意識《いしき》が戻《もど》ってからは私《わたし》も涼々《すず》も、ゆりえさんと話《はなし》ができて」

不安《ふあん》で怖《こわ》かったけど、きっと今回《こんかい》のことがなかったら、私《わたし》たちが向《む》こうに帰《かえ》ることはなかっただろうし、結果《けっか》として、いい里帰《さとがえ》りになったと思《おも》う。

最初《さいしょ》は生《い》きた心地《ここち》はしなかったけどね。

「っ！　そうですかっ。よかった……ほんっとうによかった……ですっ」

まるで、菜花《なのは》ちゃんもゆりえさんと顔見知《かおみし》りなのかと思《おも》うほどの様子《ようす》に、思《おも》わず笑《わら》ってしまう。

「優《やさ》しいね、菜花《なのは》ちゃん」

「……夏目《なつめ》くんにも天井先輩《あまいせんぱい》にも、大切《たいせつ》な人《ひと》を失《うしな》ってほしくないから」

「……ふはっ」

「えっ、あの、天井先輩《あまいせんぱい》ってクールビューティな見《み》た目《め》と違《ちが》って、案外笑《あんがいわら》い上戸《じょうご》なんですね」

「いやだって。さっきまであんなに私《わたし》に敵対心《てきたいしん》むき出《だ》しだったのに、今《いま》は私《わたし》のことまで心配《しんぱい》してくれるからさ、おかしくてっ」

こんなかわいらしい子《こ》に『クールビューティ』なんて言《い》われて、照《て》れ隠《かく》しで笑《わら》っているのも事実《じじつ》だ。

「とにかく、今《いま》の涼々《すず》は、ここ数日《すうじつ》の菜花《なのは》ちゃん不足《ぶそく》で死《し》にそうってことよ」

「えっ!?　な、なんですか急《きゅう》に！　今《いま》の話《はなし》の流《なが》れからして絶対《ぜったい》おかしい……」

そう言《い》いながら顔《かお》がみるみるうちに真《ま》っ赤《か》になっていくんだから、かわいくてしょうがない。涼々《すず》がちょっとからかっていじめたくなる気持《きも》ち、わからなくもないかも。

「だからさ、話《はなし》ぐらい聞《き》いてあげてよ。菜花《なのは》ちゃんだって、つい感情的《かんじょうてき》になって無視《むし》しちゃったってだけよね？　本当《ほんとう》はちゃんと話《はな》したいって思《おも》ってるでしょ？」

そう言《い》えば、菜花《なのは》ちゃんがうつむいたままコクンとうなずいた。

かわいい。乙女心《おとめごころ》ってやつなのよね、わかるよ。

「よし、じゃあ決《き》まり！　私《わたし》は帰《かえ》るね！」

「えっ、帰《かえ》っちゃうんですか⁉」

カバンから財布《さいふ》を取《と》り出《だ》しながら立《た》ち上《あ》がれば、菜花《なのは》ちゃんが目《め》を開《ひら》いて慌《あわ》てだす。

「私《わたし》から言《い》えることはこれが最後《さいご》。スマホ見《み》てごらん」

「え、あっ、ちょ」

戸惑《とまど》う彼女《かのじょ》に背《せ》を向《む》けてレジに向《む》かって。

ふたり分《ぶん》の代金《だいきん》を支払《しはら》ってから、私《わたし》はお店《みせ》をあとにした。

離《はな》さないで

天井先輩《あまいせんぱい》から聞《き》いた話《はなし》がいろいろと衝撃的《しょうげきてき》で、頭《あたま》の中《なか》を整理《せいり》するのに時間《じかん》がかかる。
台風《たいふう》みたいな人《ひと》だったな、天井先輩《あまいせんぱい》。突然現《とつぜんあらわ》れて、ずっとしゃべり続《つづ》けていて。
かと思《おも》えば、あっという間《ま》にいなくなって。
でも、先輩《せんぱい》のおかげで、あらためてちゃんと夏目《なつめ》くんを知《し》ることができた。
引《ひ》っかかっていたいろいろなことが、天井先輩《あまいせんぱい》のおかげでひとつずつ溶《と》けていって。
少《すこ》しぬるくなったココアに口《くち》をつければ、「はぁ……」と自然《しぜん》にため息《いき》が出《で》た。
そういえば、天井先輩《あまいせんぱい》、帰《かえ》りぎわなんて言《い》っていたっけ。
『スマホ見《み》てごらん』
あ、そうだ。スマホ。
思《おも》い出《だ》して、すぐにカバンからスマホを取《と》り出《だ》した。
「えっ……」
スマホの画面《がめん》を見《み》て思《おも》わず声《こえ》が出《で》る。

だって……。

まばたきをして、もう一度《いちど》しっかり画面《がめん》を確認《かくにん》してもやっぱりそうだ。

【夏目涼々《なつめすず》】という名前《なまえ》とともに、《学校《がっこう》の外階段《そとかいだん》で待《ま》ってる》のメッセージ。

とたんに心臓《しんぞう》がバクバクとして、体《からだ》のあちこちから汗《あせ》が出《で》て。

学校《がっこう》の外階段《そとかいだん》なんて、私《わたし》たちが共通認識《きょうつうにんしき》している場所《ばしょ》はひとつしかない。

あの日《ひ》、私《わたし》が倒《たお》れてしまって夏目《なつめ》くんに助《たす》けてもらった場所《ばしょ》。

そう思《おも》った時《とき》にはもう、立《た》ち上《あ》がってレジへと向《む》かっていた。

「あのっ、お会計《かいけい》っ、お願《ねが》いします！」

「先《さき》ほどのお連《つ》れさまが、お客様《きゃくさま》の分《ぶん》も支払《しはら》われましたよ」

「えっ……」

嘘《うそ》。天井先輩《あまいせんぱい》……私《わたし》の分《ぶん》、払《はら》ってくれたの？

「わ、そ、そうなんですか！　あの、ごちそうさまでした！」

驚《おどろ》きながらも足《あし》はお店《みせ》を出《で》るのに急《いそ》いでいて、彼《かれ》が待《ま》っている場所《ばしょ》へと向《む》かいたがった。

あんなに夏目《なつめ》くんのことを無視《むし》した分際《ぶんざい》で、合《あ》わせる顔《かお》がないって気持《きも》ちもまだ残《のこ》っているけれど。

天井先輩《あまいせんぱい》に言《い》われたことが、ずっと頭《あたま》に響《ひび》いて残《のこ》っているんだ。

『だからさ、話《はなし》ぐらい聞《き》いてあげてよ。菜花《なのは》ちゃんだって、つい感情的《かんじょうてき》になって無視《むし》しちゃったってだけよね？　本当《ほんとう》はちゃんと話《はな》したいって思《おも》ってるでしょ？』

その通《とお》りすぎて何《なに》も言《い》えなかった。うなずくことが精一杯《せいいっぱい》だった。

本当《ほんとう》は、もっとたくさん、聞《き》きたいことがたくさんあるよ。

疑問《ぎもん》に思《おも》うこと、確《たし》かめたいことばっかりだよ。

このままじゃ、終《お》われない。

夏目《なつめ》くんを嫌《きら》いになんて、なれないよ。まだまだ知《し》らないことだらけだもん。

ぐちゃぐちゃになった気持《きも》ちのまま、夢中《むちゅう》で走《はし》っていて。頬《ほお》は涙《なみだ》でぬれていた。

もっと素直《すなお》に、思《おも》っていることを全部《ぜんぶ》、簡単《かんたん》に話《はな》せたらどんなにかいいだろう。

それが難《むずか》しいのは、私《わたし》の中《なか》で夏目《なつめ》くんが特《とく》

別《べつ》で大切《たいせつ》になったからこそ、傷《きず》つけることが、傷《きず》つくことが怖《こわ》くて、言《い》い出《だ》せないことがたくさんあるから。

だけど。

まだ、終《お》わりたくないから。ずっと、つなぎ止《と》めたいから。


——ガチャ。

「……へ、嘘《うそ》」

息《いき》を切《き》らしながらいきおいよくドアを開《あ》ければ。

振《ふ》り返《かえ》った彼《かれ》が、こちらをまっすぐ見《み》て固《かた》まっていた。

「え、……夢《ゆめ》？」

固《かた》まったまま口《くち》だけ動《うご》かす夏目《なつめ》くんに何《なに》か言《い》わなきゃいけないのに、なかなか息《いき》が整《ととの》わないのと同時《どうじ》に、こんなに全力疾走《ぜんりょくしっそう》したことなんて今《いま》までにあっただろうかと思《おも》う。

誰《だれ》かに会《あ》うために、必死《ひっし》になってここまで走《はし》ったのなんて初《はじ》めてだ。

大《おお》きく肩《かた》が上下《じょうげ》して。

「郁田《いくた》さん、走《はし》って、来《き》たの？」

彼《かれ》の問《と》いに、素直《すなお》に答《こた》えるのが恥《は》ずかしくて目《め》を逸《そ》らしてしまう。

だからダメなんだよ、私《わたし》。

会《あ》いたくて必死《ひっし》になって走《はし》ったくせに、いざ顔《かお》を見《み》たらどう話《はな》していいのかわからなくて。

「……こっち座《すわ》って」

うながされるまま、少《すこ》し距離《きょり》をあけて階段《かいだん》へと座《すわ》る。

「……えっと」

だいぶ呼吸《こきゅう》が整《ととの》って、ようやく声《こえ》を出《だ》したけど、私《わたし》のそのか細《ぼそ》い声《こえ》はすぐにかき消《け》された。

「やばい……まさか来《き》てくれると思《おも》わなかったから……」

両手《りょうて》で鼻《はな》と口元《くちもと》をおおいながらそうつぶやく夏目《なつめ》くんの横顔《よこがお》が、喜《よろこ》んでいるように見《み》えて。

「郁田《いくた》さんが隣《となり》にいる、やば……」

いつもはスマートで私《わたし》の前《まえ》ではチャラい夏目《なつめ》くんが、違《ちが》う人《ひと》みたいだ。

そして、またこうやって名前《なまえ》を呼《よ》んでもらえる日《ひ》が来《き》たことに泣《な》きそうになって。

だってもう、話《はな》すことすら無理《むり》だと思《おも》っていたから。

二週間以上《にしゅうかんいじょう》、話《はな》していない。今日《きょう》まで、それがすごく長《なが》く感《かん》じて。

夏目《なつめ》くんも同《おな》じ気持《きも》ちだったらいいのに。

涙《なみだ》を全力《ぜんりょく》でこらえようとしていたら、肩《かた》に何《なに》かが置《お》かれた。

その重《おも》みが夏目《なつめ》くんの頭《あたま》だとわかって、今《いま》、一番近《いちばんちか》くに夏目《なつめ》くんがいるんだと実感《じっかん》して、たちまち鼓動《こどう》が速《はや》くなる。

夏目《なつめ》くんの優《やさ》しい香《かお》りが鼻腔《びこう》をくすぐって。

顔《かお》を向《む》けることができないけど、わかる。私《わたし》たちの距離《きょり》は今《いま》、完全《かんぜん》にゼロだ。

「どーしよ。このまま寝《ね》ちゃいそう。郁田《いくた》さんといると、やっぱりすごい安心《あんしん》する」

「いや、その、寝《ね》られるのはちょっと、困《こま》る……けど……」

反射的《はんしゃてき》に言《い》ってしまったけど、天井先輩《あまいせんぱい》から話《はなし》を聞《き》いたあとだから、夏目《なつめ》くんに無理《むり》をさせたらダメだと思《おも》って戸惑《とまど》う。

大切《たいせつ》な人《ひと》を失《うしな》いそうになって、生《い》きた心地《ここち》がしなかっただろうし。

身《み》も心《こころ》もクタクタだよね……。

「ふっ、月子《つきこ》から聞《き》いた？」

あまり踏《ふ》み込《こ》んで聞《き》けない私《わたし》を察《さっ》してか、夏目《なつめ》くんがこちらの顔《かお》をのぞき込《こ》んで吹《ふ》き出《だ》した。

そうやって笑《わら》う瞬間《しゅんかん》が、あまりにもキラキラして見《み》えて。

夏目《なつめ》くんにときめいている自分《じぶん》を実感《じっかん》して、再《ふたた》び体《からだ》が熱《あつ》くなる。

夏目《なつめ》くんが天井先輩《あまいせんぱい》を親《した》しげに呼《よ》ぶことに、昨日《きのう》までならモヤモヤしていただろうけど。

今《いま》は違《ちが》う。

私《わたし》の前《まえ》で夏目《なつめ》くんがありのままである証拠《しょうこ》なんだと思《おも》って、うれしいって気持《きも》ちにさえなって。

「……うん。たくさん聞《き》いた。夏目《なつめ》くんと天井先輩《あまいせんぱい》の関係性《かんけいせい》も、ゆりえさんのことも」

「そっか」

肩《かた》から伝《つた》わる夏目《なつめ》くんの体温《たいおん》に、さらに心拍数《しんぱくすう》が上《あ》がっていると。

「修学旅行《しゅうがくりょこう》が終《お》わった日《ひ》……」

夏目《なつめ》くんがゆっくりと口《くち》を開《ひら》いて、穏《おだ》やかなトーンで話《はな》し始《はじ》めた。

夢中《むちゅう》にさせないで～涼々《すず》side～

最初《さいしょ》は、キミの気持《きも》ちなんて、正直《しょうじき》どうでもよかったんだ。

自分《じぶん》の欲求《よっきゅう》が満《み》たされればなんでも。

それなのに。

気《き》がついたら、振《ふ》り向《む》いてほしくて必死《ひっし》になっていた。

その笑顔《えがお》を、俺《おれ》だけに向《む》けてほしくて。

傷《きず》つけたくない。守《まも》りたい。

そう思《おも》ったから。


「郁田《いくた》さんがメッセージくれた日《ひ》。すごいあせってて。スマホ置《お》いたまま慌《あわ》てて家《いえ》を出《で》たんだ」

頭《あたま》を起《お》こして言《い》えば、郁田《いくた》さんの「えっ……」という声《こえ》が階段《かいだん》に響《ひび》いた。

本当《ほんとう》は、行《い》く前《まえ》にちゃんと説明《せつめい》したかった。全部《ぜんぶ》。

だけど、これっぽっちも余裕《よゆう》がなくって。

駅《えき》にたどりついて、スマホを忘《わす》れたことに気《き》づいた時《とき》にはもう遅《おそ》くて。

ゆりえさんが重傷《じゅうしょう》で危《あぶ》ない。今《いま》すぐ駆《か》けつけてあげないと。

『涼々《すず》は優《やさ》しいね』

いつも陰《かげ》に隠《かく》れておびえていた俺《おれ》に、その人《ひと》は不安《ふあん》な気持《きも》ちが落《お》ちつくような笑顔《えがお》と口《く》調《ちょう》で言《い》って、頭《あたま》を優《やさ》しくなでてくれて。

『涼々《すず》、もしあんたに守《まも》りたい人《ひと》ができた時《とき》には、私《わたし》に紹介《しょうかい》するんだよ』

そう俺《おれ》を見送《みおく》ってくれたのに。まだなんの恩返《おんがえ》しもできていないのに。

なのに。

ダメだよ、まだ。まだ行《い》かないで。話《はな》したいことが、たくさんあるから。

俺《おれ》の足元《あしもと》を照《て》らしてくれる灯火《ともしび》のような子《こ》に出会《であ》えたよ。その子《こ》の話《はなし》を、聞《き》いてよ。

『明日《あした》、ゆりえさんのところに行《い》くよ』

連絡《れんらく》をくれた月子《つきこ》と一緒《いっしょ》に、昔過《むかしす》ごした施設《しせつ》の一番近《いちばんちか》くの病院《びょういん》へ朝早《あさはや》くに向《む》かった。

郁田《いくた》さんが俺《おれ》にメッセージをくれたのは朝《あさ》の八時《はちじ》ごろ。俺《おれ》が家《いえ》をとっくに出《で》たあと。

まさか、郁田《いくた》さんのほうからメッセージをもらえる日《ひ》が来《く》るなんて思《おも》っていなかったわけで。

駅《えき》でスマホを忘《わす》れたことに気《き》づいたけど、正直《しょうじき》、そんなことどうでもいいと思《おも》えるくらいには、頭《あたま》の中《なか》が、ゆりえさんのことでいっぱいだった。

生《い》きててほしい、無事《ぶじ》であってほしい。そう何度《なんど》も願《ねが》って。

手術《しゅじゅつ》は無事《ぶじ》に成功《せいこう》して、あとは本人《ほんにん》の意識《いしき》が戻《もど》るまで。それまではほんと気《き》が気《き》じゃなくて。

そして、手術《しゅじゅつ》が終《お》わって二日《ふつか》。

ゆりえさんは、やっと目《め》を覚《さ》ましてくれたんだ。

「ホッとした気持《きも》ちで家《いえ》に帰《かえ》った時《とき》には、倒《たお》れるように寝《ね》てしまって。ほんとごめん……」

「夏目《なつめ》くんが謝《あやま》ることなんか何《なに》もないからっ！　たしかに、返事来《へんじこ》ない間《あいだ》はずっとモヤモヤしていたけど……でも、私《わたし》が知《し》らない、こんなにおっきな事情《じじょう》があったんだって知《し》ったら、今《いま》、夏目《なつめ》くんとこうやって話《はな》せてるだけでもう十分《じゅうぶん》というか……」

そんなことを言《い》いながら、頬《ほお》を赤《あか》く染《そ》めていく郁田《いくた》さんがかわいすぎて。

ほんとずるい。そんな顔《かお》されたら、期待《きたい》してしまいそうになる。

「学校《がっこう》で直接《ちょくせつ》、ちゃんと話《はな》したかったよ」

いや、どんなに無視《むし》されても、無理《むり》やりにでも引《ひ》きとめて話《はなし》を聞《き》いてもらうべきだったのかもしれない。だけど……。

「でも、学校《がっこう》に来《き》たら月子《つきこ》とのことが噂《うわさ》になっていて。郁田《いくた》さんは俺《おれ》とは話《はな》したくなさそうで。初《はじ》めはそれでも引《ひ》き止《と》めようとしたけど、だんだん、俺《おれ》にその資格《しかく》があるのかなって思《おも》い始《はじ》めて」

今回《こんかい》のことだけじゃない。

俺《おれ》はずっと、自分《じぶん》の利己的《りこてき》な気持《きも》ちのために、郁田《いくた》さんを利用《りよう》しようとした。

彼女《かのじょ》の気持《きも》ちなんて、これっぽっちも考《かんが》えずに。

だから、そもそもこんな俺《おれ》に彼女《かのじょ》と今《いま》さらどうにかなりたいなんて思《おも》うことが、間違《まちが》いなんじゃないかって。

それに、無理《むり》やりにでも話《はなし》を聞《き》いてもらって、それでも、郁田《いくた》さんに拒絶《きょぜつ》されたら。今以上《いまいじょう》に嫌《きら》われて、本気《ほんき》の目《め》で「これ以上関《いじょうかか》わらないで」と直接言《ちょくせつい》われたら、それこそ立《た》ち直《なお》れない気《き》がして、すごく怖《こわ》くて……。

向《む》き合《あ》わないといけないことから、逃《に》げた。

「……今《いま》、郁田《いくた》さんに、はっきりと『嫌《きら》いだ』って言《い》われたら、本格的《ほんかくてき》にダメになりそうでさ。だけど、月子《つきこ》に言《い》われたんだ」

『そんなもの、今《いま》から誰《だれ》よりも菜花《なのは》ちゃんのことを幸《しあわ》せにすればいいだけじゃない。誤解《ごかい》させてしまう行動《こうどう》をとってた私《わたし》も悪《わる》いから、ちゃんと私《わたし》はけじめをつける』

『これからの涼々《すず》の行動次第《こうどうしだい》でしょ？　傷《きず》つけた日《ひ》よりも、喜《よろこ》ばせる日《ひ》を増《ふ》やしていけばいい。過去《かこ》に起《お》きた事実《じじつ》は変《か》えられないけど、これから来《く》る未来《みらい》のことはいくらだって変《か》えられる』

『変《か》わろう、私《わたし》たち。ちゃんと』

そう言《い》われて、ハッとした。

俺《おれ》の過去《かこ》にこびりついた闇《やみ》を光《ひかり》に変《か》えてくれたのは、まぎれもなく郁田《いくた》さんだったたって……。

だったら、今度《こんど》は俺《おれ》も、郁田《いくた》さんのそういう存在《そんざい》に、なんておこがましいこと承知《しょうち》の上《うえ》だけど。

「未来《みらい》は……変《か》えられる……うん、まぁ、だからその……」

長々《ながなが》と話《はな》してても、うまくまとまらない。

しゃべればしゃべるほど、変《へん》な方向《ほうこう》へと勘違《かんちが》いさせてしまいそうで。この気持《きも》ちにゆらぎなんてもうない。そう確信《かくしん》しているはずなのに。緊張《きんちょう》と、あふれる想《おも》いが絡《から》まって。

「郁田《いくた》さんからたくさんもらったから、今度《こんど》は俺《おれ》がっていうわけでもなくて。その……それもちょっと違《ちが》くて。違《ちが》くはないんだけど……」

引《ひ》かれるかも、嫌《いや》がられるかも、本当《ほんとう》に最後《さいご》になってしまうかも。

今《いま》はもう、そんな気持《きも》ちよりも、うんと伝《つた》えたいって気持《きも》ちが大《おお》きいんだ。

赤《あか》く染《そ》まったままの頬《ほお》と、きれいな瞳《ひとみ》。その瞳《ひとみ》が俺《おれ》を見《み》て離《はな》さない。

もう絶対《ぜったい》、失《うしな》いたくないよ。

「本当《ほんとう》は、ただ俺《おれ》が郁田《いくた》さんとずっと一緒《いっしょ》にいたいから。一番近《いちばんちか》くで、郁田《いくた》さんの笑《わら》った顔《かお》が見《み》たいし、俺《おれ》が笑《わら》わせたいから」

「……っ」

「すっごく、好《す》きなんだ。郁田《いくた》さんのこと。ずっと郁田《いくた》さんのことばっかり考《かんが》えてる。誰《だれ》にも渡《わた》したくない」

声《こえ》が震《ふる》えていないか、カッコ悪《わる》くないか気《き》になりながらも、まっすぐそう言《い》えば、彼女《かのじょ》の瞳《ひとみ》が、あっという間《ま》にうるんでいって。

「あの、だから、……郁田菜花《いくたなのは》さん。俺《おれ》と付《つ》き合《あ》ってほしいです」

「……っ」

「ちゃんと俺《おれ》のことを好《す》きになってもらえるようにがんばるから、だから……」

おぼれさせないで

彼《かれ》を好《す》きになって恋《こい》をして、私《わたし》はだいぶ涙《なみだ》もろくなったと思《おも》う。

夏目《なつめ》くん、バカだよほんと。

「え、あ、郁田《いくた》さん？　なんで泣《な》いて……そんなに嫌《いや》だった!?　ごめ」

「違《ちが》っ」

そう言《い》いながら涙《なみだ》をぬぐう。泣《な》いちゃうよ、こんな。

だって、夏目《なつめ》くんがおかしなことを言《い》うんだもん。

頭《あたま》いいんでしょ？　なのに、どうしてわかんないかな。

「……だって、夏目《なつめ》くんががんばることなんて何《なに》もないから」

「へ？」

とぼけたその顔《かお》にさえ、キュンとしてしまう。

ドキドキと心臓《しんぞう》がうるさくて、涙《なみだ》は流《なが》れてくるばかりで。

なんで、そんな自分《じぶん》だけみたいな言《い》い方《かた》。うぬぼれないでよね。

「……私《わたし》も、とっくに夏目《なつめ》くんのことが好《す》きだからっ」

涙《なみだ》でぐしゃぐしゃな顔《かお》は、きっと私史上一番《わたししじょういちばん》ブサイクだ。

だけど、そんなことはどうだっていい……と思《おも》えるぐらいには。

あなたにおぼれているよ。

「……はっ？　え、いや、ちょ、ちょっと待《ま》って」

夏目《なつめ》くんがまばたきの回数《かいすう》を明《あき》らかに増《ふ》やして、キョロキョロと目《め》を泳《およ》がせながら頭《あたま》をかかえる。

ここまで来《き》て、待《ま》ってとか、いったいなんの冗談《じょうだん》だ。

「……えっと、いや、わかんない。聞《き》き間違《まちが》いかもしれない。郁田《いくた》さんが、俺《おれ》のことを、好《す》き？」

ブツブツと、ひとり言《ごと》を交《まじ》えながら質問《しつもん》してきた夏目《なつめ》くんと視線《しせん》を合《あ》わせて。

「うん」

コクンとうなずく。

自分《じぶん》からこんなふうに答《こた》えるなんて恥《は》ずかしいけど。

「うんって……そんなかわいくうなずかれても」

かわいいかは置《お》いといて、それしか答《こた》えがないんだからしょうがないでしょう。

じぃっと夏目《なつめ》くんを見《み》ていたら、彼《かれ》の耳《みみ》がどんどん赤《あか》くなる。

「マジか、ちょ、予想外《よそうがい》すぎて、あの、いつから……」

明《あき》らかに動揺《どうよう》しすぎの夏目《なつめ》くんが彼《かれ》らしくなくて、ちょっとこっちが冷静《れいせい》になりそう。

私《わたし》の気持《きも》ち、バレてなかったんだ。

「……気《き》づいたら、好《す》きで」

そう言《い》うと、夏目《なつめ》くんが顔全部《かおぜんぶ》を両手《りょうて》でおおって、少《すこ》し間《ま》を置《お》いて小《ちい》さく声《こえ》を出《だ》した。

「……泣《な》いていい？」

「えっ⁉　な⁉」

「だって無理《むり》でしょ、こんなの。サプライズすぎる。絶対《ぜったい》に泣《な》く。これからあらためてちゃんと郁田《いくた》さんと向《む》き合《あ》っていいか、その資格《しかく》をくれるかどうかの話《はなし》のつもりで、今日《きょう》ここに来《き》たから……マジか」

つねに自信満々《じしんまんまん》で、何事《なにごと》にも動揺《どうよう》しない。

それが出会《であ》って最初《さいしょ》の夏目《なつめ》くんの印象《いんしょう》だったから。

目《め》の前《まえ》の彼《かれ》が、それとはかけ離《はな》れすぎてて。胸《むね》がキュンとしめつけられる。

「あのね、私《わたし》、夏目《なつめ》くんに渡《わた》すものがあるの」

「……あぁ、ジャージなら長山《ながやま》から受《う》け取《と》ったけど」

「違《ちが》う。本当《ほんとう》はそれと一緒《いっしょ》に渡《わた》したいものがあったの」

「えっ」

思《おも》い出《だ》したそれを、カバンを開《あ》けて取《と》り出《だ》す。

もう渡《わた》せないとあきらめていたけれど、カバンに毎日《まいにち》入《い》れていた。

きっと、心《こころ》のどこかで願《ねが》っていたんだと思《おも》う。

また、夏目《なつめ》くんと話《はな》せる日《ひ》が、踏《ふ》み出《だ》せる日《ひ》が来《く》ること。

「これ」

顔《かお》が熱《あつ》くなったまま、取《と》り出《だ》したそれを彼《かれ》の前《まえ》に差《さ》し出《だ》して。

紺色《こんいろ》の小《ちい》さなラッピング袋《ぶくろ》を受《う》け取《と》った夏目《なつめ》くんが、目《め》を大《おお》きく見開《みひら》いた。

「え、俺《おれ》に？」

「うん。夏目《なつめ》くんの好《この》みに合《あ》うかわからないけど。修学旅行《しゅうがくりょこう》の時《とき》に見《み》つけたの。私《わたし》のほうがもらってばかりだったし、その」

本当《ほんとう》はそんなんじゃない。

お礼《れい》したいって気持《きも》ちももちろんだけど。

単純《たんじゅん》に、夏目《なつめ》くんに何《なに》かをプレゼントしたかったから。

それなのに、かわいくない言《い》い方《かた》をしてしまう自分《じぶん》にあきれる。

ダメだ、変《か》わるって決《き》めたじゃん。

「わ、私《わたし》が夏目《なつめ》くんに、あげたくてっ」

「つ、郁田《いくた》さんが、俺《おれ》のために選《えら》んだってこと？」

恥《は》ずかしくて、うなずくので精一杯《せいいっぱい》だ。

「うわ、マジか」

小《ちい》さく声《こえ》をもらした夏目《なつめ》くんが「開《あ》けていい？」とひかえめにたずねるので、再《ふたた》び首《くび》を縦《たて》に振《ふ》ると、夏目《なつめ》くんが目《め》をキラキラとさせながら袋《ふくろ》を開《あ》けた。

「わ、ハンカチ！　猫《ねこ》の柄《がら》だ、かわいい」

そう言《い》って満々《まんまん》の笑《え》みでハンカチを見《み》せてくる夏目《なつめ》くんのほうが、うんとかわいくてかなわない。

「……夏目《なつめ》くんに、似合《にあ》うと思《おも》いまして」

「やばい……今《いま》の郁田《いくた》さんすっごいかわいいんだけど、自覚《じかく》ある？」

「え」

唐突《とうとつ》なほめ言葉《ことば》に、また大《おお》きく胸《むね》が鳴《な》って。

「……あの、抱《だ》きしめても、いいですか」

今《いま》まで、許可《きょか》なくたくさん私《わたし》に触《ふ》れてきた夏目《なつめ》くんが、なんだか苦《くる》しそうに言《い》うから変《へん》な感《かん》じ。

余裕《よゆう》がないとでも言《い》いたげに、目《め》だって逸《そ》らしたまま。

今《いま》まで意地悪《いじわる》されてきたばっかだから、猛烈《もうれつ》にからかってしまいたくなる。

「夏目《なつめ》くん、こっち見《み》て言《い》ってよ」

「……ちょっと無理《むり》」

そうつぶやいた夏目《なつめ》くんの頬《ほお》が赤《あか》く染《そ》まっていて、それがこっちにも伝染《でんせん》しそう。

愛《いと》おしい。

そんな感情《かんじょう》が、どんどん大《おお》きくなる。

夏目《なつめ》くんの顔《かお》も赤《あか》いけど、私《わたし》だってきっとバカにできないぐらい真《ま》っ赤《か》で。

手《て》を伸《の》ばして、ハンカチを握《にぎ》った夏目《なつめ》くんの手《て》を包《つつ》むようにギュッと握《にぎ》って。

「……郁田《いくた》、さ」

「もう十分《じゅうぶん》、その気持《きも》ち伝《つた》わってるから。私《わたし》、夏目《なつめ》くんのこと好《す》きだよ」

もう、この手《て》を離《はな》したくない。

「……っ、ほんっと、ずるい」

息《いき》を吐《は》くみたいな声《こえ》で夏目《なつめ》くんが静《しず》かに言《い》って、私《わたし》をギュッと抱《だ》きしめた。

この高《たか》い体温《たいおん》を、ずっと忘《わす》れたくない。

忘《わす》れないぐらい、消《き》えないぐらい、彼《かれ》の背中《せなか》に手《て》を回《まわ》して、抱《だ》きしめ返《かえ》す。

「相変《あいか》わらず熱《あつ》いね、夏目《なつめ》くんは」

「……郁田《いくた》さんにだけだよ、こんなに熱《あつ》くなんの」

そう言《い》って体《からだ》を離《はな》した夏目《なつめ》くんが再《ふたた》び口《くち》を開《ひら》いて。

「……もう絶対《ぜったい》に離《はな》さない」

私《わたし》の両頬《りょうほほ》をあたたかい手《て》で包《つつ》み込《こ》んでから、一番優《いちばんやさ》しくキスをした。

END

あとがき

このたびは、『保健室《ほけんしつ》で寝《ね》ていたら、爽《さわ》やかモテ男子《だんし》に甘《あま》く迫《せま》られちゃいました。』を手《て》に取《と》ってくださり、本当《ほんとう》にありがとうございます。

このふたりはずいぶん前《まえ》に生《う》み出《だ》したキャラクターで、またこうして夏目《なつめ》と菜花《なのは》に会《あ》えたことが個人的《こじんてき》にすごく嬉《うれ》しかったです。

少《すこ》しでも、キュンとして楽《たの》しんでくれた人《ひと》がいたら、本当《ほんとう》に嬉《うれ》しいです！

最初《さいしょ》は苦手《にがて》だと思《おも》っていたけれど、相手《あいて》のことを知《し》れば知《し》るほど、どんどん好《す》きになっていくことって、みなさんは経験《けいけん》したことがあるでしょうか。

絶対合《ぜったいあ》わないと思《おも》っていたけれど、話《はな》してみると意気投合《いきとうごう》して仲良《なかよ》くなれた、とか。

苦手《にがて》や嫌《きら》いが、だんだんと、好《す》きに変《か》わっていくのって、ものすごく素敵《すてき》な瞬間《しゅんかん》だと私《わたし》は思《おも》っています。

私《わたし》は小《ちい》さい頃《ころ》、お肉《にく》が大好《だいす》きで、野菜《やさい》なんていらない！ってタイプだったんですが、大人《おとな》になるにつれて、野菜《やさい》をおいしく感《かん》じられるようになっていて、小《ちい》さい頃《ころ》よりも、もっと食事《しょくじ》を楽《たの》しめるようになりました！　って、これはまた違《ちが》う話《はなし》ですね（笑）

何《なに》が言《い》いたいかと言《い》うと、噂《うわさ》で決《き》めつけて、色眼鏡《いろめがね》で見《み》たり、距離《きょり》を置《お》いていた人《ひと》と、実際関《じっさいかか》わってみると、素敵《すてき》な魅力《みりょく》がたくさんあることに気《き》づくということって、けっこうあるということです！

みんなに色《いろ》んな好《この》みがあるからこそ、その分《ぶん》だけ、いろんな見《み》え方《かた》があります。

あなたが、素敵《すてき》だな、友達《ともだち》になりたいなって思《おも》うけれど、周《まわ》りの目《め》を気《き》にして近《ちか》づけない相手《あいて》がいるなら、勇気《ゆうき》を出《だ》して、話《はな》しかけてみてほしいなと思《おも》います。

その出会《であ》いが、ずっと続《つづ》く友情《ゆうじょう》や恋《こい》になる可能性《かのうせい》がたくさんあるので。

この作品《さくひん》を通《とお》して、そういうことが少《すこ》しでも伝《つた》わっていたらと思《おも》います。

最後《さいご》になりますが、ここまで読《よ》んでくれて本当《ほんとう》にありがとうございました。

また、皆《みな》さまに会《あ》えることを願《ねが》って。

二〇二四年九月二十日　凩ちの

著・凩ちの（こがらし　ちの）
沖縄県出身。食べることとしゃべることが好き。趣味は、お店で必ずグミコーナーをチェックすること。

絵・覡あおひ（かんなぎ　あおひ）
6月11日生まれのふたご座。栃木生まれ。猫と可愛い女の子のイラストを見たり描いたりするのが好き。少女イラストを中心に活動中。

保健室《ほけんしつ》で寝《ね》ていたら、爽《さわ》やかモテ男子《だんし》に甘《あま》く迫《せま》られちゃいました。

2024年9月20日 初版第1刷発行

著　　者　凩ちの　©Chino Kogarashi 2024
発 行 人　菊地修一
カ バ ー　北國ヤヨイ（ucai）
発 行 所　スターツ出版株式会社
〒104-0031 東京都中央区京橋1-3-1 八重洲口大栄ビル7F
TEL 03-6202-0386（出版マーケティンググループ）
TEL 050-5538-5679（書店様向けご注文専用ダイヤル）
https://starts-pub.jp/
印 刷 所　大日本印刷株式会社

Printed in Japan
ISBN 978-4-8137-8174-5 C8293

ファンレターのあて先

〒104-0031　東京都中央区京橋1-3-1 八重洲口大栄ビル7F
スターツ出版（株）書籍編集部 気付
凩ちの先生
いただいたお便りは編集部から先生におわたしいたします。

ドキドキ＆胸《むね》きゅんがいっぱい！

野《の》いちごジュニア文庫《ぶんこ》 人気作品《にんきさくひん》の紹介《しょうかい》

イジメ返《がえ》し　イジメっ子《こ》3人《にん》に仕返《しかえ》しします

なぁな・著《ちょ》

中《ちゅう》1の花菜《はな》のクラスには、カーストトップの早紀《さき》、澪《みお》、青葉《あおば》がいる。ささいなことがきっかけで、花菜《はな》は早紀《さき》たちからイジメられるように…。つらい日々《ひび》を送《おく》っていた時《とき》、隣《となり》のクラスの美少女《びしょうじょ》・カンナから「イジメ返《がえ》し」を提案《ていあん》されて…!?　「100倍《ばい》にして、仕返《しかえ》ししない？」さぁ、一緒《いっしょ》にはじめよう。とびきりのイジメ返《がえ》し——。

ISBN978-4-8137-8170-7
定価《ていか》：836円《えん》（本体《ほんたい》760円《えん》＋税《ぜい》10%）

ホラー

あの星《ほし》が降《ふ》る丘《おか》で、君《きみ》とまた出会《であ》いたい。

汐見夏衛《しおみなつえ》・著《ちょ》

中《ちゅう》2の涼《りょう》は、転校先《てんこうさき》の学校《がっこう》で百合《ゆり》と出会《であ》う。初《はじ》めて会《あ》うのになぜか、ずっと前《まえ》から知《し》っていたような不思議《ふしぎ》な感覚《かく》。まっすぐな百合《ゆり》に惹《ひ》かれていく涼《りょう》は、告白《こくはく》しようとするけど…百合《ゆり》から聞《き》かされたのは、70年前《ねんまえ》の戦時中《せんじちゅう》にまつわる驚《おどろ》くべき話《はなし》で——。大《だい》ヒット作《さく》『あの花《はな》が咲《さ》く丘《おか》で、君《きみ》とまた出会《であ》えたら。』のその後《ご》、感動《かんどう》の物語《ものがたり》。

ISBN978-4-8137-8169-1
定価《ていか》：825円《えん》（本体《ほんたい》750円《えん》＋税《ぜい》10%）

青春

クール男子《だんし》の心《こころ》の声《こえ》は「大好《だいす》き」だらけ!?

神戸遥真《こうべはるま》・著《ちょ》

わたし夕菜《ゆうな》、ふつうの中学《ちゅうがく》2年生《ねんせい》。ある日《ひ》、バスケ部《ぶ》のエースで勉強《べんきょう》もできる人気者男子《にんきものだんし》・神木坂《かみきざか》くんとぶつかってから、何《なに》かが聴《き》こえるように…。「今日《きょう》もかわいい」「やばい、好《す》き」これって、彼《かれ》の"心《こころ》の声《こえ》"…!?　心《こころ》の声《こえ》のおかげで急接近《きゅうせっきん》!?　さらに、デートまですることに!?　彼《かれ》からあふれる溺愛《できあい》ワードの嵐《あらし》に、ドキドキがとまりません！

ISBN978-4-8137-8168-4
定価《ていか》：825円《えん》（本体《ほんたい》750円《えん》＋税《ぜい》10%）

恋愛

ドキドキ＆胸《むね》きゅんがいっぱい！

野《の》いちごジュニア文庫《ぶんこ》 人気作品《にんきさくひん》の紹介《しょうかい》

学園《がくえん》トップ男子《だんし》の溺愛《できあい》は配信禁止《はいしんきんし》です！
【取《と》り扱《あつか》い注意《ちゅうい》⚠最強男子《さいきょうだんし》シリーズ】

高杉六花《たかすぎりっか》・著《ちょ》

中《ちゅう》1の茉白《ましろ》は、内緒《ないしょ》でピアノの動画配信《どうがはいしん》をしている。でも、学園一《がくえんいち》のイケメン集団《しゅうだん》にその秘密《ひみつ》を知《し》られてしまい…。「俺《おれ》たちの曲《きょく》を弾《ひ》いてほしい」と頼《たの》まれて!?　なんと彼《かれ》らの正体《しょうたい》は、人気配信者《にんきはいしんしゃ》グループだった！　茉白《ましろ》はお願《ねが》いを断《ことわ》れず、協力《きょうりょく》することに。さらに寮《りょう》での同居《どうきょ》が始《はじ》まって…!?　ドキドキだらけの学園生活《がくえんせいかつ》スタート♡

ISBN978-4-8137-8167-7
定価《ていか》：825円《えん》（本体《ほんたい》750円《えん》＋税《ぜい》10%）

恋愛

総長《そうちょう》さま、溺愛中《できあいちゅう》につき。11.5
最強男子《さいきょうだんし》たちの本音《ほんね》

＊あいら＊・著《ちょ》

『総長《そうちょう》さま』シリーズのイケメン勢揃《せいぞろ》い！　オール男子目《だんしめ》線《せん》の特別《とくべつ》ストーリー集《しゅう》!!　★春季《はるき》が由姫《ゆき》と出会《であ》い、恋《こい》に落《お》ちた瞬間《しゅんかん》を暴露《ばくろ》！★noble《ノーブル》の卒業旅行《そつぎょうりょこう》に突撃《とつげき》した冬夜《とうや》たちの一途《いちず》な想《おも》いを初公開《はつこうかい》！★全員《ぜんいん》に狙《ねら》われる由姫《ゆき》を見《み》て蓮《れん》の嫉妬大爆発《しっとだいばくはつ》!?　あの時《とき》、みんなは何《なに》を考《かんが》えていたの？　最強男子《さいきょうだんし》の本音《ほんね》がわかっちゃう１冊《さつ》!!

ISBN978-4-8137-8166-0
定価《ていか》：814円《えん》（本体《ほんたい》740円《えん》＋税《ぜい》10%）

恋愛

人生終了《じんせいしゅうりょう》ゲーム　地獄《じごく》の敗者復活戦《はいしゃふっかつせん》へようこそ

cheeery《チェーリィ》・著《ちょ》

命《いのち》の重《おも》みをわからせるためのデスゲーム【センタクシテクダサイ】。2年前《ねんまえ》にこのゲームで命《いのち》を落《お》とした中《ちゅう》3の瞳《ひとみ》は、死後《しご》の世界《せかい》で敗者復活戦《はいしゃふっかつせん》に参加《さんか》することに！　しかも、集《あつ》められた生徒《せいと》たちは全員《ぜんいん》がこのゲームの経験者《けいけんしゃ》。彼《かれ》らの予想外《よそうがい》な裏切《うらぎ》りやだまし合《あ》いで、命《いのち》がけのゲームは大混乱《だいこんらん》!?　危険《きけん》すぎるサバイバルホラー、第《だい》4弾《だん》！

ISBN978-4-8137-8160-8
定価《ていか》：836円《えん》（本体《ほんたい》760円《えん》＋税《ぜい》10%）

ホラー

ドキドキ＆胸《むね》きゅんがいっぱい！

野《の》いちごジュニア文庫《ぶんこ》 人気作品《にんきさくひん》の紹介《しょうかい》

天国《てんごく》までの49日間《にちかん》　最後《さいご》の夏《なつ》、君《きみ》がくれた奇跡《きせき》

櫻井千姫《さくらいちひめ》・著《ちょ》

中《ちゅう》3の稜歩《いつほ》は、いじめに傷《きず》ついて電車《でんしゃ》に飛《と》び込《こ》んだ同級《どうきゅう》生《せい》・梢《こずえ》を救《すく》えず後悔《こうかい》していた。ある日《ひ》、命《いのち》を落《お》としたはずの梢《こずえ》が現《あらわ》れて!?　なんとあの時《とき》、彼女《かのじょ》は誰《だれ》かに背中《せなか》を押《お》されたと言《い》う。稜歩《いつほ》は同《おな》じクラスの男子《だんし》・榊《さかき》と一緒《いっしょ》に、真実《しんじつ》を調《しら》べることに。すると、意外《いがい》過《す》ぎる秘密《ひみつ》が明《あき》らかになって…？　衝撃《しょうげき》のラストに涙溢《なみだあふ》れる感動物語《かんどうものがたり》！

ISBN978-4-8137-8164-6
定価《ていか》：869円《えん》（本体《ほんたい》790円《えん》＋税《ぜい》10%）

青春

わたしが少女漫画《しょうじょまんが》のヒロインなんて困《こま》りますっ！

凩《こがらし》ちの・著《ちょ》

中《ちゅう》2の花梨《かりん》は、漫画《まんが》の胸《むね》キュンは大好《だいす》きだけど、自分《じぶん》が恋《れん》愛《あい》をするのは苦手《にがて》。花梨《かりん》が転校先《てんこうさき》で出会《であ》ったのは、大好《だいす》きな少女漫画《しょうじょまんが》のヒーローと同《おな》じ名前《なまえ》の人気者男子《にんきものだんし》・柚《ゆず》。しかも、漫画《まんが》で見《み》た柚《ゆず》との胸《むね》キュン展開《てんかい》が次々《つぎつぎ》と起《お》き始《はじ》めて…？　「俺《おれ》のこと絶対《ぜったい》に好《す》きにさせるから」予想外《よそうがい》の溺愛《できあい》にドキドキMAX！

ISBN978-4-8137-8163-9
定価《ていか》：847円《えん》（本体《ほんたい》770円《えん》＋税《ぜい》10%）

恋愛

溺愛限界《できあいげんかい》レベル♡ヴァンパイア祭《まつり》！

＊あいら＊・ゆいっと・みゅーな**・星乃《ほしの》びこ・柊乃《しゅうの》なや・著《ちょ》

最強無敵《さいきょうむてき》の吸血鬼《きゅうけつき》に愛《あい》されまくりな5話《わ》が大集合《だいしゅうごう》！★『吸《きゅう》血鬼《けつき》と薔薇少女《ばらしょうじょ》』番外編《ばんがいへん》…初《はつ》のお家《うち》デートにドキドキ！★クールな人気者男子《にんきものだんし》から、パートナーに指名《しめい》されて!?★誘《ゆう》拐《かい》されてピンチ！助《たす》けてくれたのは幼《おさな》なじみで…★学級委《がっきゅうい》員《いん》で一緒《いっしょ》になった完璧《かんぺき》イケメンと教室《きょうしつ》でふたりきり!?★凶《きょう》暴《ぼう》と噂《うわさ》の吸血鬼総長《きゅうけつきそうちょう》は、実《じつ》は優《やさ》しいギャップ男子《だんし》…？

ISBN978-4-8137-8162-2
定価《ていか》：847円《えん》（本体《ほんたい》770円《えん》＋税《ぜい》10%）

恋愛